ИРОНИЧЕСКИЙ
ДЕТЕКТИВ

Дарья Донцова

Жена моего мужа

Москва
ЭКСМО-ПРЕСС
2001

ИРОНИЧЕСКИЙ ДЕТЕКТИВ

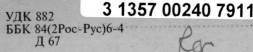
УДК 882
ББК 84(2Рос-Рус)6-4
Д 67

Рос
9-2018

Серийное оформление художника *В. Щербакова*

Серия основана в 1999 году

Донцова Д. А.
Д 67   *Жена моего мужа:* Роман. — М.: Изд-во ЭКСМО-
Пресс, 2001. — 432 с. (Серия «Иронический детектив»).
ISBN 5-04-004382-1

Как доказать невиновность человека, если все улики против него?
По обвинению в убийстве своей седьмой жены арестован Максим
Полянский. Но детектив-любитель Даша Васильева уверена, что ее
бывший муж не мог выстрелить в лицо спящей женщине. Она решает
найти настоящего преступника. Но силы явно не равны. Таинственный
убийца все время опережает ее, оставляя на своем пути новые трупы.
В пылу погони Даша забывает о бдительности и за эту ошибку может
заплатить своей жизнью. Но убийца не знает, с кем связался. От Даши
еще не уходил ни один преступник...

УДК 882
ББК 84(2Рос-Рус)6-4

ISBN 5-04-004382-1   © ЗАО «Издательство «ЭКСМО», 2000

Глава 1

Я шла по темному лесу. Дорога вилась между мокрыми стволами деревьев, потом резко свернула влево, и перед глазами предстало довольно большое сельское кладбище. Выглянувшая на мгновение из-за туч тусклая луна выхватила из темноты старые надгробия и кресты. Железные ворота под напором ветра издавали пронзительный скрип.

Я слегка замедлила шаг, чувствуя, как холодок побежал по позвоночнику. Но делать нечего — придется двигаться вперед. Стало совсем темно, ноги разъезжались на глинистой почве, где-то вдалеке заухала сова. Я шла ни жива ни мертва от ужаса.

— Даша, — донеслось откуда-то из-под земли, — Дашутка, иди сюда.

Почти потеряв рассудок, я двинулась на зов.

— Сюда, сюда, — звал голос, — скорей, ко мне.

Наконец, с трудом вытаскивая из липкой грязи ступни, я добралась до свежевырытой ямы, чьей-то будущей могилы, и заглянула внутрь.

На дне в луже лежал мой бывший муж Максим Полянский, почему-то одетый в женский сарафан.

— Дарья, помоги, — прошелестел он и стал тянуть вверх руки.

Оцепенев, я наблюдала, как его предплечья удлиняются, удлиняются и ладонь подбирается к краю могилы...

Ледяная жуть сковала сердце, ноги начали мелко дрожать, из груди вырвался нечеловеческий вопль.

Вдруг все исчезло, и я услышала легкое повизгивание, потом приятная теплая тряпочка пробежала по лицу. Глаза открылись, тело само собой село в кровати.

На постели, отчаянно вертя хвостом, ерзал пит-бультерьер Банди. Очевидно, услышав, что хозяйка орет во сне дурниной, пес вскочил на кровать и принялся лизать мне лицо.

— Спасибо, милый, — пробормотала я, — надо же, какой кошмар приснился!

Будильник показывал ровно восемь утра, по моим понятиям — несусветная рань. Открыв тумбочку, я нашарила любимые «Голуаз» и с опаской закурила. И сын, и дочь, и невестка категорически запрещают дымить в постели. Но моя спальня расположена в правом крыле второго этажа нашего дома, а их комнаты — в левом. Авось не унюхают. И притом, надо же успокоиться, экая чушь привиделась.

Я вылезла из-под тепленького пухового одеяла и подошла к окну. Наш сад цвел буйным июньским цветом. На небе ни облачка, солнышко уже припекает. День обещает быть чудесным.

Но страшный сон не выходил из головы. Совершенно не верю во всякую чепуху типа предчувствий, но мне никогда ничего не снится. Тем более Максим.

Полянский был вторым в череде моих четверых мужей, и прожили мы всего ничего — около двух лет. В то далекое время Максим походил на молодого Есенина — белокурый, с ясной улыбкой. Характером Макс обладал замечательным. Никогда не сердился, ел все подряд, не обращал внимания на отсутствие чистых рубашек и носков, не пил и практически всегда находился в хорошем настроении. Жить бы нам да радоваться, но и на солнце обнаруживаются пятна. У Максима их оказалось два — патологическая, невероятная любовь к дамскому полу и дорогая мама Нина Андреевна.

Возможно, я когда-нибудь и смогла бы привыкнуть к бесконечной череде постоянно меняющихся любовниц! Хотя появление мужа около часу ночи с виновато бегающими глазами не радовало.

— Дусик, — раскаивался супруг, целуя меня в лоб, — Дусик, люблю тебя больше всех, а это так, для вдохновения.

И он быстренько бежал в ванную, распространяя запах чужих духов. Беда состояла в том, что Макс походил на Есенина не только внешне, муж тоже пописывал стишки и даже выпустил небольшой сборничек. Поэтическая натура требовала постоянной подпитки, отсюда — бесконечные романы и любовные приключения.

Но если с батальонами дам сердца еще можно

было примириться, то любимая свекровь — это то, перед чем я спасовала.

Забыть ее первый визит ко мне в гости невозможно. Обитала я тогда в Медведкове, в двухкомнатной «распашонке», с кухней-«мыльницей».

Нина Андреевна сняла сапоги, протянула Максу пальто и радостно сказала будущей невестке:

— Как у вас мило! Мне нравится, когда люди не гоняются за красотой и уютом, не делают фетиша из домашнего хозяйства, а просто живут, как живется.

Я вздрогнула. Накануне три часа драила «хрущобу», чтобы понравиться предполагаемой свекрови. Нина Андреевна присела к столу и принялась расхваливать угощение:

— Тортик! Великолепно, давно не ела ничего готового. Просто надоело: как придешь куда-нибудь, все домашнее подсовывают — пирожки, кулебяки... А у вас покупное, чудесно! Правильно, деточка, нечего с молодых ногтей в домохозяйку превращаться.

— Но, мама, — завел Макс.

— Замолчи, замолчи, — велела свекровушка. — Не позволю обижать Дашу, всегда стану на ее сторону, даже если она и чуть-чуть не права.

Вот так! После свадьбы я с маленьким сыном Аркадием переселилась в необъятные генеральские хоромы на улице Воронова. Потекла семейная жизнь, закончившаяся через два года нашим с Кешкой поспешным бегством назад, в Медведково.

Улепетывали в одиннадцать ночи, пользуясь тем, что Нина Андреевна легла спать, а Макс загулял с очередной дамой. У меня в руках покачивался чемоданчик с немудреными вещичками, Кешка, отдуваясь, тащил в корзинке огромного и тяжеленного кота Себастьяна. Мы не претендовали ни на какое совместно нажитое имущество, польстились только на кота.

Потом Нина Андреевна несколько месяцев звонила мне, призывая вернуться. Но Макс вскоре женился на Люське, и общение прекратилось. Правда, бывший супруг никогда не забывает поздравить меня с Новым годом, днем рождения и 8 Марта. На самом деле он милый, но общаться с ним лучше издалека, в качестве подруги, а не жены.

Я завернулась в халат и пошлепала на первый этаж в столовую. Сколько же лет прошло со дня развода с Полянским? Страшно сказать! Так долго не живут! И за это время с нами со всеми произошло много удивительных метаморфоз.

В середине 80-х моя ближайшая подруга Наташка очутилась после развода буквально на улице. Мы тогда вместе работали в заштатном техническом вузе на никому не нужной там кафедре иностранных языков. Я вталкивала в тупые головы студентов начатки французской грамматики, а Наталья трудилась лаборанткой. Бедная подруга спала несколько ночей на кафедре, раскладывая после ухода сотрудников диван. Узнав об этом, я моментально забрала ее к себе в «распашонку». Так и стали жить все вместе — Наташка, Аркадий, моя дочка Маша, собачка дворянских кровей по кличке Снапик, кошка Клеопатра, морская свинка Патрик, хомяк Фома и ваша покорная слуга. Кушать хотели все, в особенности Фома, в негодовании трясший свою коробку, когда задерживался ужин. Зарабатывали мы с Натальей, как сейчас помню, двести рублей на двоих. Поэтому по вечерам я носилась по частным урокам, сшибая полтора рубля за час.

Так и жить бы нам в нищете, но в самом начале 90-х Наталья встретила француза и вышла за него замуж. Из голодранки она превратилась в баронессу Макмайер. Естественно, что вся семья отправилась в Париж. Но счастье подруги оказалось недолгим. Жана Макмайера, мужа Натальи, убили, и подруга внезапно трансформировалась в ошеломляюще богатую вдову. Теперь ей принадлежали отлично налаженный бизнес, крупное состояние, коллекция уникальных картин и дом в предместье Парижа.

Мы поселились в столице моды. Но ностальгия — смертельная болезнь, и члены семьи принялись ломать головы, как бы так устроиться, чтобы жить и во Франции, и в России...

Но тут грянули перемены. Разрешили двойное гражданство. Теперь мы не боимся ничего, потому что каждый имеет на руках два паспорта — красный, российский, и синий, французский. Не страшны и экономические кризисы — капиталы размещены во Французской Республике, в России только счет, через который переводим средства. Вот так и живем — полгода тут, полгода там, на два дома, на две страны.

А дом у нас теперь большой. Двухэтажный кирпичный особняк в поселке Ложкино. В здании комнат двадцать, но это не так много, если учесть, сколько человек там проживает.

Значит, так. Старший сын Аркадий, его жена Оля и двое близнецов — Анька и Ванька. Потом тринадцатилетняя Маруся, следом я и Наташка. На первом этаже разместились домработница Ирка, кухарка Катя и няня близнецов Серафима Ивановна. По бесконечным коридорам носится тьма животных: пит-буль Банди, ротвейлер Снап, пуделиха Черри, английский мопс Хуч, кошки Клеопатра и Фифина, йоркширская терьерица Жюли. Иногда к ним присоединяются удравшие из клеток попугай Коко и морские свинки Морис, Жюстина и Патрик. Частенько приезжают в гости родственники и друзья со всех концов России. Так что, если рассудить, двадцать комнат — это еще мало.

Получив несметное состояние, мы разом превратились в «новых русских», правда, со старыми замашками. Все пытаемся работать и учиться. Аркашка окончил юридический и стал адвокатом. Ольга, имеющая дома кличку Зайчик, преодолевает иняз, Маня пока ходит в лицей, но одновременно посещает и Ветеринарную академию, готовится стать «собачьим доктором». Еще она пишет маслом жуткие картины, почему-то моментально продающиеся. Наталья ударилась в писательство, создает любовные романы. Причем издают ее невероятными тиражами. Закончив очередной шедевр, подруга несет мне рукопись. И приходится, скрежеща зубами, читать «Страсть под луной» или «Таинственного любовника». Ненавижу подобную литературу! Мое сердце безраздельно отдано криминальным историям. Пару раз приходилось самой распутывать сложные дела! Охотней всего работала бы частным детективом.

Дома у нас все, кроме меня, встают рано. Поэтому когда в половине девятого я спустилась в столовую, там обнаружился только Кеша, в спешке допивавший утренний кофе. Зайка и Машка уже уехали учиться, а из-под двери Наташкиного кабинета немилосердно дуло. Подруга вчера улетела в Париж.

— Мать, — удивился сынок, — какая тебя муха укусила? Может, заболела? Чего вскочила в такую рань?

Я пожала плечами:

— Спать расхотелось, и настроение паршивое.

Тут зазвонил телефон, причем не Аркашкин мобильный, а стационарный аппарат. Очень странно, кто это беспокоит в полдевятого?

— Даша, — прозвучало в трубке, — узнаешь?

Ну надо же. Словно продолжением дурного сна из мембраны рвался голос Максима:

— Дарья, помоги. Кроме тебя, позвонить некому. Прошу, не бросай маму, одна осталась. Ей очень тяжело. Будь человеком, не покидай старуху!

В ухо понеслись гудки отбоя. Я в обалдении

стоят дыбом, ноги босые. Что это за чучело и куда подевалась Нина Андреевна?

— Дашенька, — прошептала неизвестная старушонка, — совсем не изменилась, красавица. А у меня какое горе!

Я глядела на бабульку во все глаза. И это моя бывшая свекровь? Бог мой, да раньше она никогда не появлялась из спальни без легкого макияжа и укладки. И когда же с ней произошла подобная метаморфоза? Год тому назад мы столкнулись в театре. Нина Андреевна изумительно выглядела: стройная, с прямой спиной, на неизменных каблуках.

Шаркая разношенными тапками, свекровь повела меня внутрь необъятной квартиры. Я снова испытала шок. Здесь не осталось ничего, что напоминало бы гигантские шестикомнатные апартаменты, где протекала наша недолгая семейная жизнь с Максом. В квартире явно сделали капитальный ремонт. Потемневший пол заменили наборным паркетом, стены выкрасили в белый цвет, вместо дверей — арки. Между кухней и бывшей комнатой Аркашки сломали перегородку, превратив место приготовления пищи в более чем тридцатиметровое помещение. Кругом ковры, зеркала, бронза и кожаная мебель. Интересно, откуда у Макса деньги?

Насколько помню, раньше супруг не хотел и не умел зарабатывать.

Нина Андреевна позвякала чайничком.

— Наверное, кофе хочешь? Но он, к сожалению, закончился, впрочем, чай и сахар тоже.

Она села на табуретку, подперла морщинистую щеку сухой ручкой и безнадежно заплакала. У меня защемило сердце. Так скулит на морозе маленькая бездомная собачка, поджимая замерзшие лапки. Раньше никогда не видела свекровь в слезах!

Я подошла к холодильнику и распахнула дверцу. На верхней полке скучал пол-литровый пакет кефира, больше ничего.

— Да объясните наконец, что произошло.

Нина Андреевна утерлась кухонным полотенцем и сообщила невероятные вести.

Оказывается, в начале девяностых Максим разительно переменился. Если раньше он деньденьской полеживал на кровати, пописывая вирши, то теперь спешно кинулся искать работу. В огне повышения цен сгорели все накопления, сделанные запасливым отцом-генералом. Все сто восемьдесят тысяч рублей — столько денег лежало у них с матерью на сберкнижке до того момента, как сбережения начали стремительно обесцениваться. Такой суммы при коммунистах хватило бы на три жизни, и Максим мог позволить себе выбрать профессию поэта.

Но в 92-м году они с матерью уже жили только на ее копеечную пенсию. Не привыкшие отказывать себе ни в чем, тратили пособие, едва успев отойти от окошка. Потом начали продавать вещи. В общем, жизнь показала зубы. Сначала ушла к другому жена Лена, затем кончились драгоценности матери. И наконец настал момент, когда Нина Андреевна пошла собирать бутылки.

Этого Макс не вынес. Мать он обожает. Мужик призадумался и решил заняться бизнесом. После нескольких бессонных ночей нащупал свою стезю.

В столицу в то время совсем не поступали яйца. Москвичи приносили друг другу в подарок по яичку. Впрочем, тогда не было ничего. Это из тех ̶т шутка: «Если в гостях вымыли руки с мылом, ̶ай пьете без сахара». Так что в принципе можно было начать торговать чем угодно. Но Максу запали в душу куриные яйца.

Сначала он взял у приятеля машину, съездил в деревню Глебово, где расположена птицефабрика, и привез назад 1000 штук, купленных по оптовой цене. На следующий день встал у метро и продал их за... двадцать минут. Дальше понеслось как в сказке. Купил 2000, 3000, 4000... Бизнес завертелся. Конечно, не без шероховатостей. Пару раз наезжали бандиты и милиционеры. Но у Макса открылся настоящий талант продавца и дипломата. К 1995-му все проблемы были улажены. Покой оберегала «крыша», получавшая неплохой процент. Милиция тоже имела свой сладкий кусок. Макс начал нанимать продавцов, в основном беспаспортных украинок и белорусок. Дальше — больше: открыл офис и монополизировал рынок. На сегодняшний день ни одно куриное яйцо в Москве нельзя продать или купить, минуя Макса. Несколько раз конкуренты пробовали завезти в столицу яйца из Польши, но попытки закончились неудачно. Приехавшие братки просто переколотили «левый» товар, пригрозив хозяевам. Другие не рисковали.

Наверное, свяжись он с водкой или бензином, дела не пошли бы так успешно. Слишком уж лакомый кусок данные «продукты». А яйца! В криминальной среде этот товар считался чем-то несерьезным, даже смешным. К тому же еще и очень неудобным — быстро портится, бьется и часто неаккуратно выглядит. Среди торговцев и криминалитета Полянский получил кличку Желток.

В 95-м мужик превратился в богатого человека, имевшего все внешние признаки финансового благополучия: навороченный джип, дом в Подмосковье, сотовый телефон, золотая цепь на шее и дорогие часы. Два раза в год он ездил отдыхать в Таиланд и на Багамы в обществе своей мамы. Нина Андреевна вновь обвесилась драгоценностями. В родительской квартире осуществили гигантский ремонт, превратив темноватые, запущенные комнаты в сверкающие залы.

В ноябре 94-го Макс председательствовал в жюри конкурса красоты, на организацию которого пошло немало «яичных» денег. Любовь Полянского к бабам не имеет предела, поэтому созерцание полуголых красавиц доставляло Максу огромное удовольствие.

Победительница Вероника Медведева, получая из рук председателя приз, шепнула:

— Обожаю вас.

Полянский растаял. Красотка глядела на него в упор огромными карими глазами, невинно хлопая ресницами. Вблизи девчонка оказалась еще лучше, чем со сцены. Естественно, Макс позвал «мисску» в ресторан. В январе 95-го сыграли шумную свадьбу.

Вероника мечтала об артистической карьере, поэтому летом Макс спонсировал художественный фильм «Лебединая песня». Лента получилась так себе, но хорошо подмазанные критики дали в прессе ряд благожелательных статей о главной героине. Потом Вероника получила роль в телесериале «Наши друзья». Смотреть эту нудятину оказалось просто невозможно, но почти два месяца госпожа Полянская каждый день появлялась на телеэкране, старательно изображая целомудренную девушку, на голову которой отчаянно сыпались несчастья. После завершения сериала Вероника велела звать себя Николеттой и загордилась чрезвычайно. Она таскалась вечерами и ночами по бесконечным тусовкам, участвовала в шумных скандалах, иногда напиваясь до поросячьего визга. К «актрисе» наконец пришла известность. Бульварные газеты со смаком описывали ее бесконечные подвиги. То Полянская подожгла скатерть в ресторане, обнаружив, что ее обсчитали, то на предельной скорости удирала по Минскому шоссе от гаишников, то появлялась на вечеринке в черном платье под горлышко спереди при фактически полном отсутствии материи сзади — короче, всего не перечислить.

Не знаю, как относился к подобным чудачествам Макс, но Нина Андреевна говорила о невестке, брезгливо поджимая губы:

— Совершенно ненормальная девица. Изуми-

тельно хороша, лицо мадонны, да и только. Но
ты бы послушала, как она ругалась матом! Дымила все время вонючими сигаретами и звала меня
Нинель. Представляешь, 23 февраля зашел Олег
Сергеевич помянуть папу, так Вероника принимала наравне с ним и в результате перепила старика.

Я хихикнула. По прежним временам бравый
генерал Ковтун, не морщась, брал на грудь по
полтора литра водки. Сейчас, наверное, слегка
снизил планку, но все еще боец. Ай да Вероника,
представляю, как Олег Сергеевич сконфузился.

— Что тебя так рассмешило? — властно сказала свекровь, в ней на минуту проснулась прежняя Нина Андреевна. — Ведь знаешь, как отношусь к женам Максима — прощаю все и всегда
на их стороне. Но Ника — исчадие ада! И надо
же, чтобы они прожили столько лет!

Но в конце 98-го Полянскому, очевидно, надоели бесконечные скандалы и истерики, потому
что он завел себе любовницу. Романы случались
у мужчины и в прежние года, он просто не мог
существовать без кобелирования. Но в ноябре
прошлого года появилась настоящая страсть. Студентка 3-го курса мехмата Яна Соколова. Девчонке едва исполнилось двадцать, Макса, как всегда, тянуло к молоденьким. Вероника как раз начала сниматься в следующей картине, и муженек
с головой ухнул в новую любовь. Студентка оказалась полной противоположностью Нике — тихая, спокойная, умненькая и рассудительная. Но,
к сожалению, внешне пассия походила на боль-

ную мышь. Серенькие волосики, тусклые глазки, бесцветные щеки и губы. Очевидно, Макс перекушал сладкого, и его организм потребовал кисленького.

Трагедия произошла в первых числах июня. Пятого вечером Вероника неожиданно осталась дома. Более того, принесла огромный торт и позвала свекровь пить чай. Нина Андреевна, обожающая пирожные, от души наелась бисквита. Через какое-то время старуху неудержимо потянуло ко сну, и она бухнулась в кровать, не дожидаясь любимой программы «Время». Макс якобы проводил какое-то совещание.

Проснулась Нина Андреевна поздно, около двенадцати. Придерживая почему-то отчаянно болевшую голову, женщина двинулась на кухню. Сначала ей показалось, что дома никого нет. Потом она увидела в холле сумку Вероники, ее плащ и разбросанные по полу туфли. Дверь в спальню невестки была открытой. Свекровь заглянула и констатировала, что Ника преспокойненько спит, закрывшись с головой одеялом. С кровати свешивалась голая нога.

Ничего особенного в такой ситуации не было. Актриса могла проплясать до утра, а после обычно отсыпалась. На кухне на столе обнаружилась пепельница, полная окурков «Мальборо», и Нина Андреевна поняла, что Макс ночевал дома.

Вытряхнув бычки, свекровь принялась хлопотать по хозяйству. Но тут позвонил телефон. На другом конце провода оказался страшно злой режиссер Мотылев. Оказывается, Нику ждали к полудню на съемки. Нина Андреевна позвала невестку, та не откликалась.

Недоумевая, женщина дошла до спальни и крикнула во всю мочь:

— Николетта, вставай!

Вероника, обычно просыпавшаяся от полета мухи, продолжала лежать неподвижно. Обозленная свекровь ринулась к кровати и сдернула одеяло. Увиденное запечатлелось в ее мозгу на всю жизнь.

По шелковой черной наволочке разметались короткие рыжие пряди. Несколько дней тому назад Вероника остригла роскошные белокурые локоны и выкрасилась в цвет взбесившейся лисицы. Сейчас же волосы показались Нине Андреевне багровыми. Они и впрямь были темнокрасными, потому что вместо прекрасного лица зияло жуткое месиво. Кровь залила все кругом — белье, одеяло, прозрачную ночную сорочку. Бурой коркой покрылись шея и грудь несчастной.

Нина Андреевна в остолбенении застыла, сжимая в руках телефонную трубку, из которой доносился гневный голос Мотылева. Тут хлопнула входная дверь, пришел радостный Макс. Под мышкой он тащил огромную коробку конфет «Вишня в шоколаде». Быстрым шагом Полянский зашел в спальню жены и... упал в обморок. Эксперт потом собирал по всем углам рассыпавшиеся шоколадки.

Не потерявшая до конца присутствия духа, мать немедленно вызвала «Скорую помощь». Врач брезгливо глянул на то, что осталось от красавицы Вероники, и немедля обратился в милицию. Вскоре прибыли оперативники. Страшная машина расследования медленно заворочалась, скрипя шестеренками. Мгновенно Макса арестовали, обвинив в убийстве жены. Мужика своlocкли в Бутырскую тюрьму. Каким-то образом, беспокоясь за мать, он ухитрился через несколько дней позвонить мне.

За несколько ночей, прошедших после ареста сына, Нина Андреевна постарела на двадцать лет. К тому же она осталась без копейки. На все счета моментально наложили арест. Старых приятелей Макс растерял, а новые, прослышав про неприятности Желтка, предпочли забыть его телефон.

— Надо нанять адвоката, — сообщила я.

— Деточка, — всхлипнула свекровь, — все зря. Это он убил бедняжку.

— Откуда такая уверенность?

— Полно свидетелей, видевших, как Максим возвращался домой около двенадцати. Его заметила лифтерша, двое соседей. Правда, сын утверждает, что не ночевал дома, лепетал какую-то ерунду про беспробудный сон. Но это так глупо. И потом, я видела окурки, а «Мальборо» курит только он.

— Рассказали милиционерам про пепельницу?

— Нет.

— Чудно — одной уликой меньше, но все равно нужен адвокат, — повторила я в задумчивости.

Нина Андреевна с надеждой уставилась на меня. Следовало действовать решительно.

Сначала я понеслась в ближайший супермаркет и до отказа набила холодильник старушки едой. Потом, велев ждать новостей, поехала домой. Следовало подключить Аркадия. По дороге, естественно, попала в пробку. Стоя в бесконечной очереди на Садовом кольце, никак не могла избавиться от мысли: зачем было Максу убивать Веронику?

Девушка стала его седьмой женой. С предыдущими супругами Макс развелся вполне мирно, более того, ухитрился сохранить со всеми приятельские отношения. Он никогда не был жадным или злопамятным и с готовностью помогал «бывшим». Во всяком случае, когда я в конце мая 1983 года сломала ногу, а Наташка заболела корью, Полянские взяли Аркашку на все лето к себе на дачу. Нина Андреевна возилась три месяца с мальчишкой, ни разу не пожаловавшись на его шкодный характер. Следует добавить, что к тому моменту мы уже были давно в разводе и Аркадий не сын Макса.

И еще — Полянский самозабвенно любит женщин. Любая дама, даже страшная, как атомная война, получает от него вполне искренние комплименты. Молоденьких он обожает, дамами средних лет восхищается, старушек почтительно выслушивает. Его практически невозможно вывести из себя.

Макс из той редкой категории мужчин, которые замечают цвет платья и тон помады. По вечерам он может по десять минут возиться с занавесками — складки на гардинах должны спадать красиво. Сахарница всегда стоит посередине стола, потому что сбоку не смотрится, полотенца в ванной выравниваются чуть ли не по линеечке. Вид колготок, забытых на кровати, ранит Макса, как нож. Он органически не переносит надколотой посуды и мятых кухонных тряпок. Всю жизнь Полянский окружает себя красивыми вещами. Ну не способен он пить чай из эмалированной кружки и есть картошку со сковородки!

Макс никогда не выстрелит жене в лицо. Скорее всего предпочтет решить проблему привычным путем — даст денег, купит квартиру... Ну, предположим, все-таки замыслил убить! Схватится за пистолет? Да никогда. Вероятнее всего, отравит, потом уложит аккуратно в кровати, закроет покрывалом, разгладит складки... Все должно выглядеть красиво. Есть еще один момент. Бывший супруг совершенно не выносит вида крови. Бедолага всегда брился только электробритвой, чтобы не дай бог не порезаться. Однажды Кеша разбил коленку, а Макс упал в обморок.

И такой человек хладнокровно выстрелил в лицо спящей жене-красавице? Потом кое-как натянул на фонтанирующую кровью рану одеяло и ушел? Ни за что не поверю. Что-то здесь не так.

Глава 3

Когда я примчалась домой, Аркашка сидел за компьютером. Сын совсем недавно обрел диплом адвоката. Больше всего ему хотелось получить в руки какое-нибудь интересное дело. Но

Кешке не везло. Всех мало-мальски перспективных клиентов расхватывали более опытные коллеги по консультации. Мой адвокат заполучил пока только двух подзащитных. Один продавал испорченный маргарин, выдавая несъедобный продукт за первоклассное «Вологодское» масло. Другой украл машину в своем дворе и попытался продать тачку соседу из другого подъезда своего же дома. Сам Перри Мейсон спасовал бы, защищая подобных придурков! Последние два месяца бедный ребенок сидел в консультации, отвечая на вопросы граждан. Мне было жаль его до слез, но настоящие клиенты все не попадались.

— Послушай, — налетела я на него, — нанимаю тебя защитником.

Аркашка отъехал от компьютера и хмыкнул:

— Разбила чужую машину, когда парковала свой «Вольво»?

Дежурные шутки домашних по поводу того, как я ловко вожу машину, надоели до полусмерти. Я села в кресло и изложила сыну суть дела. Аркашка притих и задумался.

На следующий день мы принялись действовать с самого утра. Сначала внесли в кассу консультации необходимую сумму денег, и Аркадий поехал к следователю знакомиться с делом. Я же подалась в Бутырскую тюрьму. Следовало добиться свидания, чтобы поговорить с Максом.

СИЗО-2, который народ называет Бутыркой, расположен на Новослободской улице. Мрачное здание скрыто от прохожих во дворе светло-кирпичного дома.

Я несколько раз уже бывала здесь и даже содействовала побегу заключенного, поэтому хорошо представляла тамошние порядки.

В полуподвальном помещении задыхалось человек пятьдесят. Внутрь впускают по двадцать. Свидание длится час. На сегодня мест нет, впрочем, на завтра и пятницу — тоже. Я молча выслушала словоохотливых женщин и вышла в маленький предбанник, где толпился народ с пудовыми сумками. Потом, спустившись на четыре ступеньки вниз, оказалась в другом полуподвале, где стоял тихий гул. Тут принимали передачи, и я знала, как действовать.

Подойдя к одному из раскрытых окошечек и дождавшись, когда очередная потная тетка сдаст колбасу и сушки, я сунула под решетку паспорт. Толстомордая блондинка залаяла как овчарка:

— Чего паспорт суешь? Тут только продукты, иди в первое окно.

— Глянь на спецразрешение, — тихо шепнула я, загораживая собой обзор.

Бабища раскрыла книжечку, сгребла сто долларов и быстро гавкнула:

— Ну, чего хочешь? Шампунь взять, бритву?

— Нет. Дам еще столько же, если устроишь в поток на свидание, который войдет в полдень.

— Фамилия, имя, отчество, год рождения, — деловито поинтересовалась стражница.

— Максим Андреевич Полянский, 1959-й.

— Топай в башню, — велела «помощница».

Я понеслась в соседний подвал. Ровно в двенадцать огромная железная дверь открылась, и полная тетка принялась выкликать фамилии. Меня вызвали последней.

— Ну? — осведомилась конвойная, когда я приблизилась. Еще одна зеленая бумажка перекочевала в карман гимнастерки, и я пошла по лестнице вверх. Вместе с другими женщинами меня завели в узкую и длинную комнату, разделенную грязноватым стеклом. По ту сторону уже сидели заключенные. Бабы кинулись искать своих. Я пошла вдоль стекла и увидела похудевшего и осунувшегося Макса.

— Вот что, граждане, — раздался громкий голос.

Все разом перестали причитать и повернулись к двери. На пороге высился здоровенный красномордый парень в камуфляже. В расстегнутом воротнике виднелась тельняшка.

— Кончай базар, гражданочки, свиданки вам сегодня сорок пять минут.

— Почему, сыночек, — заныли тетки, в отличие от меня простоявшие в очереди несколько дней, — час положен.

— Обед у нас, — сообщил тюремщик, — тоже кушать хотим.

— Ну, сыночек, — застонали бабы, — придумай что-нибудь, помоги! Не выгоняй раньше.

— Пользуетесь тем, что я добрый, — вздохнул парень, — так и быть. Сейчас запру всех, а потом вернусь. Но чтоб тихо тут!

— Конечно, конечно, — закричали родственники, — благодетель ты наш!

Мужик хмыкнул и вышел, тут же лязгнул замок. Я схватила телефон:

— Макс!

— Здравствуй, Дашутка, — вяло сказал Полянский, — как это ты сюда прийти решилась?

— Слушай внимательно. О Нине Андреевне позабочусь — и продукты куплю, и денег дам. Тебе отправлю передачу. Еще придет адвокат. Ты его хорошо знаешь, это мой сын Аркадий.

— Кеша? — изумился бывший супруг. — Он же совсем ребенок!

Я промолчала. Какой смысл сообщать, что «детке» двадцать шесть стукнуло!

— Простите, — сказал кто-то за спиной.

Я обернулась. Сзади стояла женщина.

— Пустите сюда, — сказала она.

— Зачем? — изумилась я. — Тут мой родственник.

— У вас дырка, — сообщила тетка, — а в моем боксике нет.

— Дырка?

— А, вы в первый раз, — протянула баба. — Смотрите, — и она ткнула пальцем в небольшую щель.

Затем говорившая бесстыдно задрала кофточку и вытащила из необъятного лифчика пластиковый пакет, наполненный бесцветной жидкостью. На свет явилась и тоненькая трубочка. Тетка засунула один кончик в щелочку, к нему моментально припал подбежавший мужик звероподобного вида. Жидкость в пакете стала стремительно убывать.

— Что это? — изумилась я, видя, как заключенный делает огромные глотки.

— Водка, — спокойно сообщила баба, — надо же бедолагу порадовать. А вы пока деньги трубочкой скрутите и в щелку просуньте.

Через пару минут напившийся мужик отвалился, как сытый клоп, я принялась пропихивать Максу доллары. Наконец все утихомирились.

— Слушай, скажи честно, это ты убил Веронику?

Максим молчал.

— Ну говори же!

— Нет, даже и не думал о таком. Честно говоря, просто хотел развестись. Даже дома не был в ту ночь.

— А где спал?

— В том-то и дело...

Оказывается, около семи вечера в офис позвонила женщина и предложила совершенно баснословную сделку. Дилерша отдавала яйца по какой-то смешной цене. Макс остался ждать продавщицу. Секретаршу, пятидесятитрехлетнюю Тамару Павловну, хозяин отпустил домой. Агентша появилась в половине девятого. Сначала рассказала, что является директором крупной новой подмосковной птицефабрики. Представилась как Раиса Федоровна Кулакова. Из себя оказалась вполне ничего, этакая знойная брюнетка в самом соку. Бюст примерно пятого размера обтягивала ярко-зеленая водолазка из тянущегося трикотажа-стрейч. Пухлые губы призывно улыбались, да и за яйца хорошенькая директорша просила сущие копейки. Разумеется, Макс тут же распустил хвост. Из офиса ушли все служащие, и Полянский самолично сварил кофе.

Брюнетка, слегка жеманясь, принялась глотать ароматную жидкость и тут же пролила напиток на ярко-желтую юбку. Максим галантно побежал в туалет и принес мокрое полотенце, чтобы вытереть гущу. Директриса кое-как размазала пятно, и они продолжили пить кофе. Потом случилась странная вещь. В глазах у Желтка заскакали черные мушки, немилосердно захотелось спать, зевота просто раздирала рот. Дама вздохнула и сообщила:

— Поздно, пора домой.

Она встала, Макс хотел сказать, что подвезет симпатяшку, но губы отказывались повиноваться. Больше мужик ничего не помнил.

В десять утра его разбудила пришедшая на работу Тамара Павловна. Секретарша с некоторым удивлением выслушала рассказ о приходе таинственной посетительницы. Макс, недоумевая, как он мог так внезапно заснуть, помчался домой. По дороге он заехал в магазин и купил коробку самых любимых конфет Нины Андреевны. Мать всегда выговаривала ему, когда он где-то оставался ночевать, не предупредив ее. Вот сынок и решил подольститься. Все, больше рассказывать оказалось нечего. Спустя пять дней появились милиционеры, обыскали квартиру и в спальне Максима под матрацем нашли новенькую «беретту». Отпечатков пальцев не было, но пуля, убившая Веронику, вылетела именно из этого ствола.

Я вытаращила глаза:

— Как? Пистолет?

Макс кивнул.

— Сам ничего не понимаю. Дашка, честное слово, не стрелял. На крайний случай уж лучше бы отравил или удушил. Даже не знаю, на что надо нажимать, пистолета в руках никогда не держал!

Тут загромыхала дверь, вновь возник толстощекий парень.

— Ну, гражданочки, заканчивайте!

Макс прижался лбом к стеклу.

— Дашка, это не я! Клянусь матерью, не я! Помоги, не я!

И тут отключили телефон.

Полянский продолжал раскрывать рот, но звук не достигал моих ушей. Зрелище производило жуткое впечатление. Я сразу вспомнила дурацкий сон.

— Помоги, помоги, — беззвучно кричал Максим. Губы мужчины кривились, по щекам потекли слезы. Со всего размаха он ударил кулаком в разделявшую нас преграду. Тут за его спиной возникли охранники. Схватив заключенного, они поволокли его куда-то в глубь помещения. Оттого, что все действие происходило беззвучно, делалось еще страшней. На секунду мне показалось, что я смотрю дурной кинофильм, а кто-то отключил у телевизора звук. Но это был не придуманный триллер, а страшная реальность.

Бабы молча столпились возле меня, кто-то похлопал по плечу, кто-то пожал руку, кто-то сунул сигаретку.

— Ладно, — вздохнула самая пожилая, — давайте по десять рублей.

— Зачем? — изумилась я.

— В первый раз небось, — заключила моло-денькая армянка, — учись. Сейчас соберем двести рублей и вот тут у окошка бросим.

— И что?

— А ты выходи последней и скажи разводно-му: «Сыночек, тут кто-то деньги забыл».

— Обязательно так говорить?

— Конечно, — терпеливо разъясняла «учительница», собирая мятые бумажки. — Вы должны говорить им «сыночек», они вам «гражданочка». А вот если в очереди с нами стоите, тогда по-другому. Я ведь вас моложе? Значит, звать вам меня нужно «доченька», парня моего возраста — «сыночек». Если одногодки рядом, то «брат» и «сестра», к пожилой обращаются — «маманя». Я же вам стану говорить «мамаша». Так здесь своих узнают — по обращению.

Она швырнула ассигнации на пол и двинулась к выходу, я покорно встала последней. Подождав, пока все тетки выдвинутся на лестницу, сделала лицо идиотки и забубнила:

— Сыночек, а сыночек...

— Чего, гражданочка?

— Глянь-ка, родименький, кто-то деньги потерял!

— Не волнуйтесь, гражданочка, — успокоил

тюремщик, подбирая скомканные десятки, — сейчас отнесу в стол находок, обязательно вернем.

Весело насвистывая, парень пошел вверх по винтовой лестнице, я двинулась в противоположном направлении. Получила на выходе паспорт и в полубезумном состоянии выпала на весело гудевшую Новослободскую улицу. Вокруг, смеясь, шли радостные, по-летнему пестро одетые люди. Многие ели мороженое, становилось жарко. Толпа мирно текла мимо подворотни, скрывавшей вход в тюрьму. Рядом находилась дверь большого универмага. Я вошла в длинное, кишкообразное помещение промтоварного магазина и уставилась на зубные щетки. В голове полный сумбур. Бедный Макс! Сидит в камере, где набито сто двадцать человек, ест баланду. Тяжелый вздох вырвался из моей груди. Нет, уходить из тюрьмы сейчас нельзя. Надо передать продукты.

Покурив, вернулась в Бутырку. Зал, где принимали передачи, гомонил огромной толпой. Красные, потные люди тащили неподъемные сумки. В углу стояла тетка с тетрадкой, составлялись списки на передачу лекарств. Минут десять потолкавшись среди товарищей по несчастью, я узнала много интересного. Продуктовую передачу можно отправлять раз в месяц. Общий вес — тридцать килограмм. Туда же разрешено положить: носки, трусы, мыло, миску, ложку, тапки... Записываться, чтобы сдать передачу, надо за неделю. Еще полагалось два раза в день отмечаться, опоздавших на перекличку безжалостно вычеркивают. Можно отнести и лекарства, но только российские. И для медицинской передачи существует своя очередь, тоже по списку. Потом многим заключенным передают ведро, таз и телевизор. Но эти предметы — только с разрешения начальника тюрьмы, к нему особая очередь, естественно, по другому списку. Продукты следует развернуть, разложить по прозрачным мешочкам. Дальше — больше. Сахарный песок — нельзя, кусковой сахар — извольте, мыло — пожалуйста, шампунь — ни за что, туалетная бумага не полагается, зато ученических тетрадок — сколько душа изволит.

На мой взгляд, подобные правила придумали люди, желавшие тянуть деньги с родственников заключенных. Во всяком случае, я собиралась заплатить приемщице, чтобы без проблем отправить продукты.

Но тут взгляд наткнулся на вывеску «Попечитель». Ради интереса зашла внутрь небольшого отгороженного помещения и обнаружила там... магазин. Две приветливо улыбающиеся девушки — приятный контраст по сравнению с остальными сотрудниками — и горы продуктов. Но цены!

Раза в полтора выше, чем в городе. Но если купить здесь необходимое, то разворачивать не надо и в очереди стоять тоже не требуется. К тому же милые продавщицы закрыли глаза на то, что я набрала покупок аж целых сорок килограмм.

— Не волнуйтесь, — махнула рукой одна, — никто на складе перевешивать не станет, если оплачено.

Я принялась заполнять квитанцию.

— Напишите на обороте пару строчек, — посоветовали девушки, — поддержите морально.

Нацарапав ничего не значащие слова любви, я вытащила кошелек и отдала за заказ сумму, на которую обычная семья спокойненько прожила бы два месяца. Потом вышла в зал и с сочувствием посмотрела на встрепанных людей, вываливающих на столики «раздетые» продукты. Да, богатому человеку хорошо и на воле, и в тюрьме.

Глава 4

Домой явилась только к четырем часам.

— Фу, — пробормотала Зайка, дергая хорошеньким носиком, — чем от тебя пахнет?

«Тюрьмой», — хотела я сказать, но прикусила язык. Незачем пугать невестку.

— Все-таки интересно, — продолжала настаивать Ольга, — где ты была?

Но тут распахнулась дверь, на пороге появилась раскрасневшаяся Маруся, а за ней маячил поджавший хвост Банди.

— Видали дурака? — завопила дочь.

Мы уставились на мелко дрожащего мощного пса.

— Опять кошки из сада выгнали, — засмеялась Маруся, — он их до смерти боится.

Наша «коллекция» собак начиналась с питбуля Банди и ротвейлера Снапа. Страшных псов купили специально для охраны. Но в детстве и тот и другой походили на восхитительные плюшевые игрушки. Их радостно тискали и гости, и хозяева. Результат налицо. Жуткого вида кобелины обожают всех! Специально вызванный инструктор встал в тупик.

— Первый раз встречаю таких собак, — сообщил он нам, — абсолютно послушно выполняют все команды, кроме «фас»! Озлобить их невозможно!

Так Снап и Банди превратились в болонок, основной интерес которых сосредоточен на еде. Жуют они постоянно, особенно не кривляясь: суп, кашу, мясо, чипсы, орехи и соленые огурцы. Потом один знакомый попросил нас приютить ненадолго пуделя Черри, да так и забыл про собачку. Следующим оказался английский мопс Хуч, но историю его появления расскажу как-нибудь в другой раз. Последней приехала йоркширская терьерица Жюли вместе со своей хозяйкой, няней близнецов Серафимой Ивановной. Если выстроить иерархическую лестницу принадлежащих нам животных, то на самом верху, безусловно, окажутся кошки — трехцветная Клеопатра и белая Фифина. Собаки повинуются им беспрекословно. Банди же пошел дальше всех — отважный пит-буль с акульими зубами вообще боится всех кошек. А в наш сад часто забредают бродячие киски в поисках еды. Если Снап, Черри, Жюли и Хучик делают вид, что не замечают непрошеных гостей, то Банди усаживается на пороге и отказывается выходить наружу. Задние лапы пита начинают мелко дрожать, морда принимает полубезумное выражение. Правда, точно такой

....

же ужас он испытывает при виде работающего пылесоса, кофемолки и фена.

— Клепа, Фифа, — закричала Маня, — в саду чужие!

Наши кошки стремглав ринулись наружу. Вот уж кто не дает наглым пришельцам спуску. За окном раздались шипение, утробный вой, потом сдавленное мяуканье. В две минуты пришельцы были выдворены. Хозяйки, гордо подняв раздувшиеся хвосты, важно прошествовали в холл.

— Иди уж, чучело, пописай, — вздохнула Маруся.

Банди, боязливо оглядываясь, потрусил в сад.

— Да, — сказала Оля, — а еще говорят, что пит-буль кровожаден. Наш при виде котенка в обморок грохнется!

Аркашка прибыл только к семи вечера. Мрачное лицо сына не обещало ничего хорошего.

— Ну! — накинулась я на «Перри Мейсона».

— Единственный более или менее приемлемый вариант для него — полностью признаться и упирать на то, что совершил убийство в состоянии аффекта, — резюмировал сын.

— Ты думаешь, это он?

— Нет, конь в пальто, — обозлился Аркашка.

— Но Макс клянется, что...

— Мать, — устало вздохнул Кешка, — все преступники заявляют, что они невинны, словно младенцы! Но надо же меру знать. В данном деле отрицать что-либо глупо!

Выяснилось, что около полуночи Макс вернулся домой. Его видела соседка с первого этажа

Анна Михайловна. Ночь стояла знойная, женщина никак не могла заснуть и курила на скамеечке возле дома. Вместе с ней сидела и Наташа Симонова из 22-й квартиры, гулявшая со своей таксой. По их словам, Максим приехал на джипе, загнал машину под навес и пошел в подъезд. По дороге он вежливо поздоровался с женщинами и даже перебросился с ними парой слов по поводу невероятной жары. Ошибиться дамы не могли, так как обе прекрасно знают Полянских. Не прошло и пятнадцати минут, как Макс выскочил из подъезда в безумном состоянии. Он вихрем пронесся мимо мирно болтавших соседок, вскочил в джип и умчался. Наташа заметила на брюках бежавшего большие темные пятна.

При обыске со дна громадного бачка для грязного белья оперативники вытащили слаксы бежевого цвета, все заляпанные кровью. Макс клялся, что давно не надевал этих штанов, но группа крови совпала с группой крови убитой. Более того, экспертиза свидетельствовала, что это кровь одного и того же человека — Вероники Медведевой. К тому же допрошенная секретарша Тамара Павловна сообщила, что хозяин вечером просто жутко поругался с супругой. Еще она насплетничала про связь Полянского с молоденькой студенткой, и оперативники сделали единственно возможный шаг: арестовали Макса, предъявив ему обвинение в убийстве.

Я притихла. Столько доказательств! Ну что за дурак! Убегать на глазах у болтливых соседок. Почему не воспользовался черным ходом? Дом на улице Воронова строили в конце 30-х. На кухне имелась дверь «служебной» лестницы. Когда Нина Андреевна посылала меня в свое время на рынок, возвращаться с картошкой следовало именно через кухню, чтобы не трясти в холле грязными сумками. Частенько пользовался запасным выходом и Макс, когда хотел незаметно проникнуть в дом. Наружная дверь открывается в небольшой грязноватый проулочек, там стоят мусорные бачки. Редко кто из соседей прогуливается в подобном месте. Почему не побежал туда?

Зачем хранил такую улику, как окровавленные слаксы? Не разумнее ли выкинуть их подальше от дома в разных местах, предварительно разрезав на части? И уже просто глупо прятать «беретту». Утопить в Москве-реке, да и дело с концом. Макс, конечно, не светоч разума, но и не дебил. Он что, хотел, чтобы его поймали?

Потом, Нина Андреевна рассказывала о пепельнице, полной окурков. А соседки уверяют, что Макс выскочил назад почти сразу, от силы через пятнадцать минут. Как можно искурить столько сигарет за подобный срок?

Было еще кое-что. В тюрьме он сказал мне, что не убивал Веронику. Причем поклялся здоровьем матери. Вот это серьезно. Нину Андреевну Максим любит до беспамятства и клясться всуе ее здоровьем не станет.

Аркашка вздохнул:

— Завтра поеду в тюрьму, попробуем выстроить линию защиты. Предположим, она ему изменила. Узнал случайно, схватил в состоянии аффекта пистолет...

— Нет, — тихо сказала я, — так не пойдет. Его же осудят!

— За аффект много не дадут, — отмахнулся Аркадий, — в особенности если приведем свидетелей, которые расскажут о безобразном поведении Вероники. Ну, пила, гуляла, дебоширила. Главное, чтобы признался и начал плакаться: не хотел убивать, случайно вышло. Искреннее раскаяние хорошо действует на судей.

— Нет, — продолжала настаивать я, — он не виноват.

— Мать, — вспылил Аркадий, — кончай идиотничать.

— Хорошо знаю Макса. Убивать женщину, да еще стрелять из пистолета в лицо — для него невероятно!

— Слушай, — окончательно обозлился Кешка, — значит, на процессе в ответ на все выдвинутые доказательства я должен встать и с серьезным видом заявить: «Подсудимый не виновен, так как он не любит убивать женщин выстрелом в лицо!»

— Ну, — промямлила я, — конечно, звучит неубедительно и смешно.

— Вот именно. Если будет упираться рогами и настаивать на невиновности, судья впаяет ему по полной программе, мало не покажется. Есть только один путь: раскаиваться, плакать и терзаться муками совести, напирая на аффективное состояние. Или...

— Или... — поторопила я, видя, что сын замолчал.

— Или ищи настоящего убийцу, раз так уверена в невиновности Полянского, — прошипел Кешка и, стукнув кулаком по журнальному столику, ушел.

Я медленно стала подбирать упавшие газеты и рекламные листовки. Такая мысль не приходила мне в голову. А правда, что, если самой попробовать разобраться в этой темной истории? Сдается, Макса просто подставили, вот только зачем?

На следующий день утром Кешка поехал в Бутырскую тюрьму, а я — к Максу в офис.

В отсутствие Полянского хозяйничал Леня Кошкин. Вернее, Леонид Сергеевич, жуликоватого вида парень с бегающими глазками.

— И чего вам надо? — довольно злобно осведомился он. — Макс — дурак. Где это видано — самому убивать? Умные люди нанимают киллера. Лох!

Тамара Павловна, седовласая дама, восседала у двери опечатанного кабинета. В свое время Максим выбрал женщину из множества других претенденток. Отвергнув девиц с роскошными ногами, он остановился на бывшей учительнице русского языка.

— Не нужны мне соблазны на рабочем месте, — шутил Полянский, — а Тамара Павловна игривых мыслей не вызывает и юбки носит нормальной длины.

Макс не прогадал. Преподавательница оказалась великолепной работницей. Никогда не опаздывала на работу, не пила, не курила, четко выполняла все поручения.

— Сижу как за каменной стеной, — сообщал Макс приятелям, удивлявшимся, что в приемной правит женщина почти пенсионного возраста, — а у свиристелок только танцы на уме. Нет, свою секретаршу ни на какую другую не променяю.

— Чем могу помочь? — церемонно осведомилась дама, увидев, как я притормозила у конторки.

— Принесла привет от Максима Андреевича из тюрьмы, — шепнула я.

— Пойдемте, — прошептала в ответ Тамара Павловна, косясь одним глазом на дверь кабинета Кошкина.

Мы тихонько, почти на цыпочках выскользнули из офиса и сели в небольшом уличном кафе.

— Как он там, бедняга? — поинтересовалась секретарша. — Всегда знала, что Вероника его до добра не доведет.

— Почему?

— Совершенно невероятная женщина, без руля и ветрил. Могла приехать в офис и устроить скандал. В день убийства требовала у Максима Андреевича двадцать тысяч долларов на шубу из соболя. Очень громко кричала. Уж хозяин ей объяснял, объяснял, что сейчас невозможно, нет таких свободных денег, все равно настаивала. Мол, договорилась с модельером Крутиковой, и та отдает ей по дешевке, всего за каких-нибудь несчастных двадцать тысяч баксов! Слышали когда-нибудь такое? Между нами говоря, у этой, с позволения сказать, дамы был роман с Леонидом Сергеевичем.

— Откуда знаете?

Тамара Павловна рассмеялась:

— Так никто не скрывал. Вероника открыто за ним на машине заезжала. Целый месяц женихались, а потом все закончилось. Я все удивлялась терпимости Максима Андреевича. Хотя, если говорить честно, у хозяина последнее время тоже была другая женщина. Молоденькая такая студентка Яна, вроде на мехмате училась. Пару раз приходила в офис. Честно говоря, смотреть не на что, Вероника куда красивее.

— Кто сейчас заправляет всеми делами?

— Кошкин, хотя официально хозяином остается Максим Андреевич. Но как он может сейчас руководить фирмой?

Я согласилась, что из тюрьмы это делать трудно, и поинтересовалась:

— У Макса были враги? Может, долгов наделал?

— Вы кем ему приходитесь? — поинтересовалась наконец секретарша.

— Скажем, дальняя родственница.

— Тогда должны знать, — сурово отчеканила Тамара Павловна, — о невероятной честности Полянского. Знаете, почему он так быстро разбогател?

— Нет.

— Максим Андреевич всегда расплачивался с поставщиками сразу. То есть покупал, к примеру, грузовик яиц на Глебовской птицефабрике и тотчас отдавал все деньги. Многие дают только половину, а следующий кусок — после продажи. Потом частенько обманывают, недоплачивают, притворяются, что продукты оказались непроданными и испортились... Но только не господин Полянский. Поэтому с ним все хотели иметь дело. Для многих его задержание — большая неприятность.

— А бандиты наезжали?

— С нашей «крышей»,— спокойно заметила женщина, — никогда не было проблем. Раз в месяц показываются, получают свой процент, и все довольны. Весьма милые ребята, никаких бритых голов и золотых цепей. Вообще Максим Андреевич — очень аккуратный коммерсант, никогда ни у кого не брал в долг, расширялся очень осторожно. Даже в офисе держал мало сотрудников, чтобы зря зарплату людям не платить. Шофера не имел, охраны тоже. Если бы не эта дурацкая история!

— Последний его рабочий день помните?

— Конечно. Утром ездил в Можайск, договаривался о поставке бройлеров. Мы хотели еще и куриным мясом торговать, Максим Андреевич даже магазин приглядел. Потом днем перекусил наскоро в кабинете и разговаривал с санитарным врачом. Затем внезапно приехала Вероника и устроила зверский скандал.

В начале восьмого Макс отпустил секретаршу домой, сказав при этом, что сам задержится, так как скоро приедет новая поставщица из Петухова.

— Точно помните название места?

— Абсолютно. Мы еще посмеялись с ним: яйца из Петухова!

Тамара Павловна спокойно ушла. Утром, придя на работу, обнаружила дверь в офис незапертой. Удивившись, секретарша пошла к себе и нашла хозяина, мирно посапывающего за столом. Макс спал безмятежно, как ребенок.

— Только зря он такое алиби хотел придумать, — вздохнула женщина. — Ну кто поверит, что проспал всю ночь на рабочем месте? Вот уж глупость. Да и поставщицы никакой не было, и кофе они не пили.

Выяснилось, что Тамара Павловна не нашла в кабинете грязной посуды. Аккуратно вымытые чашки стояли в шкафу, там же обнаружились и чистые ложки.

— Жаль Максима Андреевича, — вздохнула секретарша, — но пришлось в милиции правду сказать.

Да, Сократ, ты мне друг, но истина дороже.

Я уехала от Тамары Павловны с тяжелой душой. Неужели бывший супруг такой идиот, что, убив Веронику, вернулся на работу и притворился спящим? Настораживал еще такой факт: предположим, приехал домой около полуночи, случайно выстрелил в Веронику, испугался, расписховался, примчался в офис и придумал жуткую глупость про таинственную посетительницу. Все хорошо, но о продавщице Полянский сказал Тамаре Павловне в начале восьмого, когда Ника еще живехонька-здоровехонька потчевала Нину Андреевну тортом. Значит, история о таинственной дилерше придумана загодя, следовательно, ни о каком аффекте не может идти речь. Планировал убийство заранее, обеспечив идиотское алиби. А это уже другая мера ответственности и другой, куда более суровый срок.

Колеса сами понесли меня на улицу Воронова. Наталья Симонова, одна из двух соседок, видевшая Макса в ту роковую ночь, сидела дома. Женщина впустила меня внутрь огромной квартиры и запричитала:

— Ой, Даша, вот горе-то!

Много лет тому назад мы с ней, молодые и веселые девушки, немного сдружились. Ходили по-соседски пить друг к другу кофе, сладострастно сплетничали. Потом я развелась с Полянским и пропала с горизонта, отношения прервались. Но сейчас Наташа узнала меня сразу.

— Кто мог подумать, — тараторила Симонова, отодвигая ногой беснующуюся таксу. — Фу, Клара, вот ненормальная собака. Стоит заметить чужого, начинает орать дурниной.

— Наташа, точно помнишь, что видела Макса?

— Господи, — всплеснула руками соседка, — ну как я могла его не узнать? Всю жизнь в одном дворе. Правда, странный шел, такой расстроенный и усталый. Обычно всегда первым здоровался, а тут плелся, голову повесив.

Симонова окликнула мужчину. Тот повернулся, подошел поближе, но не вплотную. Максим начал покашливать и посетовал, что по такой жаре где-то ухитрился простудиться. Говорили они не больше пяти секунд. Потом Полянский ушел в подъезд.

— Ничего странного не заметила?

— Нет. Такой, как всегда, только очень расстроенный. Я еще спросила: «Чего мрачный?» А он рукой махнул: «На работе неприятности» — и бегом домой. Вот только Клара...

Наташкина такса — абсолютно беззлобное существо, но при виде незнакомого человека начинает лаять как бешеная. Причем укусить не пытается, только гавкает словно оглашенная. К знакомым моментально подбегает и подставляет для почесывания шелковую спинку. Кинулась она в тот раз и к Максу. Но на полдороге притормозила и закатилась в захлебывающемся лае. Симонова пыталась успокоить таксу. Куда там! Клара прекратила хай только после того, как Макс скрылся в подъезде. Отчего-то такса в тот день накинулась на Полянского.

— Ты видела и как он уезжал?

— Ну да, — кивнула соседка. — Вылетел во двор, словно за ним волки гонятся. Лицо бледное, волосы растрепанные, брюки все перемазанные. Бежит мимо нас и бормочет: «Господи, не хотел, не хотел». Мы еще с Анной Михайловной гадали, о чем он толковал.

Да, имея такого свидетеля, трудно уверять, что не заезжал домой. Я пошла искать Анну Михайловну. Судя по всему, старушка смотрела какой-то сериал, потому что из глубины квартиры раздалось громовое: «Педро, любимый!»

— Откуда я вас знаю, — пробормотала бабуль-ка, впуская меня в коридор, — из поликлиники, да?

— Я бывшая жена Максима Полянского, Дарья.

— Дашенька, — возрадовалась соседка, — хо-рошо, детка, что с ним развелась. Видишь, как оказалось. Вроде нормальный был, а Никочку за-стрелил. Хотя она сама, прости господи, хороша! А уж одевалась! Порой казалось, что юбку забыла натянуть. Один раз по простоте душевной и гово-рю: «Вероника, миленькая, в одной кофточке идешь и колготках». А она зыркнула глазищами да как рявкнет: «Платья теперь такие носят, а тебе, дуре старой, на кладбище пора, нечего за всеми подглядывать». Вот такая актриса. Правда, хорошенькая, как картинка. Жаль только, волосы красивые отрезала. Полна голова белокурых куд-рей была, а превратилась в рыжего общипанного воробья. Нет, не понимаю я современную моду.

Анна Михайловна тоже не сообщила ничего интересного. Макса видела, разговаривала с ним, а потом наблюдала за поспешным отъездом джипа.

Даже одной свидетельницы хватит, чтобы уто-пить беднягу Максима, а тут целых две, да такие бойкие, уверенные!

Я поднялась на третий этаж. Нина Андреевна выглядела совсем плохо, а в холодильнике лежа-ли совершенно нетронутые продукты.

— Ну нельзя же голодать! — возмутилась я. — Хоть йогурт съешьте.

— Не могу, кусок в горло не идет, — заплакала свекровь.

Я поглядела на вконец измученную старуху.

Несладко ей, наверное, одной в квартире, да и страшно.

— Ладно, собирайтесь, поедем ко мне жить.

— Ой не надо, деточка, — испугалась свекровь, — у тебя там в двух комнатах все и так друг у друга на головах сидят.

Не слушая ее причитаний, я пошла в спальню к бывшему мужу. Надо собрать вещи для тюрьмы. Как там советовали женщины: тренировочный костюм, майки, шорты, носки. Все желательно черного цвета, еще полотенце, тапочки. Вот уж никогда бы не пришло в голову послать в Бутырку домашние тапки.

Я раскрыла огромный трехстворчатый шкаф. Да, Максим явно себе ни в чем не отказывал. Штук двадцать великолепных костюмов, невероятное количество рубашек и пуловеров, масса галстуков, ремней, подтяжек, носков... И все отменного качества.

Я запихнула необходимые вещи в сумку. Ах да, еще часы!

Максим просил, чтобы Аркадий, когда придет, принес часы, маникюрные ножницы и игрушку «Тэтрис».

Я принялась искать, но часы не попадались на глаза. Пришлось позвать Нину Андреевну.

— Да здесь они, — сказала старуха, — когда арестовывали, велели дома оставить. У него ведь страшно дорогая штука на запястье болталась — «Лонжин», браслет платиновый, по циферблату бриллианты.

Невероятно дорогая вещичка. Такая в тюрьме

ни к чему, лучше куплю простенькие, дешевые — «Полет».

Нина Андреевна продолжала рыться в письменном столе:

— Вот гляди, и перстень тут в коробочке.

— Что за перстень?

— Максим сам себе подарок сделал на 40-летие, купил в Париже у «Картье» такое огромное кольцо с изумрудом. На мой взгляд, жуткая безвкусица.

Я тихонько присвистнула. Знаю, сколько стоят у «Картье» украшения для мужчин, скорее всего Макс отдал за игрушку целое состояние. Да и «Лонжин» — недешевое удовольствие.

Взяв на всякий случай записную книжку экс-супруга, я подхватила две неподъемные сумки и стала подталкивать Нину Андреевну к выходу. По дороге задела в холле вешалку, и с нее дождем посыпались шляпы. Я отнеслась к их падению с полным безразличием — упали, и черт с ними, поднимем в другой раз.

Всю дорогу до дома Нина Андреевна молчала. Ойкнула она только, когда Снап и Банди всунули морды в салон «Вольво».

— Они не кусаются, — сообщила я, — впрочем, остальные животные — тоже.

— Очень милые собачки, — отозвалась старуха и мужественно погладила Банди по блестящему носу.

Тут раздался отчаянный треск. На полной скорости во двор влетела на мотоцикле Маня. Длинные белокурые волосы выбивались из-под ярко-красного шлема. Круглая, толстенькая попка вбита в тесные черные джинсы. Не сумев остановиться, дочь влетела прямо в багажник Аркашкиного «Мерседеса».

— Вот блин, — заорала, по обыкновению, Манюня, — теперь Кешка из меня фарш сделает!

— Это моя младшая дочь Маша, — решила я внести ясность в ситуацию.

— Очень милая девочка, — испуганно проговорила Нина Андреевна.

Путаясь в собаках и кошках, мы двинулись в холл. У входной двери громоздились два огромных чемодана, перетянутых ремнями. Нехорошее предчувствие кольнуло сердце. Из гостиной вышли несколько человек.

— Узнаете Кешу? — спросила я, указывая на сына.

— Конечно, нет, — удивилась Нина Андреевна.

— Мулечка, — завопила Манюня, — Мулечка, приехала Римма Борисовна и привезла Геру.

Но я сама уже видела спешивших с распростертыми объятиями гостей. Вытерпев родственные поцелуи, решила соблюсти приличия и, подведя к приехавшим Нину Андреевну, сказала:

— Знакомьтесь.

— Очень приятно, — произнесли женщины одновременно, потом в унисон добавили: — Я — Дашина свекровь.

После такого заявления они оторопело уставились друг на друга.

Аркашка и Маруся захихикали. Ну почему у меня всегда все получается не как у людей?

Глава 5

Замуж я выходила четыре раза, и каждый раз неудачно. Потом, решив, что не создана для семейной жизни, плюнула и остановилась. Правда, поздно. Мужья-то ушли, но другие родственники остались и совершенно не собирались меня покидать. Началось с Аркадия. Кеша вообще-то приходился сыном моему первому мужу. Его настоящая мать работала археологом и целыми годами пропадала в пустыне. Кеша жил с отцом, потом в три года достался мне. Марусю принесло последнее замужество. Мой четвертый муж после развода женился на женщине с младенцем. Потом они собрались эмигрировать в Америку, но не тащить же с собой в неизвестность крошечную девочку? Так Маня временно оказалась у меня. Примерно через год ее мать умерла, а Гена сочетался браком с американкой... В результате в придачу к сыну появилась дочь. Между этими замужествами было еще два: с Полянским и Филиппом Красавиным.

Римма Борисовна — мать Филиппа, а Гера — его младший брат, имеющий у домашних кличку ПДН, что расшифровывается как «Постоянно действующее несчастье». Живут они в городе Скальске, возле Ижевска, но раз в год обязательно наезжают в Москву. Римма Борисовна самозабвенно носится по вещевым ярмаркам. Геру следует женить. Поэтому мужик безуспешно посещает собрания клубов «Кому за тридцать» и дает объявления в газетах. Требования к будущей супруге предъявляются «минимальные». Она должна быть из хорошей семьи, с образованием и приличной работой. Желательно также, чтобы блондинкой, лет тридцати. Конечно же, отменного здоровья, без детей и престарелых родственников. Наличие хорошей квартиры обязательно. При этом Гера вовсе не настаивает, чтобы избранница обладала европейскими 90—60—90. В конце концов готов согласиться на 92—62—92. Мне такое чудо света не встретилось ни разу, но Гера полон энтузиазма.

Разведя свекровей по спальням, я поднялась к себе и принялась изучать записную книжку Макса. Странички были густо заполнены фамилиями и телефонами. Но я искала Яну и не нашла.

На следующий день в полдень стояла в учебной части мехмата. На шее у меня висел фотоаппарат. Повертев перед носом приятной женщины темно-бордовым удостоверением, я рассказала немудреную историю.

Организовала новый журнал для молодежи и назвала издание «Яна». Теперь ищу среди студенток девушек с таким же именем, чтобы взять интервью.

Инспекторша пришла в полный восторг:

— Как раз есть такая! На четвертый курс перешла, Яна Соколова. Идите в двенадцатую аудиторию, их группа сегодня экзамен сдает.

В коридоре у высоких дверей тихо гудела кучка взволнованных студентов.

— Ребята, — отвлекла я их, — где Яна Соколова?

— Понятия не имею, — ответил черноволосый парень, — ее и на прошлом экзамене не было, говорят, заболела.

— Она москвичка?

— Да, — кивнул студент.

— Адрес знаешь?

— В учебной части спросите.

Я двинулась назад. Удивленная инспекторша полезла в личное дело.

— Смотрите-ка, — удивилась женщина, — и правда, заболела. Вот справка из 52-й больницы.

Я повертела в руках бланк. Торопливым почерком доктор Ревенко писал, что Яна Соколова госпитализирована 5 июня с диагнозом сотрясение мозга.

— Бедная девочка, — сокрушалась инспекторша, — очень ответственная студентка, на красный диплом идет. Удивительно собранный человек, все всегда сдает вовремя, рефераты лучшие на курсе.

— А кто принес справку, мать?

— Лена! — крикнула собеседница.

Из соседнего помещения высунулась востроносенькая тощая девица с тонким ртом.

— Ты брала справку от Соколовой?

— Ну, — буркнула девица.

— Мама приходила?

— Не-а, — прогундосила девчонка, — сестра. Даже смешно.

— Почему? — поинтересовалась я.

— Яна у нас на крысу похожа, — хихикнула девица.

— Лена, — строго заметила инспекторша, — если бы тебе господь дал хоть половину ее ума! И потом, говорить так просто неприлично.

— А чего, — заныла девица, — я ничего такого не сказала. Янка и правда крыса лабораторная. Глазки маленькие, носик острый, коленки как у кузнечика. И одевается ужасно. В одном свитере ходит и зимой, и летом. А сестра — такая хорошенькая, картинка. Только волосы и похожи — редкие и рыжие. А так ничего общего. И прикид на ней клевый был: туфельки — закачаешься, юбочка белая, пиджак шелковый — блеск. Духи замечательные. Привезла справку и говорит, что ездили на пляж, играли в волейбол, вот Янке по лбу мечом и вмазали.

— Ладно уж, — махнула рукой старшая, — иди работай.

Я взяла домашний адрес Соколовой и поехала в 52-ю больницу.

Толстая неопрятная баба в грязноватом белом халате грозно восседала за дверью с табличкой «Справочная».

— В каком отделении лежит Яна Соколова?

— День, — гаркнула баба.

— Что? — не поняла я.

— День покладки, — уточнила служащая.

Слегка растерявшись, все же сообразила и сообщила: 5 июня.

Тетка ухватила пухлой рукой «мышку» и весьма неумело принялась включать компьютер. У нее все время появлялись на экране не те программы, потом наконец возник список.

— Нет такой, — сообщила баба.

— Посмотрите четвертого или шестого.

— Я чего, нанялась тут все тебе глядеть? — вызверилась санитарка.

Удивительная логика! Конечно, нанялась, раз сидишь под табличкой «Справочная». Пятидесятирублевая купюра волшебным образом изменила настроение дамы. На ее лице даже появилась улыбка. Самым тщательным образом просмотрели списки за первые десять дней июня. Никакой Соколовой и в помине нет.

— Доктора Ревенко где искать?

— На втором, в хирургии.

Я медленно побрела по пахнущему хлоркой коридору. Дверь с надписью «Ординаторская» оказалась последней. Толкнув ее, попала в большое помещение с письменными столами. На подоконнике закипал чайник. Довольно молодая женщина со слегка апатичным лицом медленно подняла глаза от газеты. Докторица разгадывала в свободное время кроссворд.

— Доктора Ревенко нет?

— Это я, — заторможенно произнесла терапевтица.

Ее лицо не выражало никаких эмоций. Даже если сейчас в кабинет вбегут десять голых папуасов, она не вздрогнет.

— Подскажите, где я могу увидеть Яну Соколову?

Врачиха уставилась в пространство блекловатыми глазами. Прошла минута, две... Я решилась повторить вопрос.

— Как найти Яну Соколову, где ее палата?

Гиппократша наморщилась и наконец произнесла:

— Кто это?

— Ваша больная, с сотрясением мозга.

— В пятнадцатой лежит Соколова.

Поблагодарив невозмутимую тетку, я двинулась назад по коридору. Дверь 15-й комнаты стояла открытой нараспашку. Внутри оказалось четыре кровати, на них лежали бледные женщины. Три загипсованные, привязанные к гирям ноги, одна рука — «самолет». На сотрясение мозга что-то не похоже. На всякий случай поинтересовалась:

— Соколова здесь лежит?

— Тут, — сообщила примерно пятидесятилетняя тетка.

Да, либо Макс сошел с ума, либо не та Соколова.

— Яна? — переспросила я.

— Ольга Никифоровна Соколова, — вздохнула женщина, — опять в справочной перепутали.

Пришлось идти назад. Докторица меланхолично глядела в кроссворд.

— В пятнадцатой Ольга Никифоровна Соколова, а мне нужна Яна, девушка двадцати лет.

— Другой нет, — невозмутимо сообщила Ревенко.

— То есть как? Сами ей справку выдали о госпитализации.

— Я? — возмутилась докторица. — Никогда не даю никаких справок, их у нас старшая медсестра пишет.

Я ткнула пальцем в лежащие на другом столе бланки.

— Вот точь-в-точь такую бумажку дали Яне Соколовой.

Ревенко пожала плечами:

— Поглядите сами, там все уже проставлено, и печать, и подпись, только инициалы да фамилию вписать.

— Ничего себе порядочки! — возмутилась я.

Ревенко без всяких эмоций глянула вновь в газету. Ну и баба — айсберг, да и только.

Но тут дверь с громким стуком распахнулась, и в ординаторскую словно вихрь влетела раскрашенная девица. Беленький полупрозрачный халатик обтягивал ее, словно вторая кожа. На голове каким-то чудом держался огромный накрахмаленный колпак. Стрельнув в мою сторону глазом с густо намазанными тушью ресницами, небесное видение подлетело к телефону.

— Галя, — медленно протянула Ревенко, — тут интересуются Яной Соколовой, лежала у нас такая с сотрясением мозга?

— Может, и лежала, — с энтузиазмом сказала Галя, тыча коротеньким пальчиком в кнопочки, — разве всех упомнить!

— Ее вроде пятого июня положили, — встряла я.

— Такой сейчас нет, — отрезала Галя, — может, больницу перепутали, 51-я или 53-я...

Пришлось уходить несолоно хлебавши. Ясно только одно: Яна не в больнице. Скорей всего приехала на один день сразу после несчастного случая, а потом отправилась домой долеживать.

Обитала Соколова недалеко от метро «Щукинская». Громадная блочная башня торчала посреди низеньких пятиэтажек, словно второгодник меж первоклашек. Грязноватый подъезд без признаков консьержки, лифт выставлял напоказ сгоревшие кнопки. Кое-как я доехала до последнего, пятнадцатого этажа. Дверь распахнулась, и на пороге показалась женщина неимоверной толщины. Просто человек-гора. Необъятные телеса скрывало что-то отдаленно напоминающее халат. Жирные, лоснящиеся щеки радовали глаз буряковым румянцем, колонноподобные ноги упрятаны в туфельки примерно 42-го размера. На том месте, где у обычных женщин бывает талия, данная дама носила бельевую веревку. Да оно и понятно — где найти поясок длиной в два метра?

— Кого ищете? — весьма любезно осведомился монстр, кокетливо поправляя ожиревшей ручкой сальные кудри.

— Яну Соколову.

— Входите, — разрешила дама.

Я вдвинулась в узенький коридорчик. Сопя от напряжения, хозяйка потопала на кухню. Маленькое пятиметровое помещение почти полностью занимали плита и холодильник. Когда глыбообразная женщина встала у мойки, мне осталось только сантиметров двадцать свободного пространства.

— И зачем Яночка понадобилась?

Я сообщила подготовленную ложь про новый журнал и интервью. Тетка с интересом выслушала.

— Янонька уехала, по делам.

— Куда?

— У них на факультете собрали команду для олимпиады в Киеве. Сначала ее почему-то не взяли, а потом велели срочно собираться и ехать. Даже домой не зашла, просто позвонила, Танечка сумку на вокзал привезла.

Интересное дело, а на факультете говорят, она больна. Они что, забыли про олимпиаду?

— Вы ее мама?

— Нет, тетка, но воспитывала ее всю жизнь.

Выяснилось, что мама Яны умерла, когда той исполнилось всего два года. Отец вскоре снова женился, и дочь стала ему не нужна. Девочку пригрела Рада Ильинична, сестра отца.

— Своих детей нет, — бесхитростно поясняла женщина, — как операцию сделали по женской части, разнесло, словно квашню. Так замуж и не вышла, вдвоем с Яночкой живем. Девчонка золотая уродилась. Учится отлично, послушная, ласковая, повышенную стипендию получает. Не курит, не пьет, не то что другие. Хотите, карточки покажу?

Не дожидаясь согласия, она вытащила из ящика альбомчик.

— Глядите, просто красавица.

Честно говоря, смотреть оказалось не на что. Почти на всех снимках запечатлена худая, даже скорее тощая девица. Волосы туго стянуты либо в пучок, либо в хвостик. Мелковатое личико с остреньким носиком, тонкие губы и почти полное отсутствие бровей и ресниц. Правда, на последних снимках видны кое-какие изменения. Волосы коротко пострижены и выкрашены в рыжий цвет — очевидно, робкие попытки приукрасить внешность. На всех снимках девчонка запечатлена одна, иногда с кошкой.

— Худенькая какая, — решила я вызвать на разговор тетку, — но хорошенькая, небось кавалеры пачками бегают.

— Ой, — отмахнулась Рада Ильинична, — никого нет. На мехмате такие странные мальчики учатся! У них там девочек — всего ничего. Так поухаживайте, в кино позовите — нет! Яночке, правда, и некогда. Хочет красный диплом получить, сидит целыми днями в библиотеке. Пару раз даже у Жени оставалась ночевать. Задержится до ночи, ехать страшно. У нас хоть метро и рядом, но после десяти никого вокруг, мне на улицу трудно выходить, задыхаюсь!

— Кто это Женя?

— Евгения Полякова, подружка, в одной группе учатся. Женечка рядом с МГУ живет, квартира большая, вот Яночка у нее и ночует иногда.

В коридоре затренькал звонок, Рада Ильинична, тяжело дыша, пошла открывать дверь.

— Вот, — радостно сказала она, — знакомьтесь, Танюша. Еще одна Яночкина подружка, в одном классе учились. А это редактор журнала, — похвасталась тетка, — хочет про дочку статью писать!

Танечка быстро глянула на меня, потом поставила на стол большую хозяйственную сумку и, вытащив из кармана несколько смятых десяток, звонко произнесла:

— Все купила, даже банановый йогурт нашла.

— Ну спасибо, что бы без тебя делала, — принялась говорить Рада Ильинична.

Да, тетка явно ничего не знала про роман племянницы с Полянским. Но скорее всего ближайшие подружки в курсе дела.

— Жаль, конечно, что самой Яны нет, — вздохнула я, — но материал можно построить и по-другому. Если, конечно, подруги не откажутся ответить на вопросы. Вы далеко живете?

Таня засмеялась:

— Дальше некуда — за стенкой.

Мы пошли к ней. Девчонка тоже провела на кухню и принялась готовить кофе.

— Давно дружишь с Яной?

— Всю жизнь, — улыбнулась Танюша, — познакомились в пять лет, куличики вместе строили. Потом в одну школу пошли, десять лет рядом просидели. Вот только в институты разные попали. Я в математике ничегошеньки не понимаю.

— Скажи, ты знаешь, где Яна?

— В Киеве, — подтвердила Таня.

— Точно знаешь?

Выяснилось, что пятого июня, примерно в три часа дня, Рада Ильинична позвала Танечку. Яне предложили внезапно отправиться в Киев, и она не успевала заехать домой за вещами.

— Как странно, — пробормотала я, — к чему подобная спешка, не могли заранее предупредить?

Рада Ильинична объяснила Тане, что в Киев должна была ехать команда пятикурсников, но кто-то заболел, и Яну срочно поставили на замену.

Танюша послушно взяла саквояж и повезла на Киевский вокзал. Прибыла девушка буквально за пять секунд до отхода экспресса. Яна только схватила вещи, махнула рукой и вскочила в вагон.

— Она ехала одна?

— Не знаю, наверное, со всей командой.

— Интересно, Максим Полянский провожал Соколову?

Таня внезапно покраснела. Лоб, щеки и даже шея зарделись, словно маков цвет.

— Вы откуда знаете про Максима?

— Нет ничего тайного, что не стало бы явным, — гордо провозгласила я.

После этих слов девушка просто побагровела.

— Вас его супруга прислала?

— Нет, что ты, деточка. Просто Максим Андреевич попал в очень неприятную ситуацию. Я его адвокат, и мне нужно выяснить, что он делал в ночь с пятого на шестое июня. Просто не хотела зря волновать Раду Ильиничну. Скажи, ты точно видела, что Яна уехала?

— Конечно, проводница еще ругалась, что она в последний момент села. Поезд № 13, вагон № 13, такое вот сочетание. А что случилось с Полянским?

— Он в тюрьме, обвиняют в убийстве жены.

— Боже, — прошептала Таня, — а Яна не попадет?

— За что?

— Ну, последнее время они часто были вместе. Познакомились в сентябре и с тех пор не расставались.

Второго сентября примерно в пять часов дня Яна тихонько брела в сторону метро «Университет». Внимание девушки привлек симпатичный мужчина, стоявший около джипа. Поднятый капот вездехода демонстрировал внутренности. Мужик дергал руками проводки, потом со злостью пнул колесо ногой, вытащил мобильник и закричал:

— Мама, прости, не приеду. Стою на дороге, как дурак, со сломанной тачкой, все планы псу под хвост!

Он закрыл телефон и, не обращая внимания на то, что пачкает белые брюки, плюхнулся на бордюрный камень.

Яна в тот день никуда не торопилась. С самого детства девочка увлекалась моторами. Когда другие дети играли во дворе в классики и скакали через веревочку, Яночка затаив дыхание стояла возле автомобилистов. В двенадцать лет ребенок запросто мог разобрать и собрать внутренности «Жигулей». Со всего дома соседи тащили Яне закапризничавшие кофемолки, радио и телевизоры. У девочки оказались просто золотые руки. Увидав расстроенного мужика, годившегося ей в отцы, Яна подошла и с интересом заглянула под капот. Причина неполадки стала ясна сразу.

— Иди, иди, девочка, — безнадежно сказал водитель.

Яна засучила рукава пуловера и нырнула внутрь. Через пару минут джип весело зафыркал. Страшно удивленный Макс помог нежданной помощнице вымыть руки и довез девушку до дома. Так начался роман.

Яна влюбилась в Максима до потери пульса. Ей ничего от него не было надо: ни бриллиантов, ни шуб, ни квартир. Только находиться рядом с любимым, дышать с ним одним воздухом, тихо сидеть около...

Все вечера теперь она проводила с Максимом. Иногда забегала к Танечке и с порога принималась рассказывать, какой Полянский замечательный, умный, нежный, тактичный, воспитанный, тонкий, красивый... Эпитеты растягивались на несколько минут. Был только малюсенький изъян — жена Вероника. Яну мучила совесть, ей не хотелось разрушать чужое счастье. Но Максим объяснил девушке, что семьи как раз и нет, осталось одно пепелище. Развод — дело давно решенное, и не она тому причиной.

Яночка просто летала, сияя от счастья. Впервые в жизни ей захотелось стать красивой. Поэтому, готовясь поехать с Максом в Тунис, она постригла негустые волосы и выкрасила шевелюру в рыжий цвет.

— Вышло ужасно, — вздыхала Таня, — но ей понравилось.

— Они хотели ехать отдыхать?

— Да, — кивнула подружка, — билеты купили на семнадцатое июня. Раде Ильиничне собиралась сказать, что отправляется в студенческий лагерь, на побережье Крыма.

«Странно, — подумала я, — мечтает о поездке с любовником на море и внезапно отправляется на олимпиаду в Киев. Ну да бог с ней, взбалмошной девицей. Ясно, раз Таня видела, как вечером пятого июня Яна садилась в поезд, значит, девушка не встречалась с Максом в роковую ночь. Неужели он и правда просидел в кабинете, притворяясь спящим?»

Глава 6

Домой я ввалилась около девяти вечера, голодная, потная и злая. В гостиной, мирно переговариваясь, сидели свекрови. В руках у них поблескивали крючки. Надо же, нашли общий язык. И та, и другая увлекались вязанием дурацких беленьких салфеточек из катушечных ниток.

— Поздно как приходишь, — заметила Нина Андреевна.

— Кстати, Маша смотрит абсолютно неподходящий для ее возраста фильм, — наябедничала Римма Борисовна.

— Дети сейчас окончательно распустились, а матери только о работе и думают, — вздохнула свекровь номер два.

— Мы своих сыновей в строгости держали, — согласилась с ней свекровь номер три.

Внимательно глядевший на них Снап тихонько гавкнул. Нина Андреевна сунула руку в жестяную коробку с печеньем и с умилением запихнула жирное, сдобное лакомство в подставленную раскрытую пасть. Тут же подлетел Банди и был наделен таким же угощением.

— Кстати, — сообщила Римма Борисовна, — там у Аркашки сидит какой-то мужчина, вроде твой приятель. И скажи мне, ты обращала внимание на желудок сына? За обедом он съел только салат из огурцов, так недалеко до гастрита. Я тебе дам почитать вырезки из газеты «Здоровье» на эту тему, страшно интересно.

— Да она сама отвратительно питается, — вступила Нина Андреевна, — вечно кусочничает и детей не научила по-нормальному обедать. И мне кажется, нельзя разрешать девочке гонять на мотоцикле. Это так вульгарно!

Мило улыбаясь в лицо гарпиям, я стала задом пятиться к двери. Нет, две свекрови сразу — это слишком, никакая нервная система не выдержит.

В кабинете у Аркашки сидел Александр Михайлович. В руках он держал какие-то документы. Я отметила, что перед ним стоят пустая тарелка, усеянная крошками, и нетронутая чашка с непонятной жидкостью светло-коричневого цвета. Легкий смешок вырвался из груди — Кешка угощает полковника «фирменным» напитком. Сын великолепно разбирается в винах и совершенно не умеет готовить кофе. Такого мерзопакостного пойла не удается сделать никому. Аркашка пребывает в счастливой уверенности, что для полной кофеварки достаточно одной чайной ложки молотого кофе. Чтобы придать «кофе» вкус, он щедро сыплет туда сахар и от души доливает молока. Получившуюся жидкость отказывается употреблять даже всеядный Банди.

— Мать, — провозгласил Аркадий, — полковник приехал поговорить о деле Полянского.

Я вздрогнула и с укоризной посмотрела на сына: предатель, взял и растрепал об убийстве! Полковник как ни в чем не бывало мило улыбался и ласково пощипывал Хуча за жирные складки на спине. Мопс блаженно щурился.

Александр Михайлович — старый и верный друг. Много лет тому назад я, нищая преподавательница французского языка, польстилась на дополнительный заработок и нанялась почасовиком в Академию Министерства внутренних дел. Платили там просто отлично и, что было очень немаловажно по тем временам, давали богатый продуктовый набор. Именно с тех пор зефир в шоколаде носит в нашем доме название «милицейский».

Группа курсантов подобралась редкостная. Пятнадцать ничего не понимающих в языке молодых людей. Они великолепно успевали по своим полицейским наукам, но французский стал для них настоящим камнем преткновения.

— Уж лучше неделю в засаде сидеть, чем учить ваши неправильные глаголы, — признался один из слушателей в момент откровенности.

Чем ближе подкатывал экзамен, тем яснее становилось, что основная масса студентов его просто не сдаст. Ладно бы, принимай я экзамен одна. Поставила бы всем четверки, кто проверять станет? Но ректор МВД повелел собрать комиссию. Мои «французы» от страха потеряли последние шаткие знания. Тогда и решились на обман. Каждый получил по одному билету и вызубрил его назубок. Я же обязалась сделать так, чтобы они сумели отыскать в общей куче нужный листок.

Рано утром комиссия, состоявшая из врача-патологоанатома, преподавателя по стрельбе и милой учительницы математики, уселась за длинный стол. Я пристроилась с торца, тихо радуясь, что никто из проверяющих не владеет иностранными языками.

Когда на пороге появилась первая группа сдающих, быстренько всунула им нужные билеты. Экзамен покатился как по маслу. Курсанты бодро читали тексты и ловко отвечали на грамматические вопросы. Пятерки сыпались словно из рога изобилия. Я успокоилась и слегка расслабилась. И, как выяснилось, зря.

Облом случился в тот момент, когда билет вытянул Александр Михайлович, тогда молодой и кудрявый. Он сел на последнюю парту, и по выражению его лица я поняла: что-то случилось. С милой улыбкой, заглядывая в листочки тех, кто готовился к ответу, подплыла к нему и грозно прошипела:

— Ну?

— Не этот билет учил, — шепнул несчастный, — случайно другой взял.

Да, настоящая катастрофа.

— Слушай, — пробормотала я, — тут никто,

кроме меня, французский не знает, прочти как-нибудь текст, а грамматику не спрошу.

Потный курсант приблизился к комиссии и судорожно начал изображать чтение вслух. Как он произносил слова! Aujourd'hui в его исполнении звучало как «аужурдоис», est читалось как «ест», но комиссия осталась довольна: быстро и четко, что еще надо? Махнув рукой, я придвинула к себе зачетку страдальца. И именно в этот момент преподаватель стрельбы воскрес от сна и велел:

— Теперь переведите!

Курсант затравленно глянул на меня.

— Ну, — подтолкнула я, — не смущайтесь, я видела, как вы переводили письменно, все абсолютно верно, достаньте листок из портфеля и прочтите нам.

Понятливый слушатель выхватил из кейса какую-то бумажку и начал озвучивать доклад «Патологоанатомическое исследование трупа». Если учесть, что у всех остальных были сказки Шарля Перро, впечатление он произвел потрясающее.

— Какой трудный перевод, — покачала головой учительница математики, — неправильно составлены билеты. Одним — «Красная Шапочка», другим — сложнейший профессиональный отрывок. Идите, молодой человек, вы безусловно заслужили пятерку.

Остается добавить, что на следующий день меня долго ругали за идиотский подбор литературы для перевода.

С тех пор мы нежно дружим. Из стройного

кудрявого лейтенанта приятель превратился в полного лысоватого полковника. Но на наши отношения подобная метаморфоза совершенно не повлияла. Оказавшись в Париже, мы моментально позвали его в гости. Полковник приехал и тут же подружился со своим французским коллегой комиссаром Жоржем Перье. Мы с Наташкой недоумевали, как мужчины ухитряются договариваться. Жорж не знает ни одного русского слова, Александр Михайлович с жутким акцентом может выдавить из себя классическую фразу: «Москва — столица СССР».

Но тем не менее они чудненько обсуждали профессиональные вопросы и мило посещали многочисленные парижские кафе. Провожая приятеля в Москву, Жорж принес в аэропорт маленькую корзиночку.

— Пусть собачка напоминает тебе обо мне, — сказал комиссар, — его зовут Хуч, и он похож на меня.

Что верно, то верно. Толстенький, с коротки-ми ножками, английский мопсик удивительным образом походил сразу на обоих полицейских — московского и французского.

Сначала Хучик обретался в холостяцкой квартирке полковника, но милицейского начальника целыми днями не бывает дома. Мопс начал скучать, потом заболел от тоски.

Маша пожалела песика, так Хуч оказался у нас. Ольга дала ему второе имя — Федор Иванович. Покладистый кобелек отзывается на обе клички. Хучика в нашей семье любят все, даже суровые кошки.

В идиллических взаимоотношениях с Александром Михайловичем есть одна — зато какая! — ложка дегтя. Он работает в системе МВД, и в поле его зрения попадают самые разные уголовные дела. Несколько раз ему приходилось допрашивать меня, совершенно официально, с оформлением протокола. Но я ей-богу не виновата, что постоянно ввязываюсь в невероятные истории. Ну судьба такая, планида несчастливая! То нахожу труп на помойке, то ближайшая приятельница умирает внезапно, в самый разгар праздника. И уж совсем не моя вина, что сотрудники милиции не хотят расследовать преступления, а быстренько списывают все на самоубийство или несчастный случай. Правда, в последний раз обещала больше «не путаться под ногами». Но ведь не бросать же Макса в беде.

— Надо же, какая интересная случайность, — принялась я мести хвостом, — именно Аркашку Нина Андреевна наняла адвокатом!

— Просто трагическое совпадение, — подхватил полковник, — если учесть, что дело веду я.

Вот это да! Вот уж не повезло, так не повезло, теперь и шагу ступить не даст без разрешения.

— Дашута, — неожиданно ласково завел приятель, — понимаю твой энтузиазм. Все-таки муж, хоть и бывший. Всегда трудно поверить, что человек, с которым жил рядом, — убийца.

— Он не убивал, — тихо, но настойчиво сказала я.

— Слушай, — начал вскипать приятель, — есть дела, вызывающие сомнения, а есть абсолютно ясные. Полянский готовил убийство заранее, обеспечил алиби. Другое дело, что действовал по-идиотски, попался на глаза соседям, измазал брюки, да еще близкому приятелю сообщил о задуманном.

— Кому? — изумилась я.

— Семену Воробьеву. Знаешь такого?

Еще бы не знать. Бывший одногруппник Макса из Литературного института. Приехал поступать в вуз по рабочей квоте чуть ли не в лаптях. Огромный, белобрысый, с поросячьими глазками и неистребимым провинциальным говорком. В первый свой визит до глубины души шокировал Нину Андреевну тем, что высморкался при помощи пальцев, а потом жеманно обтер руки носовым платком. Но меня отталкивало не отсутствие воспитания и манер, а какая-то всепоглощающая зависть, которую Сеня испытывал к Максу. Доходило до смешного. Стоило Максиму купить не портфель, а рюкзак, как Сенька тотчас же обзавелся таким же.

Семен страстно желал по окончании института остаться в Москве. Макс познакомил его с Аделаидой Кляйн, престарелой девицей, потерявшей надежды на замужество. Получив Аду в жены и приобретя московскую прописку, Воробьев устроился сотрудником в многотиражную газету, издававшуюся на мясокомбинате. Сладкое место по голодным годам. Писатель из мужика так и не получился.

— Семену? — повторила я, недоумевая.

— Да, — подтвердил Александр Михайлович, — вот смотри.

И он протянул мне бумагу.

Так, Семен Владимирович Воробьев, год рождения, адрес, паспортные данные, по существу заданных мне вопросов могу сообщить...

Я читала, и остатки волос становились на затылке дыбом.

Макс приехал к Семену первого июня в довольно сильном подпитии.

На замечание приятеля, что в таком виде лучше не садиться за руль, Максим махнул рукой и сообщил:

— Разобьюсь, и ладно, жизнь надоела.

Всегда радостно слушавший о неприятностях Полянского, Семен принялся допрашивать Макса.

Тот пожаловался на неприятности в бизнесе, сообщил, что наделал долгов. Кредиторы включили счетчик, и теперь Полянский должен продавать квартиру, иначе убьют.

— Так отдай им хоромы, жизнь дороже, — посоветовал участливый дружок.

Но Макс сообщил, что не может этого сделать, апартаменты приватизированы в разных долях на него и жену, а Вероника категорически отказывается жертвовать своей долей.

— Я ее убью, — бесновался Полянский, — просто застрелю, суку!

Он так стукнул кулаком по столу, что часы «Ролекс» свалились с запястья и разбили тарелку. И он принялся размахивать перед носом испуганного Семена «береттой». Воробьев кое-как успокоил буяна. Утром Макс позвонил, извинился, сказал, что, очевидно, водка в мозги ударила. Все у него хорошо, все прекрасно. На том и расстались.

— Теперь понимаешь, что Максим — убийца? — вкрадчиво спросил Александр Михайлович.

— Да, — сказала я.

— Обещай больше не лезть в это дело!

— Хорошо.

— Вот и ладненько, — обрадовался полковник. — А нам с Хучиком дадут чай с пирожными или все твои свекрови съели?

Мы пошли в столовую. Мои руки автоматически наливали чай в чашки и передвигали вазочки с выпечкой, рот произносил какие-то слова, но голова была занята совершенно другими мыслями. Улучив момент, когда полковник и Аркашка включили телевизор и самозабвенно погрузились в ужасы, которые у нас называются новостями, я подсела к Нине Андреевне.

— Жаль, что мы не передали Максу его часы. Он так об этом просил. Хотя, думается, туда лучше попроще вещицу. У него, кажется, «Ролекс»?

— Нет, — сообщила Нина Андреевна, — я же тебе показывала. «Лонжин», безумно дорогие, с бриллиантами, почти тридцать тысяч долларов стоили.

Я в задумчивости принялась откусывать эклер, удивляясь неприятному, картонному вкусу. «Лонжин»! Конечно, помню.

Почему же Семен упомянул, что на запястье Макса болтался «Ролекс»? Перепутал марки? Кто угодно, только не Воробьев. Вот уж кто абсолютно точно знает, что носит Полянский. Небось парень обзавидовался, понимая, что никогда не купит себе такие. Интересно, поеду завтра к Сене и выясню подробности.

Почувствовав спиной чей-то взгляд, обернулась. Александр Михайлович ласково спросил:

— Вкусное пирожное?

— Не очень!

— А ты всегда ешь их вместе с упаковкой?

Я посмотрела повнимательней на выпечку и обнаружила, что одновременно с эклером пытаюсь прожевать и обертку. Так вот почему во рту вкус бумаги! Мило прихихикивая, я попыталась проглотить несъедобный кусок. Полковник тоже приятно улыбался, но глаза его не предвещали ничего хорошего.

Глава 7

Ровно в половине восьмого кто-то постучал в спальню. Я села, тряся гудевшей головой. Вчера до часу читала обожаемую Джоржетт Хейер, потом долго вертелась в кровати.

Дверь распахнулась, и в комнату влетела Маня.

— Все ждут тебя завтракать!

— Меня? Зачем это? До сих пор каждый превосходно пил кофе, когда ему удобно.

— Иди, иди, — хихикнула Маруся, — велено без тебя не подавать.

Недоумевая, я натянула халат и потащилась вниз. За огромным круглым столом восседали домочадцы в полном составе. Нина Андреевна укоризненно покачала головой:

— Пыталась узнать, когда вы завтракаете, но Мария сообщила, что каждый ест в свое время. Ужасно! Трапезничать следует вместе, это сплачивает. Давайте с сегодняшнего дня введем традицию — завтракаем в полвосьмого, обедаем в два, ужинаем в семь. И, пожалуйста, Дашенька, надевай платье, а то в халате как-то неудобно.

— Правильно, — поддакнула Римма Борисовна, — только в нормальной одежде. Мы себе никогда не позволяли появиться на людях распустехами.

Я поглядела на Нину Андреевну. Женщина сверкала красивой укладкой и легким макияжем. Элегантная шелковая водолазка скрывала морщинистую шею. Скажите, пожалуйста, всего одна ночь на новом месте, а какая метаморфоза!

— Дети, — продолжала Нина Андреевна, глядя, как я пытаюсь проснуться, — должны иметь перед глазами положительные примеры. Мой сын, например, стал полноценным членом общества только потому, что отец и я всегда учили его добру.

Ага, и поэтому он теперь сидит в Бутырке по обвинению в убийстве.

— Очень приятно, — продолжала вещать старуха, — что Мария оказалась благоразумной девочкой, сняла джинсы и переоделась. Если она еще согласится не ездить на мотоцикле, будет просто чудесно.

— Мусечка, — тихонько зашептала дочь, — она долго у нас проживет, эта зануда эфиопская?

— Совершенно справедливо, — поддакнула Римма Борисовна, — пока мы здесь, попробуем помочь Даше. Аркашенька, что же ты не ешь геркулесовую кашу? Специально велели вашей кухарке сварить на воде, страшно полезно для печени и желудка. Никаких проблем со стулом!

Кеша уставился на ненавистную кашу. Последний раз сей гадкий продукт побывал у него во рту лет в пять! Зайка хихикнула. Сын со вздохом опустил ложку в скользкую жижу и попробовал проглотить. Лицо парня отразило невероятную муку. Мне стало жаль бедолагу.

— К сожалению, у Кеши аллергия на овес, — сообщила я радостно.

Сын с благодарностью глянул на меня.

— Скажите, какая неприятность, — всплеснула руками Римма Борисовна. — А у Машеньки?

— Тоже, — констатировала я, глядя, как Маруська размазывает ложкой овсянку по тарелке, пытаясь создать видимость ее поедания.

Избавившись от ненавистной каши, домашние повеселели. Римма Борисовна и Нина Андреевна завели длительную дискуссию о пользе ежедневной клизмы. В какой-то момент Полянская отвлеклась и сообщила:

— Кстати, что-то случилось с желудком у Банди. Он плохо покакал, очень жидко.

Стараясь сохранить серьезность, я вылезла из-за стола.

— Обед в два, — заявили в унисон старухи.

— У меня занятие в академии, — быстро нашлась Маруся.

— Не успею приехать, занят в консультации, — развел руками Кеша.

— Очень сложный перевод на лето задали, — вздохнула Зайка, — просижу весь день в библиотеке.

Гарпии уставились на меня. Все мало-мальски приличные поводы уже разобрали, пришлось сказать правду:

— Поеду в Бутырку передавать Максу вещи.

Римма Борисовна ойкнула, молчавший все время Гера с любопытством глянул на меня. Нина Андреевна покраснела, но удар выдержала мастерски.

— Часы не забудь! — крикнула она мне вслед.

Я выкатила «Вольво» и взглянула на циферблат — начало девятого. Скорее всего Семен спит счастливым сном, поеду потихоньку к его дому.

Воробьев жил на улице с приятным названием Солнечная. В ранний час на улицах сновало не так много машин, и добралась я быстро. Посидев десять минут в машине, решила наплевать на приличия и набрала номер телефона Сени. Трубку сняли сразу.

— Алло, — произнес недовольный хрипловатый голос.

— Сеня, доброе утро. Это Даша, бывшая жена Максима.

— А, — без всякого энтузиазма протянул мужик.

— Хочу с тобой поговорить, только лично, с глазу на глаз.

— Подъезжай до двенадцати, позже не смогу.

Я заперла автомобиль и пошла в подъезд. Звонить в дверь пришлось минут десять. Наконец с той стороны послышался сонный голос:

— Кто там?

— Даша.

Семен распахнул дверь. Махровый халат подчеркивал огромное пузо, которым мужик обзавелся к сорока годам.

— Ты? — изумился он.

— Сам велел до двенадцати приехать, — с идиотским видом заявила я.

— А я думал, Адка с дачи приехала, — невпопад ответил Сеня.

Он провел меня в гостиную и, попросив подождать, вышел, плотно притворив дверь. Потом в холле послышалось легкое шуршание. На цыпочках я подошла к двери и, присев, заглянула в замочную скважину. Сеня выпроваживал из квартиры девицу. Лица не видно, только длинные черные волосы да стройная фигура. В руках уходящая держала большую красную лакированную сумку. Ай да проказник! Аделаида — на дачу, а муженек — развлекаться.

Послышался негромкий плеск воды, потом Семен всунул в гостиную голову:

— Кофе хочешь?

— Давай, только на кухне.

В большой мойке из нержавейки стояла грязная чашка, на ободке — след кроваво-красной помады. Проследив за моим взглядом, Сеня сообщил:

— Приятель вчера заходил, посидели, кофейку попили.

Ну да, дружок скорее всего «голубой», раз помадится. Но мне было недосуг оценивать умственные способности Воробьева.

— Знаешь, что случилось с Максом?

— Что? — прикинулся кретином старый друг.

— В тюрьме сидит, за убийство!

— Ах это, — протянул Сеня, — старая новость, думал, еще чего произошло. Похуже.

— Господи! Как ты считаешь, что может быть хуже?

— Ну, в тюрьме всякое случается, запросто убьют или опустят, а еще туберкулез, чесотка...

Слушая, как добрый друг сладострастно перечисляет подстерегающие Макса неприятности, я в который раз удивилась могуществу зависти. Хотя, если разобраться, особых поводов у Сени не было.

Генерал Полянский и папа Сени, тоже генерал, близко дружили еще с тех пор, когда спали на соседних койках курсантами. Вместе учились, вместе совсем юными отправились на фронт, воевали бок о бок. Потом жизнь развела их в разные стороны. Полянские осели в Москве, Воробьевых мотало по стране. Частые переезды не лучшим образом сказались на Семене. Он иногда оказывался с родителями в таких местах, где даже не было школы. Поэтому когда мальчику исполнилось двенадцать, его отвезли к бабушке, в богатую сибирскую деревню, где-то в районе Красноярска. Старуха получала на внука великолепное денежное довольствие, да и сибирский колхоз — не то что подмосковные хозяйства. На завтрак, обед и ужин Сеня ел парную говядинку и свининку, лакомился пельменями, шанежками и пирогами с брусникой, морошкой, грибами, а рыбу там и за еду не считали. В девятом классе он бросил школу и пристроился в правление колхоза «Наш путь». В обязанности Сени входило готовить обзор сельских новостей, который звучал каждый день по деревенскому радио в рабочий полдень. Родители навещали сына не слишком часто. Потом умерла мать. Отец, погоревав для порядка полгода, женился вновь. Сеня отправился в Караганду знакомиться с мачехой. И опять повезло. Милая, простоватая женщина чувствовала себя немного виноватой перед пасынком, тем более что ее родной сын жил вместе с ней. Подарки посыпались на Сеню дождем, денежное содержание увеличили.

В 1976 году Семен приехал поступать в Литературный институт. Абсолютно беспроигрышный вариант — колхозник из далекой Сибири, организатор деревенского радиовещания! Ну кто мог по прежним временам зарезать такого абитуриента на вступительных экзаменах, когда каждому вузу вменялось в обязанность учить детей из разных социальных слоев. Поэтому Сеня поступил легко, несмотря на сплошные тройки, полученные за сочинение, иностранный язык и историю. Кстати, генералу Полянскому пришлось изрядно поистратиться, чтобы пристроить в то же учебное заведение Макса.

Нечего и говорить о том, что Сеня тут же оказался у Полянских дома. Парни скорешились. Но странной оказалась эта дружба. Сеня быстро понял, что приятель опережает его во всем. И дело даже не в манерах! К Новому году Воробьев научился пользоваться ножом и салфеткой, перестал употреблять замечательные глаголы «ложить» и «покласть», сменил «Беломор» на сигареты «Ява». Тем не менее в любой компании Макс оказывался главным. Семен начал одеваться как его приятель, старательно копировал манеру поведения и даже завел себе часы-луковицу. Но Максим непринужденно откидывал крышку своего брегета деликатным движением руки. Сеня вызывал смех, когда делал то же самое. Папа-генерал давал достаточно денег, и у Семена не существовало материальных проблем. Но в Макса девушки влюблялись страстно, писали письма и обрывали телефон. Сене доставались любительницы погулять и выпить на халяву. Макс спокойно рассуждал об экзистенциализме и зачитывался Хемингуэем, впадал в восторг от Апдайка и Айрис Мэрдок. Сеня, отчаянно скучая, оказался вынужден читать эти книги, не получая ни малейшего удовольствия. Его сердцу более милым казался Лев Овалов с майором Прониным. Но в Литературном институте любовь к простым детективам считалась дурным тоном. В крайнем случае студенты могли пролистывать Агату Кристи или Рекса Стаута, естественно, в подлиннике.

Внешне они так же разительно отличались друг от друга. Тонкокостный, изящный Макс с аристократическими руками человека, никогда не занимавшегося физическим трудом, и кряжистый, плотного телосложения Семен с лопатообразными кистями рук.

К концу пятого курса Максим сыграл уже третью свадьбу. Сеня никак не мог подобрать невесту. Попадались либо провинциальные девицы, либо голодранки. А Воробьев хотел жениться только на москвичке, причем с положением. Ехать назад, в деревню под Красноярском, «колхозник» не желал.

В конце концов, видя, что у парня ничего не получается, за дело взялся Макс. Вместе с Ниной Андреевной они сосватали «писателю» дочь старинных приятелей — Аделаиду Кляйн. Фамилия ее в переводе с немецкого означает «маленькая», но невеста оказалась ростом с жениха, такая же ширококостная, с грубоватым лицом. К тому же Аде исполнилось двадцать семь лет. Но все недостатки меркли перед тем, что она была урожденной москвичкой да еще дочерью директора одного из самых больших московских гастрономов. А по тем временам подобный человек разговаривал сквозь зубы со всеми, будь они космонавтами, партийными функционерами или артистами. Чины чинами, а вкусную колбаску, сыр и маслице любят все. Адин папа ловко управлял краном продуктопровода. В виде свадебного подарка молодые получили новехонькую двухкомнатную кооперативную квартиру и недоступные простому человеку «Жигули». Наконец-то Сене удалось обскакать Макса! Но зависть — странная вещь, Семен продолжал приобретать вещи, как у Макса, мебель, как у Полянских, даже Ада носила шубу, как у Нины Андреевны. Представляю радость Воробьева, узнавшего, что генеральша Полянская собирает бутылки, и чувствую его горе при известии об успехах Макса в бизнесе.

— Говорят, там в камерах на двадцать человек сидят все сто, — упивался Сеня, — какой ужас, бедный Макс! Хотя сам виноват — зачем убивал!

Я решила слегка испортить мужику удовольствие:

— Слава богу, Максима это не касается. Теперь можно оплатить коммерческую камеру и сидеть по-человечески с холодильником и телевизором, даже еду из ресторана носят.

Сеня уставился на меня поросячьими глазками, заплывшие жиром мозги переработали информацию о «коммерческой» камере.

— Сколько же стоит такое?

— Ерунду, — на ходу придумала я, — полторы тысячи баксов в месяц, но деньги для нас не проблема, лучше скажи, ты веришь, что он убил Веронику?

Семен побагровел:

— Конечно, сам говорил. Приехал абсолютно пьяный, пистолетом размахивал, кричал, что на него какой-то Круглый наехал. Безумные деньги одолжил — миллион долларов.

Я глядела на Сеню во все глаза. Миллион «зеленых»? Как-то это уж слишком, откуда столько денег? Конечно, торговля яйцами — доходный бизнес, но не настолько же?

Сеня тем временем достал бутылку коньяка и наполнил фужеры. Выслушав мой отказ, мужик разом опрокинул в себя обе емкости. Удивительное дело, раньше он столько не пил.

— Тебе Вероника нравилась? — решила я прощупать почву с другой стороны.

Воробьев внезапно покрылся испариной и побледнел.

— На что намекаешь?

Я оторопела:

— Да ни на что. Просто интересно, как они с Максом жили. Неужели довела его до убийства?

Сеня налил еще один фужер коньяка и залпом опустошил почти сто пятьдесят грамм. Он что, в алкоголика превратился?

— Сеня, а где ты сейчас работаешь?

— Издаю журнал «Скандалы недели», — ответил мужик, уже с трудом ворочая языком. — Веронику знал плохо, почти не общались. Она очень Адке не нравилась, а я в отличие от Макса с одной женой всю жизнь живу, не таскаюсь!

— Ха, — возмутилась я, — мне-то не ври, не в милиции. То-то сейчас бабу прятал, черненькую такую, с красной сумкой!

Вполне невинный намек на адюльтер почему-то привел мужика в состояние крайнего ужаса. Такой остекленелый взгляд бывает у нашего Снапа, когда он видит ветеринара со шприцем. Воробьев опять схватился за «Наполеон». Тут зазвонил телефон.

— Да, — просипел собеседник.

По мере того как говоривший сообщал новости, лицо мужика все больше вытягивалось. Бросив трубку, Сеня кинул на меня затравленный взгляд:

— Это не любовница, сотрудница заходила за материалом, сегодня номер сдаем.

Поняв, что мужик почему-то страшно боится, я решила ковать железо, пока горячо, и, погрозив пьяному шалуну пальцем, произнесла:

— Ай-яй-яй, как нехорошо фантазировать. На твое несчастье, я хорошо знакома с уходившей дамой и узнала ее. Хочешь, имя назову: на «а» заканчивается.

Эффект превзошел все ожидания. Воробьев рухнул на колени и протянул ко мне толстые руки:

— Дашка, не губи! Все расскажу, покаюсь, только никому ни слова. Ну хочешь, заплачу? Я теперь богат. Сколько тебе надо — десять тысяч, двадцать «зеленых»? Только не рассказывай...

И тут защелкал замок, и раздалось приятное меццо:

— Муся, ты где?

С дачи вернулась Ада. Сенька немедленно вскочил на ноги, но от выпитого коньяка мужика повело, и он шлепнулся на задницу. Вошедшая супруга брезгливо оглядела муженька, пустую бутылку и перевела взгляд выпуклых глаз на меня:

— Что тут происходит?

— Мулечка, — проворковал Сеня, пытаясь собрать ноги в кучу, — приехала, дорогушенька!

— Я бывшая жена Максима Полянского, — быстро попыталась я внести ясность, — приехала поговорить с Семеном.

— Вижу, славно побеседовали, — процедила сквозь зубы Ада. Глаза ее вспыхнули зловещим огнем, не обещающим мужу ничего хорошего. — Все выяснили?

— Нет, — нахально заявила я, — скажите, не помните, какие часы носил Макс?

— Как же, — фыркнула Ада — дорогущий будильник, весь в камнях, а названия не знаю...

— «Ролекс», — икнул с пола изрядно осоловевший от выпитого Сеня, — золотой «Ролекс», он еще его уронил, тарелку разбил.

Ада брезгливо поморщилась и вышла. Я приблизилась к глупо улыбающемуся «другу» и внятно произнесла:

— Ладно, на сегодня оставлю в покое, но завтра приду снова, тогда и побеседуем.

Сев в «Вольво», я призадумалась. Интересно, что так напугало Воробьева? Неужели настолько трясется перед Аделаидой, что простое упоминание о любовнице довело мужика до полной потери пульса?

Глава 8

В Бутырке я оказалась около двенадцати. Потная толпа штурмовала окошки. Втащив внутрь довольно объемистую сумку с поклажей, я облокотилась на один из небольших деревянных столиков и обозрела пейзаж. Нечего и думать сдать вещевую передачу законным путем. Подожду, когда к концу рабочего дня схлынет наплыв, и покажу в окошке зеленое «спецразрешение». И тут раздался невероятный вопль.

— Гады, сволочи, мерзавцы, — бесновалась растрепанная баба, потрясая кульком, — сыночку посадили, суки, и еду хорошую не берете! Взяточники сами, воры, ненавижу, менты поганые, легавки долбаные...

Толпа притихла, окошки разом захлопнулись, бабища продолжала захлебываться истерикой. Краем глаза я заметила, как некоторые женщины быстро потащили баулы к выходу...

Вдруг послышались громкий топот, мат, и в переполненное помещение ворвался наряд ОМОНа. Глядя, как по спинам ни в чем не повинных людей смачно гуляют дубинки, я похолодела. Дадут такой палкой по черепушке, и конец: всю оставшуюся жизнь будешь в психушке слюни пускать. Энергично работая кусками литой резины и сопровождая свои действия пинками и отборным матом, омоновцы начали вышвыривать родственников на улицу. Сумки с продуктами они топтали ногами. Утирая кровавые сопли и воя от ужаса, толпа, состоящая в основном из женщин, бросилась к выходу. В дверях возникло столпотворение, послышались крики: «Спасите, раздавили!»

Не осознавая, что делаю, я влезла под шаткий столик и затаилась, авось не заметят. Постепенно вопли удалялись, в конце концов наступила давящая тишина. Послышался лязг запиравшихся замков. Потом около столика остановились ноги в камуфляжных брюках. Потянуло дымком дешевой сигареты. Сжимая в непонятно почему окоченевших руках кожаный ремень сумки, я льстиво зачирикала из-под столика:

— Сыночек, а сыночек!

Ноги от неожиданности подскочили на месте.

— Твою мать, кто здесь? — произнесла невидимая голова.

— Сыночек, наклонись!

Перед глазами возникло оторопелое, совсем не злое лицо простоватого рязанского парня с каплями пота на переносице. Вспотел, сердешный, гоняясь за женщинами.

— Как сюда попали, гражданочка? — строго осведомился он. — А ну, вылазь, живо.

— Ой, не могу, сыночка, — пела я, — залезть залезла, а назад — ну никак. Подними столик, родименький, вынь, сделай милость!

Милиционер выпрямился и захохотал, потом крикнул:

— Катька, Вера Алексеевна, глядите!

Около мужских появились две пары женских ног — одни в парусиновых тапках, другие в китайских босоножках.

— Ох уж эти матеря, — сказала, наклонившись, пожилая, — воспитают бандитов на свою голову, а потом мучаются!

— Ой, не могу, — покатывалась с хохоту молодая, — глянь, Сережка, как гражданочка сидит, ровно собака в будке, и сумочку крепенько держит. Ну, молодец — не растерялась.

Незлобливый Сережа хохотнул в ответ.

— Кончай базар! — прикрикнула на не вовремя развеселившуюся молодежь пожилая тюремщица.

Втроем они подняли столик, и я выпала наружу. Спину ломило от неудобного, скрюченного положения. Я попыталась встать на онемевшие ноги и тут же схватилась за отчаянно болевшую поясницу. На глаза набежали слезы, всегда начинаю плакать, если понюхаю пыль. Вера Алексеевна поглядела на меня с жалостью, Сережа и Катька тихо пересмеивались.

— Идите, маманя, — строго сообщил милиционер, — за ваше хамство сегодня передачи не принимают. Вона чего удумали — при исполнении оскорблять!

Подхватив сумку, я молча пошлепала к выходу. Безропотное подчинение приказу растопило ледяное сердце приемщицы.

— Ой, матеря несчастные, — пробормотала Вера Алексеевна. — Вернись, гражданочка. Катька, прими у ней вещички, чай не звери мы, понимаем. Думаешь, чего в тюрьме работаем? Дитев да внучков кормить надо!

Разбитная Катька принялась оглядывать вещи.

— Видать, не бедствуешь, — заключила она, вертя джинсы, — люди что попроще сюда несут, а тут сплошная фирма. «Тэтрис» не возьму, не положен.

Я молча достала кошелек. Катерина помяла в руках бумажки.

— Ты вот что, смена моя через день. Подходи после трех да кликни Катю Рогову. Нечего со всякими давиться, опять в неприятность влезешь. Можешь все приносить, возьму. Только наркотики и водку не неси, с таким не связываюсь.

Договорившись, что послезавтра подвезу часы, я вышла на Новослободскую и увидела свое отражение в витрине универмага. Да, сильное впечатление. Светло-песочный костюм превратился в грязную, бурую тряпку, волосы торчат дыбом, коленки покрыты черными пятнами, по морде размазана «несмываемая» помада от Диора. Редкая красавица. Кое-как наведя относительный порядок, я поехала на мехмат.

Милая инспекторша из учебной части, принимая коробочку шоколадных конфет, изумилась:

— Какая олимпиада? Какой Киев? Да у нас сессия в самом разгаре. И потом, давно уже не имеем с Украиной никаких связей. Это жуткая морока — отправлять туда студентов, другое государство теперь. Нет и еще раз нет.

Я присела между колоннами. Интересно, зачем тогда Яна отправилась в столицу «незалежной Украіны»? Может, подружка Женя знает?

Рада Ильинична оказалась права. Женечка жила совсем рядом с университетом в огромном, растянувшемся на целый квартал доме из светлого кирпича. Девчонка оказалась дома. Из-за жары на Женечке красовались только коротенькая маечка и трусики.

— А мамы нет, — сообщила она, отпирая замок, — приходите позже или вызывайте «Скорую».

— Мне ты нужна.

— Ой, а я думала, опять к маме соседи давление мерить. Со всего дома бегают, — бесхитростно поделилась Женечка. — Вы, наверное, по поводу объявления?

— Нет-нет, скажи, ты Яну Соколову хорошо знаешь?

— Да, — ответила Женя, — а вы кто?

— Адвокат Максима Полянского.

Женя, как и Таня, при этом известии густо покраснела, потом промямлила:

— Вас, наверное, Вероника наняла. Она грозилась притянуть Яну к ответу через суд.

— Нет, Вероника мертва, а Максим находится в тюрьме, и его обвиняют в ее убийстве.

Женя посерела.

— Это он из-за Яны, да? Что же теперь будет?

Мы прошли в маленькую стерильную кухню, и Янина подружка залпом выпила полный стакан воды.

Пока она делала большие глотки, я внимательно глядела на девушку. Хорошенькое круглое личико, складненькая фигурка. Единственная неприятная деталь — прямо на коленке довольно большое, уродливое, темное родимое пятно, покрытое густыми черными волосами.

Полякова проследила за моим взглядом и без тени смущения пояснила:

— С детства это «украшение» на ноге таскаю. Надо бы удалить, да боюсь, вот и живу пока с «мышкой».

— Скажи, — принялась я допрашивать девчонку, — откуда знаешь, что Вероника хотела подать в суд?

Женечка вздохнула:

— Она на факультет приезжала. В самом начале июня, первого числа. Мы как раз экзамен сдали, тут она и появилась. Вся такая расфуфыренная, надушенная. Подбежала и говорит:

«Где, девочки, Соколову найти?»

Яна и отвечает:

«Это я».

Вероника на нее уставилась и так удивленно протянула:

«Ты? Ну, у Макса совсем крыша поехала».

Потом они отошли в сторону и о чем-то довольно долго шептались у окна. Женечка только видела, как подруга все время отрицательно мотала головой. В конце концов Вероника обозлилась и закричала на весь коридор:

— Думаешь и мужика получить, и денежки прибрать? Макс таким милым кажется, замуж зовет? Ну так это все ненадолго. Поступит с тобой так же, как со мной, — вышвырнет вон. Между прочим, я у него седьмая жена!

Выкрикнув страстную тираду, Ника неожиданно громко зарыдала. Глядя, как по щекам покинутой супруги бегут черные от туши слезы, Яна и Женя перепугались. Девчонки принялись суетливо утешать Веронику и пытались напоить ее принесенным из буфета компотом. В конце концов Полянская утешилась. Ухватила цепкой наманикюренной ручкой в кольцах Яну и тихо произнесла:

— Чтоб ты сдохла, разлучница проклятая. Макс из-за тебя всякий разум потерял. Вчера пришел домой, выхватил пистолет и давай мне в лицо тыкать! Орет как ненормальный: «Не дашь развод — убью!» — и пушкой своей размахивает. Но только я никогда не разведусь с Полянским, ему и правда придется пристрелить меня, чтобы освободиться!

С этими словами она швырнула пустой стакан на пол и, с хрустом пройдя по осколкам, унеслась прочь.

Вся гадкая сцена разворачивалась на глазах у студентов. Правда, одногруппники, сплошь мальчишки, делали вид, что читают конспекты, но слова Ники об убийстве слышали просто прекрасно.

Яна страшно расстроилась, но решила не рассказывать любовнику о визите жены.

— Она очень деликатная, — вздохнула Женя, — другая бы воспользовалась моментом и выставила соперницу перед Максимом в черном свете.

Пятого июня, днем, подруга позвонила Жене и сказала, что отъезжает в Киев. Женечка удивилась такой странной поездке и спросила, что Яна забыла в столице Украины.

— Макс попросил кое-что отвезти, — расплывчато объяснила подруга.

— Разве вы не едете в Тунис? — еще больше изумилась Полякова.

— Поменяли билеты на июль, — ответила Яна, — у Максима сейчас крупные неприятности в бизнесе.

Потом помялась немного и добавила:

— За деньгами еду.

Ни названия гостиницы, в которой предполагает жить, ни номера телефона Яна не сообщила. Скорее всего она и не знает, что любовник сидит в тюрьме. То-то радость будет, когда вернется! Еще хорошо, что милиция не добралась до мехмата. Столько свидетелей, слышавших рассказ о пистолете и предполагаемом убийстве!

Я спустилась к машине и увидела около «Вольво» задумчивого гаишника.

— Что же вы, гражданочка, — с укоризной заметил страж порядка, указуя перстом на знак «Остановка запрещена!». — Придется штрафик платить.

Тут затрещал мобильник. Я вынула телефон и услышала знакомый голос:

— Дашута!

— Макс! Тебя отпустили! Ты откуда?

— Оттуда, — вздохнул бывший муж, — тут одному в камеру сотовый передали, мне позвонить разрешили. Пусть Аркашка принесет часы, маникюрные ножницы и иголки с нитками, еще куриную ножку. Здесь все адвокаты это приносят.

— Ладно, — пообещала я, — завтра передам тебе еще передачу, говори, что из еды хочешь?

Но в трубке уже звучали гудки отбоя. Я сунула мобильник в карман и уставилась на милиционера. Тот спросил:

— Неприятности? Аж побледнели вся!

— Да нет, — махнула я рукой, — муж из тюрьмы звонил, зачем-то куриную ногу просит. Ну ладно ножницы с иголками, но к чему ему сырой окорочок?

Гаишник быстро глянул на меня, еще раз обозрел «Вольво» и упругим шагом пошел прочь.

— Погоди, — заорала я, — а штраф?

— Прощаю, — махнул жезлом храбрый милиционер, — только уезжай поскорей.

Я завела мотор и расхохоталась. Отважный служитель закона явно принял меня за жену бандита. И муж из тюрьмы звонит, и машина новенькая... Такую оштрафуешь, а потом пулю в лоб получить можно.

Домой я добралась как раз к ужину. В гараже не нашлось ни Зайкиного «Фольксвагена», ни Аркашкиного «Мерседеса». Значит, сражаться со старухами предстоит в одиночку. Но в столовой меня поджидал сюрприз.

Бабульки и меланхоличный Гера восседали за столом. У окна стояла незнакомая девочка, ровесница Маши. Русые волосы ребенка были туго стянуты в две косы, завязанные нейлоновыми бантами. Одежда девчонки смахивала на пионерскую форму: темно-синяя юбочка в складку до середины колена и белая блузочка с простыми пуговицами. Светлые нитяные гольфы с черными туфельками довершали пейзаж.

«Надо же, — пронеслось у меня в голове, — еще существуют дети, которые так одеваются!»

— Очень мило с твоей стороны приехать вовремя к ужину, — отметила Нина Андреевна.

— Привет, мамуля! — заорала девочка.

— Маша, — возмутилась Римма Борисовна, — не кричи, разговаривай нормально. Ну что, хорошо мы ее одели? По крайней мере на ребенка стала похожа.

Да уж, постарались отменно, так переодели, что родная мать не узнала!

Я подсела к столу, Манюня пристроилась рядом.

— Правда я похожа на придурковатую Чебурашку? — шепнула дочь, потрясывая идиотскими нейлоновыми бантами.

— Маша, — тут же отреагировала Нина Андреевна, — не шепчись, это не комильфо, ешь молча.

Пусть скажут спасибо, что у ребенка золотой характер, другой бы опустил милым бабулям на голову тарелку с непонятным содержимым, поданным на ужин.

Я взяла вилку и поковыряла белую массу. Интересно, что это? На вкус похоже на мокрую вату, с виду сильно смахивает на пену для бритья.

— Нравится? — улыбнулась Римма Борисовна.

— Потрясающе! — в унисон ответили мы с Маней.

— Фирменное блюдо, — довольно пояснила старуха, — белковый омлет. Как раз то, что нужно для ужина, легко, быстро усваивается, не отягощает печень.

Представляю, какую рожу скорчила наша кухарка Катя, готовя данное месиво. Стол поражал удручающей пустотой: ни сыра, ни масла, ни колбасы. Жаль, что не заехала в «Макдоналдс»!

Стараясь не подавиться, я принялась, не жуя, чтобы не ощущать мерзкого отсутствия всякого вкуса, глотать омлет.

— Кстати, — сообщила Римма Борисовна, — Гера договорился о встрече с девушкой. Расскажи, сыночек.

Всегда скорбно молчащий, Гера вытащил из кармана смятый листок и ткнул мне в руки. При ближайшем рассмотрении это оказалась страница брачных объявлений газеты «Из рук в руки». Выделялись подчеркнутые красным фломастером строки: «Молодая брюнетка, без материальных и жилищных проблем, москвичка с высшим образованием и хорошей работой, без детей, одинокая, ищет родственную душу для заключения брака.

Ты: мужчина вокруг тридцати, самостоятельный, без вредных привычек, рост выше 180, с жилплощадью и хорошей зарплатой. Судимых, разведенных с детьми и алкоголиков просят не беспокоиться».

Я перевела взгляд на Геру. Интересно, как он собирается понравиться невесте? Ростом мужик с меня, а я тяну только на метр шестьдесят четыре. Лет ему около сорока, а если уж совсем честно, то все сорок пять. Квартирка, правда, есть, но за тридевять земель, на двоих с мамой. Зарплата просто великолепная, когда выплачивают — целых семьсот рублей в месяц выходит. Вот вредных привычек нет: не курит, не пьет, за бабами не бегает. Да ведь и не на что!

— Конечно, — щебетала Римма Борисовна, — нужно сначала посмотреть вблизи, познакомиться. Мы попросили Регину, чтобы она завтра приехала сюда к ужину. Ты уж извини, сказали, что это наш дом, чтобы не пугать сразу провинцией. А там поглядим.

Вот оно как. Конечно, увидав двухэтажный кирпичный дом с гаражом на три машины, большой сад, прикинув, сколько стоит обстановка и картины, милая Регина скорее всего полюбит Геру.

— Только одеть надо жениха поприличней, — посоветовала Нина Андреевна, — может, у Аркаши костюм одолжим?

— Нет, — быстренько сказала я, — у Кеши совершенно другой размер. Лучше поезжайте завтра с утра в магазин и купите все, что нужно. Считайте, что это мой подарок Гере.

Часов в одиннадцать вечера в дверь поскреблись. В спальню вошел Кеша с большим пакетом.

— На, — сказал он, протягивая «биг-мак», — Маньке уже дал, бабки совершенно несъедобное заказывают, так и с голоду умереть можно.

Полная благодарности, я вцепилась зубами в булочку и спросила:

— Кешкин, зачем Макс просил куриный окорочок?

— Съесть хочет, — удивленно пояснил Аркашка, — все адвокаты подзащитных кормят, а ножку очень удобно проносить, опять же калорийная еда.

Проглотив последний кусок восхитительной котлеты, я блаженно закрыла глаза. Иногда на сложные вопросы существуют самые простые ответы!

Глава 9

Утром прошла прямо на кухню. Выпью здесь кофе и съем спокойно бутерброды с изгнанными ветчиной и сыром. Но такая мысль пришла в голову не мне одной. У буфета маячила Манюня с куском буженины.

— Смотри, — хихикнула я, — сейчас бабульки увидят розовые джинсы и топик!

Маруська горестно вздохнула:

— Жуть! Представляешь, всегда с такими жить?! Как только другие дети бабушек выносят, не пойму! Знаешь, Мусик, я не пойду через парадную дверь, вылезу наружу прямо из окна.

Не слушая причитаний кухарки Катерины, Маня быстренько запихнула в рот последний кусок буженины и выпрыгнула в сад. Через секунду ее растрепанная голова показалась над подоконником.

— Только не волнуйся! Приеду поздно, около десяти. После академии зайду к Хейфецам.

Катька сокрушенно вздохнула:

— Ваши гости такие странные. Сегодня к завтраку опять овсянка на воде, на обед — молочный суп, а на ужин паровые котлеты с морковкой. То-то Аркадий обрадуется.

Это точно, просто как на подбор такие блюда, которые сын даже нюхать не может. Я тихо допивала кофе, когда в коридоре раздались шаги. Встречаться с одной из свекровей? Ни за что! Я моментально выпрыгнула в окно и, пригибаясь, как под обстрелом, побежала в гараж. Поеду еще раз к Семену, надеюсь, мужик проспался и Адка уехала снова на дачу.

Сеня был абсолютно трезв и даже не попытался изобразить радость при моем виде.

— Ну, чего еще надо? — пролаял он, загораживая вход.

— Будешь хамить, расскажу Аде, как скучаешь в ее отсутствие, — пригрозила я.

Неверный муж вздохнул и посторонился. Из вредности не стала надевать предложенные тапки, а прямо в босоножках протопала на кухню.

— Говори, зачем явилась, или теперь каждое утро станешь приезжать? — съехидничал мужик.

Я собралась достойно ответить, но тут мой живот немилосердно заболел.

— Сейчас объясню, — пообещала я, спешно скрываясь в туалете.

Дом у Воробьевых старый, квартиру строили в конце семидесятых. Планировка стандартная, и туалет прилегает к кухне. Что, согласитесь, не очень приятно! Кто-то завтракает, а кому-то надо совсем наоборот. Да еще между пищеблоком и уголком задумчивости архитекторы зачем-то спланировали окошко. На мой взгляд, просто верх глупости.

Не успела я удобно пристроиться, как в дверь позвонили. Сеня потопал к выходу.

— Адка? — раздался его недоумевающий голос. — На поезд опоздала!

Тяжелые шаги прошлепали на кухню, потом Аделаида сказала:

— Небось рад, что один остался?

— Ты чего? — возмутился Сеня. — Намазалась, как проститутка, где взяла такое идиотское платье?

— Сейчас узнаешь, — пообещала женщина.

— Нет, — заорал вдруг мужик, и следом раздался легкий хлопок, будто открыли бутылку вина.

Быстрее кошки я влезла на унитаз и глянула в окошко.

От увиденного чуть не грохнулась в обморок. Сеня лежал навзничь на полу, как-то странно выкрутив левую руку. Под головой медленно растекалась черная, глянцевая лужа. Над телом, растопырив ноги, стояла весьма довольная Ада. Она и впрямь слишком сильно накрасилась для солнечного июньского утра. Полное, крупное тело обтягивало кричаще-красное платье-стрейч. Сидело оно на женщине туго, как презерватив. В руках милая жена сжимала пистолет.

Онемев, я наблюдала, как Аделаида абсолютно профессиональным движением бросила револьвер на пол. Потом хмыкнула и, напевая, двинулась к двери. Высокие каблуки подчеркивали довольно широкую и плоскую ступню. Что-то в облике женщины показалось мне странным. Пока я, обалдев, стояла на унитазе, госпожа Воробьева протопала к двери и... ушла.

Я ринулась на кухню. Мужик лежал абсолютно неподвижно. Схватив его за плечи, повернула каменное тело и ахнула. Между бровями виднелась аккуратная дырочка. Ада стреляла, как снайпер, и помочь Сене уже не представлялось возможным. Стараясь не вляпаться в кровавую лужу, я отступила к порогу, потом позвонила Александру Михайловичу.

Ждать бригаду в одном помещении с трупом, когда туда может вновь явиться убийца-психопатка? Ну уж нет!

Выйдя на улицу, я закурила и плюхнулась на скамейку около молодых мамаш. Девчонки поморщились, но ничего не сказали. Потом одна возобновила прерванный моим появлением разговор:

— А эта Воробьева все-таки страшно безвкусно одевается!

— И не говори, — откликнулась вторая, — старуха совсем, скоро пятьдесят, а красное платье нацепила в обтяжечку.

— Подчеркивать, что все обвисло!

— Да уж, в ее возрасте поскромнее следует прикид выбирать! Куда с такой жопой стрейч натягивать.

Мамаши продолжали злословить, я курила, не ощущая никакого удовольствия.

Дежурная бригада прибыла на микроавтобусе. Последним вышел эксперт Женя, старый приятель.

— Салют, Дашута! — бодро закричал «Пинкертон». — Кто там у тебя — висельник, утопленник?

Я промолчала — ну совсем не смешно. Следом подрулили «Жигули», и из них выбрались полковник и незнакомый парень в штатском. Плотной группой мы вошли в квартиру.

— Очень мило, — пробормотал Женя, — аккуратно и красиво. Ну, Дарья, чего трогала?

— Только Семена перевернула, думала, жив.

— Был Сеня и весь вышел, — констатировал Женька, натягивая резиновые перчатки.

Я громко ойкнула.

— Ну, — грозно спросил Александр Михайлович, — чего визжишь, открывательница трупов!

— Поняла, что показалось странным. На Аде были перчатки, такие же, как у Женьки, резиновые, белые...

— Постой, постой, — оборвал приятель, — давай по порядку. Зачем пришла, кто такая Ада?

Вздохнув, я принялась рассказывать правду. Вернее, почти правду. Свою засаду в туалете и сцену убийства описала очень точно, а вот на вопрос о цели визита к Семену сказала:

— Он ближайший друг Макса, хотела посоветоваться с ним, как быть теперь с конторой? Максим ведь хозяин, бизнес пока не конфисковали.

Раз десять сыщики заставили повторять рассказ на разные лады. Потом взяли отпечатки пальцев и повели в управление.

Секретарша Александра Михайловича, милейшая Настенька, увидав меня в центре группы сердитых мужчин, вздохнула и спросила:

— Опять труп нашли?

Но меня уже втащили в кабинет, усадили на стул и забыли. Сотрудники входили и выходили, пошел третий час бессмысленного сидения, когда наконец на пороге возник Женька.

— На, — весьма нелюбезно сказал дружок, сунув пластиковый стаканчик с холодным растворимым кофе и бутерброд с обсохлым сыром.

— Представляю, как вы относитесь к задержанным, если свидетеля чуть голодом не уморили, — сообщила я, принимая отвратительные дары.

— Сажаем в бетонный мешок и бьем резиновым шлангом по почкам, — не остался в долгу эксперт.

Но тут дверь снова отворилась, и в кабинет ввели Аделаиду. На этот раз на женщине красовалось просторное платье в мелкий коричнево-белый цветочек. Щеки и губы потеряли ужасающую окраску, но все равно я узнала жену Семена с первого взгляда.

— Она? — спросил вошедший Александр Михайлович.

Я кивнула.

— Будем оформлять очную ставку.

— Да что здесь происходит? — закричала Аделаида.

— А то, — пояснил один из мужиков, — что, когда убиваешь супруга, сначала проверь, нет ли в доме посторонних! Дарья Ивановна находилась в туалете и наблюдала момент выстрела.

— Вы с ума здесь посходили вместе с этой идиоткой! Первый раз ее вижу.

— Второй, — поправила я, — первый был вчера, когда с дачи приехали.

— Я не убивала Сеню! — закричала Ада. — Ну к чему мне стрелять в мужа, с которым живу почти двадцать пять лет? Меня в Москве с шести утра нет, первой электричкой в Кратово уехала.

— Ты ее видела? — спросил полковник.

Я кивнула:

— Очень хорошо, только тогда на ней было красное блестящее платье-стрейч. И накрасилась по-идиотски: щеки — малиновые, губы — морковные. А на ногах — босоножки на здоровенном каблуке.

— Нет, только посмотрите! — со слезами в голосе закричала Аделаида. — Надо же так врать. Да у меня нет красного платья, тем более стрейч! Разве можно с такой фигурой носить вещи в обтяжку? Каблуки не надеваю никогда. Поглядите, рост — почти метр восемьдесят. Всю жизнь в тапках хожу.

И она выставила странно маленькую и изящную ногу, обутую в летний замшевый ботиночек на абсолютно плоской подошве.

В моем мозгу зашевелились первые, пока еще смутные подозрения.

— Не знаю зачем, — продолжала кипятиться Ада, — но ваша свидетельница врет.

— Нет, — возразил Александр Михайлович, — Васильева — наш сотрудник и придумывать зря ничего не станет.

— Ага, — завопила потерявшая всякий разум Воробьева, — убийцу искать лень, вот и подтасовываете улики, менты поганые, ненавижу. Всегда такие были, еще когда папу расстреляли. Сволочи.

— Аделаида Генриховна, успокойтесь, кроме Дарьи, вас еще видело много народу во дворе: соседки, дворник и продавец из палатки, где покупали бутылочку фанты.

— Я не пью фанту, — затопала ногами обвиняемая, — никогда не употребляю этот напиток.

Я во все глаза смотрела на ее маленькие, изящные ножки и наконец не выдержала:

— Ада, какой размер обуви вы носите?

От неожиданности подобного вопроса женщина прекратила плакать и сообщила:

— Тридцать пятый, а что?

— Надо же, с таким ростом и иметь ножку китаянки, я почти на двадцать сантиметров ниже, а еле-еле влезаю в тридцать девятый.

— Да, — неожиданно кокетливо пояснила Аделаида, — большая редкость, и руки у меня маленькие.

Она вытянула вперед узкую аристократическую кисть с тонкими, длинными пальцами.

— Дарья, — обозлился полковник, — размер бюста и объем талии выяснишь потом.

— Знаешь, — пробормотала я, — вообще-то

очень странно. У той здоровенной бабищи на ногах красовались босоножки на гигантских каблуках, размера этак сорок — сорок два. Еще подумала, как ей трудно покупать обувь с такой ножищей. Если Аду поставить на подобные ходули, тетка под два метра вышиной станет! И руки такие широкие, просто мужские... Знаешь, это, наверное, все-таки была не она, а кто-то страшно на нее похожий!

— Наконец-то! — выдохнула Аделаида.

— Послушай, — прошипел Александр Михайлович, — кончай дурака валять. Воробьеву видели семь человек! Двое рассказали, что она во дворе стягивала с рук перчатки. Ее хорошо знают в доме, с ней поздоровались, она ответила и пошла к метро. Очень глупо надевать на преступление такое платье. Вся улица вслед глядела!

— Вот именно, — закричала я, — кто-то хотел привлечь к ней внимание и велел так одеться!

— Нет у меня красного платья-стрейч, — зарыдала Ада. — Никогда не было.

— Паша, покажи, — велел полковник.

Незнакомый молодой человек вынул из портфеля два прозрачных мешка с бирками. Аккуратно открыл один и вытряхнул на стол смятый кусок материала.

— Узнаете?

Ада смотрела на одежду во все глаза.

— Выстрелив в мужа, — сообщил Паша, — вы пошли по улице, зашли в магазин «Женская одежда» и купили там вот это платье в коричнево-белый цветочек, в которое сейчас одеты. Прежний наряд и, — он потряс другим пакетом, — резиновые перчатки запихнули в мусорную корзинку в примерочной кабинке. Продавщицы вас хорошо знают, вы часто покупаете там вещи. К тому же сегодня устроили скандал, обвиняя сотрудницу в том, что она неправильно дала сдачу. Якобы утаила сто рублей. Пришлось снимать кассу. Устроить очную ставку с сотрудниками магазина ничего не стоит. Но, думается, лучше сознаться. Суд всегда учитывает факт добровольного признания!

— Да вы чего, — севшим голосом забормотала Ада, — и впрямь решили меня засадить? Покупала я платье в том магазине, но только две недели тому назад!

— Правильно, — откликнулся оперативник, — то-то они удивились, когда за вторым сегодня пришли. Спросили, а вы объяснили, что пролили на одежду вишневый сок и пришлось обнову выбросить.

— Не имеете права задерживать, — бормотала женщина побледневшими губами.

— Ладно, — вздохнул Александр Михайлович и вызвал конвойных.

Вид солдат внутренней службы привел Аду в состояние шока.

— Не пойду, — затрясла она головой, — не пойду. Мне положен адвокат.

— Сегодня же пришлю, — быстренько пообещала я.

Ада уперлась в меня глазами.

— Даша, вы тут одна нормальная. Верите, что

я не убивала Семена? Кто-то специально все подстроил!

— Верю, — серьезно сказала я.

— Ну вот что, — разозлился окончательно полковник, — Воробьеву в изолятор, а эту свидетельницу фигову гоните вон!

Разыгралась ужасная сцена. Конвойные попытались стащить предполагаемую убийцу со стула. Но женщина вцепилась в сиденье мертвой хваткой.

— Не пойду, — мотала она растрепанной головой, — не пойду.

Солдаты постеснялись надавать подозреваемой по шее в присутствии высокого начальства. Вызвали подмогу. Вчетвером конвойные кое-как поволокли отчаянно упирающуюся Аду к двери.

— Не виновата, не убивала, не пойду, — рыдала женщина.

Крик удалялся, наконец стих. Я вздохнула, огромная тяжесть навалилась на желудок, и почему-то мелко подрагивали ноги.

— Имей в виду, — сурово заявил Александр Михайлович, — Аркадия твоего, засланного казачка, к делу не допущу.

— Права не имеешь, — отпарировала я, — предъявит договор от консультации, и как миленький документы покажешь. А станешь палки в колеса ставить, в прокуратуру пожалуюсь!

С этими словами я со всего размаху стукнула тяжелой дверью и ринулась на выход, забыв в кабинете сумку с телефоном.

Подойдя к «Вольво», сообразила, что ридикюль лежит на столе в кабинете, но возвращаться назад было невозможно. Хорошо, что, как все рассеянные люди, храню под бампером запасные ключи.

Сев в автомобиль, я закурила. Происходящее выглядело более чем странно. Ну не глупо ли, отправляясь убивать любимого мужа, нацепить на себя платье цвета огнетушителя? Зачем совершать преступление светлым утром? Не проще ли ночью, да уйти потом потихоньку? Во всяком случае, я бы сделала так. И уж совсем по-идиотски выглядит посещение магазина, скандал по поводу денег. Словно нарочно привлекала к себе внимание, опять же размер ноги и каблуки... Если не Аделаида, то кто? Кому выгодна смерть Сени?

Я вылезла из-за руля и подошла к газетному развалу. Таблоид «Скандалы недели» красовался на самом почетном месте. Купив отвратительное издание, я покатила в «Макдоналдс». Разложив еженедельник на столике, принялась изучать содержимое. Через пять минут захотелось переворачивать страницы щипцами. Все издание забито совершенно невероятной информацией. Так, восьмидесятипятилетняя бабушка убила и съела собственного внука. Пациент Н. из Хабаровска вогнал себе в череп два гвоздя. Ревнивый врач заразил любовницу СПИДом. На развороте красовалась огромная фотография известной певицы. Бедолага зацепилась краем платья за гвоздь, и фотограф запечатлел голую попу дивы. «Юнона Зонг не носит нижнее белье!» — кричал афишный заголовок.

Да уж, я бы на месте незадачливой Юноны возжелала смерти Семена. Может, убийцу следует поискать среди «героев» таблоида?

Медленно переваривая оригинальную мысль, я выпала наружу. Уже вечер, а душно, словно в бане. Часы возле метро «Тверская» показывали ровно семь. Бог мой! Ведь Римма Борисовна просила обязательно приехать к ужину, чтобы встретить предполагаемую невесту Геры.

Когда торопишься, вечно не везет. Так и на этот раз: попала во все возможные пробки и дорулила до Ложкина только в начале девятого.

Из столовой слышались смех и звяканье посуды. Я вошла в комнату. Да уж, прием по полной программе!

На столе, покрытом кружевной скатертью, красовался серебряный чайный сервиз, никогда не покидающий буфета. Очевидно, на сегодняшний вечер свекрови забыли о желудке и печени, потому что на тарелках горкой громоздились эклеры, кексы и печенье. Чуть поодаль стояли масленка и две плошки — с красной и черной икрой. Блюдо с французскими сырами, тарталетки, пирожки, сандвичи с колбасой...

— Дашенька, — радостно прощебетала Римма Борисовна, — а мы тут сели слегка перекусить. Тебе что положить?

«Белковый омлет» — чуть было не слетело с языка, но я вовремя опомнилась и сообщила:

— Чай с лимоном, пожалуй, выпью.

— Все фигуру бережешь, — укорила Нина Андреевна.

— Правильно, — вступила в разговор невеста, — один миг в зубах, всю жизнь на бедрах.

Я со вздохом оглядела говорившую. Судя по всему, она никогда не разжимает зубов, потому что довела себя почти до скелетообразного состояния. Маленькое, размером с кулачок, скукоженное личико, обтянутое желтоватой кожей. Вокруг глаз густая сеть мелких морщин, возле носа то ли веснушки, то ли мелкие пигментные пятна. Волосы редкие, какие-то общипанные, да и зубы не слишком хороши — желтоватые и кривые.

— Главное для женщины — сохранить фигуру, — продолжала Регина, — мне со спины двадцать лет дают!

«Зато с лица на все пятьдесят тянешь», — подумала я и перевела взгляд на принарядившегося Геру. Наверное, мужик бегал сегодня весь день по магазинам, выискивая костюмчик. Светло-сиреневый мятый пиджак подчеркивал узенькие плечи и довольно впалую грудь жениха. Впрочем, на толстом животе он не сходился. Желтая шелковая рубашка и светло-зеленый галстук. Скорее всего в каком-нибудь бутике хитрые продавцы всучили простофиле данный прикид, выдав его за последний писк парижской моды.

Вздохнув, я принялась прихлебывать чай, краем уха вслушиваясь в разговор.

— Я человек творческий, — вещала Регина, — тонко чувствующий, и в мужчине ищу родственную душу. Сама хорошо зарабатываю, но лучше будет, если супруг окажется со средствами.

— Кем вы работаете? — робко осведомился Гера.

— Торгую экзотами, — сообщила Регина.

Повисло молчание. Потом Римма Борисовна переспросила:

— Простите, не поняла, чем торгуете?

— Экзотами. Ну обезьянками, крокодилами, дикобразами, змеями, — пояснила гостья.

— Интересно, — протянули свекрови хором.

— Выгодное занятие, — отметила Регина, — несколько тысяч долларов в месяц имею, вот только...

— Что? — с уважением переспросила Римма Борисовна.

— Трудный бизнес. Часть экзотов дохнет, пока довезешь, и еще всякие болячки: блохи, язвы, глисты...

— Ну, наверное, животное можно вылечить, — встряла Нина Андреевна.

— Вот еще, — фыркнула Регина, — пусть хозяева на ветеринара тратятся. Я про себя говорю. В прошлом году заразилась от кенгуру чесоткой, а в мае транспортировала мартышек, так потом месяц блох выводила. Живучие, гадюки, никакая мазь не помогала, пришлось наголо стричься. Никак волосы не отрастут.

И она быстренько почесала макушку. Нина Андреевна отодвинулась подальше. Я извинилась и пошла в спальню. Но на пороге столовой притормозила и позвала собак. Мало ли, еще подцепят от данной дамы блох, потом хлопот не оберешься.

Глава 10

В семь утра в дверь постучали. Злая до ужаса, я села в кровати и злобно проговорила:

— Завтракать не пойду, хочу спать.

Но стук повторился. Накалившись до предела, я надела халат и распахнула дверь. Сейчас скажу старухам все, что о них думаю!

Но в коридоре, держа на вытянутой руке сумочку, стоял Александр Михайлович.

— Знаю, что рано, — извиняющимся тоном проговорил полковник, — но вот привез пропажу. Давай мириться, — и он протянул согнутый мизинец.

Как можно злиться на такого?

Рассмеявшись, я повела его вниз. Не успели мы сесть за стол, как в столовую косяком пошли домашние.

— Дашенька, — хитро улыбаясь, проворковала Нина Андреевна, — что же с супругом не знакомишь?

«Это не супруг, а следователь, который обвиняет вашего сына в убийстве», — пронеслось в моей голове, но вслух пробормотала:

— Знакомьтесь — Александр Михайлович.

— Ой, какая радость, — заверещала Римма Борисовна, — правильно, деточка, женщине следует быть замужем.

— Мы не женаты, — буркнула я.

— Как же? — оторопела Нина Андреевна. — Вместе ночевали и не женаты?

Скажите, пожалуйста, какая ханжа!

— Я здесь не ночевал, только что приехал, — начал отбиваться полковник, — Даша сумочку забыла...

— Ага, ага, — закивала свекровь номер два, — вы всегда навещаете друзей в полвосьмого утра?

Александр Михайлович не нашелся что ответить.

— Кто ходит в гости по утрам, тот поступает мудро, тарам-там-там, тарам-там-там, на то оно и утро, — запела Маруся.

— Маша, — возмутилась Нина Андреевна, — дети твоего возраста молчат, когда взрослые разговаривают.

— А с какого возраста ребенок может словечко вставить? — ринулась в бой Маня.

Аркашка успокаивающе похлопал сестру по спине.

— Кофе или чай? — решила разрядить ситуацию Зайка.

— Цианистого калия, пожалуйста, — шепнул полковник.

Маня хихикнула.

— Мария, сядь прямо и убери локти со стола, — тут же отреагировала Нина Андреевна. — Кстати, у Банди что-то с желудком. Он опять плохо покакал, очень жидко!

Полковник вздрогнул и отставил недопитый кофе с молоком. Очевидно, цвет напитка после выступления свекрови номер три перестал ему импонировать.

— Дашенька, — продолжала ничего не замечающая Римма Борисовна, — сегодня к ужину другая невеста придет. Честно говоря, Регина нам не понравилась. Я всю ночь в постели чесалась. Как ты думаешь, эти блохи могут с человека на человека перепрыгивать?

— Обязательно, — сообщила Маня, — нам в Ветеринарной академии рассказывали, что обезьяньи блохи — жуткая гадость. Стоит рядом постоять пару минут, и все. А вы вчера сколько часов бок о бок сидели? Так что теперь точно заразились!

Римма Борисовна затравленно почесалась.

— Вот видите, — радостно сообщила Маня, — уже кусают.

— Господи, что же делать?! — воскликнула старуха.

— С данными тварями очень трудно бороться, — вздохнул хитрый ребенок, — правда, я недавно доклад писала, как раз про паразитов. Есть один способ. Сначала сбрить волосы.

— И на голове? — ужаснулась свекровь.

— На голове можно оставить, — сжалилась девчонка, решившая отомстить разом мучительнице. — Потом густо намазать, желательно все тело, ихтиолкой и посидеть так часик-другой.

— Марья, — возмутился Кеша, — будет тебе баллон гнать. Не слушайте ее, глупости несет. Никаких блох у вас нет, одно самовнушение.

— Не знаю, не знаю, — протянула дочь, издевательски глядя на нервно подергивающуюся Римму Борисовну. Потом она быстро прожевала тост с сыром и выскочила за дверь.

— Ира, — раздался из коридора ее ликующий

вопль, — запри животных на кухне, у нас в столовой очаг поражения кожными паразитами!

Александр Михайлович хмыкнул и спросил:

— В город не собираешься? Может, подвезешь до работы? Машина сломалась, к тебе на такси ехал.

Мы сели в «Вольво». Полковник поежился:

— Ну и бабули, ей-богу, очень хорошо понимаю Маню.

Я довезла его до большого каменного дома и, глядя, как приятель шествует по двору, стала размышлять, куда податься. Вот ведь беда какая, придется помогать сразу двоим: Максу и Аде. Ладно, попробую выяснить, что за проблемы такие возникли у Полянского с бизнесом. Кто такой таинственный Круглый, требовавший у Макса гигантскую сумму денег, и зачем понадобилось посылать Яну в Киев за деньгами?

В офисе у Макса на месте Тамары Павловны восседала белокурая девица с километровыми ногами. Подняв нагуталиненные ресницы, деваха посмотрела в мою сторону рыбьим взглядом и процедила сквозь белоснежные зубы:

— Что хотите?

— А где Тамара Павловна?

— Кто это?

— Прежняя секретарша.

— Бабульку уволили, — сообщило небесное создание, методично жуя жвачку, — дома небось внукам кашу варит!

— Адрес дайте.

Продолжая катать во рту «Орбит», девчонка лениво полистала записную книжку.

— Проезд Сурова, 8, квартира 3.

Я двинулась на улицу. В ларьке купила «зимнюю свежесть» и сунула в рот подушечку. Может, и правда, зубы белее станут? Вон у новой секретарши какие, просто барсучьи клыки.

Отчаянно работая челюстями, из бардачка выудила карту и стала искать проезд Сурова. Бог мой, Новокосино! Это уже почти Петербург, или Минск, или не знаю какой город ближе к данному району, потому что у меня географический кретинизм.

Стало совсем жарко и душно. Наверное, пойдет дождь. Над Садовым кольцом плыл смог, я выехала из тоннеля и стала перестраиваться в правый ряд. Приторможу на минутку и куплю баночку холодненького.

Вдруг сзади раздался рык сирены, и громовой голос заорал: «Вольво», государственный номер 654 КЕ, немедленно остановитесь!»

От испуга затормозила моментально. Боже, что я наделала, раз меня так ловят! Задавила пару старушек и не заметила?

Из роскошной белой машины, украшенной всевозможными милицейскими прибамбасами, лениво выбрался парень и, поигрывая дубинкой, двинулся ко мне. Я постаралась изобразить самую приятную улыбку, а то еще стрелять начнет.

— Ну, — не представившись, рявкнул страж дорог, — почему после выезда из тоннеля фары не выключили?

От негодования я чуть не лопнула. Нашел преступление!.. Полная благородного возмущения, хотела раскрыть рот, но в ту же секунду поняла, что произошла просто непоправимая катастрофа.

К сожалению, у меня с детства отвратительные зубы. Мучаюсь с ними всю жизнь и к сорока годам приобрела несколько протезов, часть из которых — съемные. Все стоматологические работы делала во Франции, поэтому сверкаю белоснежной улыбкой, вызывая зависть наивных людей, полагающих, что видят просто редкостно здоровые зубы. Как все обладатели искусственных зубов, хорошо знаю, что жвачка — не для меня. И вот теперь противный «Орбит» намотался на пластмассу, плотно склеив челюсти.

— Чего молчишь? — продолжал приставать гаишник.

Я отчаянно работала языком, пытаясь очистить клейкую массу.

— Пьяная небось, — обрадовался милиционер, предвкушая добычу.

Я безнадежно помотала головой.

— Немая, что ли?

Черт бы тебя побрал, вот настырный. Придется платить штраф. Я вытащила наружу обмотанный жвачкой протез и злобно прошипела:

— Сколько с меня за фары, только отстань!

Парнишка в изумлении уставился на мою руку.

— Что это?

— Зубы, тебе какое дело? И вообще, я по ночам вампиром работаю, видишь, какая бледная.

Милиционер махнул палкой и пошел назад.

— Погоди, — закричала я, — а штраф?

Мальчишка обернулся:

— Не хватало у старухи-калеки деньги брать!

Воя сиреной, милиционер понесся искать другую жертву. Я злобно отдирала жвачку. Старуха-калека! Видали негодяя?!

Район Новокосино — это кошмар, все здания — близнецы и имеют один номер, разные у них только буквы. С трудом разыскав нужный дом, я поднялась на второй этаж. Тамара Павловна сидела на кухне и вязала носки. Одной ногой женщина покачивала коляску, в которой самозабвенно пускал пузыри младенец непонятного пола. Еще двое примерно трехлетних детей надевали распашонку на толстого апатичного кота. А на краю кухонного стола пристроилась девочка с книжкой-раскраской.

— Сколько у вас внуков? — вырвалось у меня.

— Ой, что вы, — засмеялась Тамара Павловна, — детишки — соседские. С работы выгнали, а на пенсию не прожить. Вот и организовала у себя группу. Кому по магазинам походить, кому в парикмахерскую, а деток сюда. Десять рублей за час беру, правда, по-божески?

Согласившись с ней, я спросила:

— Тамара Павловна, вы уверены, что у Макса не было неприятностей на работе?

— Абсолютно никаких, — заверила женщина, — стабильный, хорошо налаженный бизнес.

— Может, с «крышей» не поладил, а вы не знаете?

— Я знала все, поэтому-то Кошкин и уволил, — хмыкнула женщина. — С бандитами расплачивалась сама. Максим Андреевич оставлял пакет, а я его молодцам и передавала. За куском ведь шестерки приезжали, не хозяйское дело с такими ручкаться. Каждый раз одно и то же: я им — доллары, они мне — шоколадку. Просто очень милые ребята, если не знать, что к чему, за студентов консерватории принять можно.

— Кто такой Круглый?

— Понятия не имею, — удивилась секретарша.

— Значит, совершенно точно знаете, что долгов Полянский не делал?

— Дорогая, — терпеливо произнесла женщина, — Максим Андреевич потому и добился такого успеха, что крайне аккуратно обращался с деньгами. Он все время повторял: берешь чужие и ненадолго, отдаешь свои и навсегда. У нас все получали хороший кусок и вовремя, без задержек. Знаете, как милиция часто к лоточникам придирается? То санитарная книжка не такая, то разрешение на торговлю неправильно оформлено, то сертификата качества нет. К «яичникам» же никто не вязался, потому что твердо знали: свое обязательно получат. Нет, дела шли прекрасно, более того, если бы Полянского не арестовали, сейчас торговали бы куриным мясом. Он хотел открыть магазин и название такое смешное подобрал — «Цыпа».

Так и не узнав от словоохотливой женщины ничего нового, я вышла на улицу и с трудом вдохнула наполненный немыслимой вонью воздух.

Кто такой этот таинственный Круглый? Ну не становиться же посередине проспекта с криком: «Круглый, отзовись!» Хотя почему бы и нет? Мысль заработала с бешеной скоростью. Если все пойдет как надо, вечером познакомлюсь с таинственным мужиком!

В ближайшем магазине купила две тысячи яиц. Картонные коробки в «Вольво» носил местный грузчик, пьяноватый мужичонка лет пятидесяти. На десятой коробке он не выдержал и поинтересовался:

— Куда тебе столько?

— Пасху справляю, — не моргнув глазом ответила я.

Мужик замолк, потом протянул:

— Дык, ведь уж отгуляли давно, еще весной...

— Я буддистка.

Грузчик крякнул и пошел в магазин. Перегруженный «Вольво» тихо покатил вперед.

Место для торговли выбрала бойкое — возле одного из выходов метро «Динамо». Небольшая площадка сплошь забита лоточниками, стояли и два «яичника». Вытащив из «Вольво» пару ящиков, я пошла взглянуть на цены конкурентов.

Так, у одного — 12 рублей, у другого — 11.50. Чудесно. Вырвала листок из блокнота и написала: «Яйцо свежее, 6 рублей». Через секунду затормозил первый покупатель, простоватая женщина с измученным лицом.

— Небось тухлые, — констатировала она.

— Почему? — изумилась я.

— Кто же хороший продукт по такой цене отдаст?

— Без посредников работаю, прямо с фабрики.

Но баба покачала головой и отправилась отовариваться к другому лотку. Ну не дура ли? Но уже через десять минут ситуация изменилась. Выросла небольшая очередь. Люди хватали дешевые яйца укладками. «Яичники» заволновались и начали переговариваться. Чтобы окончательно сломить их, достала мобильник, потыкала в кнопки и прокричала изо всех сил: «Федька, вези грузовик, яички нарасхват».

Через пару секунд около меня возник толстомордый одышливый мент:

— Санитарную книжку, сертификат качества, разрешение на торговлю...

Я вытащила сто долларов и всунула в протянутую руку:

— Вот!

Милиционер аккуратно убрал бумажки и пошел прочь, потом обернулся и крикнул:

— Будет кто из наших приставать, скажи, что Филимонов разрешил!

Чудесненько, одной «крышей» уже обзавелась, но мне нужна другая. Она не заставила себя ждать. Тощенький парнишка с личиком волчонка нагло пролаял:

— Кто же разрешил тебе твои сраные яйца тут ставить?

— Сраные яйца здесь только одни — твои, — мило ответила я, — а разрешил Круглый. Вот зачем — не твоя печаль. Веди старшего, не мое дело с шестеркой разговаривать.

Парень стрельнул по сторонам злобным, крысиным взглядом, но ушел. Я продолжала раздавать направо и налево укладки.

— Милая, — раздался над ухом приятный грудной баритон, — что это вы по поводу Круглого толковали, никак не поймем.

Я оглядела говорившего. Мужик между тридцатью и сорока, губы улыбаются, но глаза неприятно тусклые, во рту не хватает пары передних зубов, на среднем и безымянном пальцах вытатуированы перстни. Похоже, этот рангом повыше, чем подходивший раньше крысеныш.

— Мне на эти яйца наплевать с высокой колокольни, — махнула я рукой, — хочешь, сейчас все каблуками передавлю?

— Ты чего, психопатка? — изумился браток. — Просто спросил. Порядок тут такой, чтобы чужие не путались.

— Вот что, братан, — вспомнила я тюремные уроки, — найди Круглого и скажи, что у метро «Динамо» жена Полянского торгует яйцами. Да еще добавь, мол, знаю, куда миллион долларов делся. Станет интересоваться, где сам Максим Андреевич, так сообщи: в Бутырке, сотая камера, да у окна, а не у параши.

Мужика смыло в момент. Краем глаза я наблюдала, как он говорит с кем-то по мобильному. Яйца закончились. Сев на пустые коробки, вяло говорила жаждущим, что грузовик застрял в пробке. Народ верил и начал составлять очередь.

Протекло минут тридцать. Вдруг на проспекте затормозила грязная по самую крышу, раздолбанная «копейка». Номера, стекла — все заляпано. Даже странно, в Москве уже несколько дней не шел дождь. Из-за руля горе-машины вылез парень лет тридцати и, весело улыбаясь, двинулся ко мне. По тому, как подобрались и примолкли лотошники, я поняла, что явился главный.

— Вероника Михайловна, — церемонно осведомился приехавший, — Круглый к вашим услугам, в чем вопрос?

Я оглядела его с головы до ног — джинсы и рубашка от «Лагерфельда», ботинки фирмы «Пазолини», черные очки от «Диора», а вот часики — самые обычные «Сейко», не заработал еще на приличные.

— Вероника в морге, Максим Андреевич, убивший ее, в тюрьме, а я здесь с информацией о больших деньгах, везите к Круглому.

Парень вздохнул, по его лицу стало понятно, что сообщение об убийстве в новинку. Он вернулся к машине, кратко переговорил с кем-то и поманил меня пальцем.

Дверца распахнулась, в салоне обнаружился еще один парень, совсем молодой, весь в черном, как могильщик.

— Садись, — кивнул он на сиденье.

— Нет, поеду за вами следом на своей машине.

— Сказано — садись, — сообщил могильщик, — ежели велят, назад привезем, а не велят, так и «вольвешник» тебе ни к чему. Трупу тачка без надобности.

Признав логичность данного постулата, я влезла в «копейку»-инвалидку. Улыбающийся парень сел за руль; прежде чем тронуться с места, он педантично задернул шторки на окнах. По тому, как непрезентабельные «Жигули» рванули с места и как ходко понеслись по проспекту, я поняла, что под капотом тачки скрывается форсированный движок отменного качества.

Глава 11

Ехали примерно минут сорок. Потом водитель резко тормознул и скомандовал:

— Пошли.

Я вылезла наружу и увидела, что стою во дворе дома, очень похожего на мой собственный. Тот же белый кирпич, те же финские окна, даже дорожка посыпана, как у нас, красной галькой. Вот только не два этажа, а три, да еще сбоку торчит нелепая башенка в мавританском стиле.

Меня буквально втолкнули в круглый холл.

— Садись! — рявкнул провожатый и указал на красный диван.

Я опустилась на мягкое сиденье, и тут из боковой двери выбежали два довольно тучных ротвейлера и принялись шумно обнюхивать мои ноги.

— Аякс, Гельмут, фу! — раздался аристократический голос. — Не бойтесь, они не кусаются, абсолютно беззлобные существа.

— Совершенно не боюсь, — проговорила я, поглаживая псов по крупным головам.

— Любите больших собак? — удивился хозяин. — Редкость для дамы.

— Я вообще уникальная женщина, штучный вариант.

Круглый рассмеялся. Он производил самое приятное впечатление. Высокий, подтянутый, никакого намека на живот. Абсолютно седые волосы зачесаны назад, карие глаза с блеском и безукоризненно выбритые щеки. Лет ему, по виду, шестьдесят пять. Одет по-европейски: в светло-песочные вельветовые «Levi's» и тонкую бордовую рубашку.

— Вы ведь не Вероника, — проговорил Круглый, — а женой Макса назвались, маленькая ложь рождает большое подозрение.

— Никогда не обманываю, я на самом деле супруга Полянского, только бывшая.

— А, — протянул мужчина. — Так в чем проблема, не пойму?

Вздохнув, я принялась рассказывать ему обо всем, что произошло за эти дни, а под конец спросила в лоб:

— Так он был вам должен миллион «зеленых»?

Круглый весело рассмеялся:

— Вы потрясающи! Всегда завидовал Максу: какие бабы ему доставались, просто сказка! А вот мне так не повезло. Все, кто нравится, давно разобраны. Вы, например, небось тоже давно при муже!

— У меня двое внуков, — на всякий случай сообщила я.

Круглый опять захохотал:

— Чудесно, обожаю детей! Может, позвоните супругу и скажете, что задерживаетесь? За домом бассейн, сейчас велю коктейли подать.

Я взвилась, как ракета:

— Думала, поможете Максу, а вы!

— Милая, — посерьезнел Круглый, — ну неужели я расскажу правду? Приехали с улицы и требуете отчет, смешно, право.

— Ладно, — сказала я, — сама вижу, что зря прикатила, глупость сделала. Велите своим псам доставить меня назад, к метро.

— И что делать станете? — поинтересовался собеседник.

— Искать настоящего убийцу.

— Значит, не верите, что Максим застрелил Веронику?

— Ни минуты, — покачала я головой, — только пока просто не понимаю, кто и за что его подставил. Честно говоря, думаю, что это ваших рук дело. Миллион долларов — огромные деньги, вот и наказали должника таким оригинальным образом. Дураки киллеров нанимают, а господин Круглый лучше придумал — в тюрьму, да на зону, пусть пятнадцать лет мучается!

— Меня зовут Иван Михайлович, — сообщил собеседник, — Круглый, так сказать, псевдоним для определенных кругов, а вас как величать?

— Дарья Ивановна.

— Дашенька, — ласково завел авторитет, — а вы не боитесь? Приехали ко мне на дом и утверждаете, что я — злодей. Вдруг это правда? И что тогда? Свидетелей, слишком много знающих, редко отпускают живыми.

— Приехала предложить сделку. Я — богатая женщина, правда, отдать сразу миллион долларов не могу. Если у вас есть внуки, могу пригласить к себе в Париж, предположим, на время учебы, могу купить вам во Франции квартиру и помочь с бизнесом, откроете на мое имя, я — гражданка Республики.

Иван Михайлович рассмеялся:

— Ни детей, ни внуков нет. Да и жена ни разу не попалась такая отважная, как вы. Стоило за решетку угодить, сразу убегали. За приглашение во Францию спасибо, но у меня там дом в Ницце.Только вчера вернулся. А деньги... Неужели так любите Макса, что готовы выкупить?

Я пожала плечами:

— Трудно объяснить вам мотивы.

— А вы попробуйте, может, пойму и соглашусь.

— Мои родители рано умерли, и пришлось мне в жизни пробиваться самой. Но получалось, честно говоря, плохо. Никогда не было денег, спасибо, хоть квартира собственная. Не хочу сказать, что голодали с детьми, но картошку покупали поштучно.

— Это как? — не понял Круглый.

Я улыбнулась.

— Это когда не килограмм берешь, а три штуки к ужину. Макс начал за мной ухаживать в октябре, а в ноябре неожиданно ударил жуткий мороз. Из теплых вещей обладала коротенькой курточкой из меха «дикой козы». Мерзла жутко. Один раз пошли с Полянским в театр: он — в роскошной, теплой дубленке, в ондатровой шапке. Я — в куртешке и дурацком вязаном колпачке с помпоном. В антракте Макс куда-то убежал. А когда спустились к выходу, на мой номерок выдали чудную каракулевую шубку — мягкую, блестящую. Я сначала решила, что гардеробщик ошибся, но жених натянул на меня манто и хитро улыбнулся. Потом много было всякого — и хорошего, и плохого. В результате брак распался, у Макса появилась другая семья, да и у меня тоже. Почти не помню теперь, как жили с ним. Но та шубка... Считайте, что я у Макса в долгу. В первый и последний раз в жизни получила тогда подарок просто так, без всякого повода.

Иван Михайлович потер руки.

— Пойдемте, Дашенька, в кабинет. Не в холле же разговаривать.

Мы пошли по лестнице наверх и оказались в огромном помещении. Ни за что бы не поверила, что человек, носящий кличку Круглый, обладает такой комнатой! Три стены занимали гигантские стеллажи с книгами. Чего здесь только не было — философия, психология, история, русская и зарубежная классика. Особняком примостились детективы, в основном импортные. На письменном столе возле компьютера лежало несколько изданий: «Судебная медицина в вопросах и ответах» и «Криминалистика».

— Курите? — осведомился хозяин, открывая небольшой бар.

— Спасибо, только свои, от других кашляю, — ответила я, вытаскивая из кармана «Голуаз».

Иван Михайлович повернулся, и мы рассмеялись. В руках он держал точно такую же бело-синюю пачку.

— Во Франции пристрастился, жаль, что в Москве они редкость, — продолжал смеяться хозяин, — вот уж не думал, что встречу даму с теми же привычками. Выпьете коньяку?

Я помотала головой:

— За рулем.

Круглый махнул рукой:

— Отвезут до дома.

Он достал из бара бутылку «Реми Мартен» и пробормотал:

— Вот, по-моему, ничего.

— По-моему, тоже, — сказала я, — только лично мне больше по душе не 1946-й, а 1949 год. Для этого коньяка он был лучшим.

Дверь кабинета приоткрылась, и в комнату вошел молодой парень с подносом. Он начал молча расставлять на журнальном столике блюдо с сырами, тарелку с крекерами и вазочку с орешками. Совершенно европейское угощение. Следом, шумно дыша, влетели ротвейлеры. Псы ткнули головы в мои колени. Машинально я засунула в их пасти куски вожделенного сыра и погладила милые морды.

Круглый вздохнул:

— Ладно. Всю жизнь, дурак, из-за баб стра-

даю. Как понравится какая, сразу разума лиша-
юсь и глупости делаю. А вы мне очень по душе.
Поэтому расскажу то, что не должен, но прежде
дайте слово, что вся информация умрет на пороге комнаты.

Я серьезно кивнула головой. Круглый сел в
кресло.

— Между мной и Максимом и правда сущест-
вовал долг. И сумму назвали абсолютно правильно — миллион долларов. Вот только в одном
ошиблись. Не Макс мне, а я ему был должен. Но
должок вернул, как раз в самом начале июня, а
если уж совсем точно, то четвертого числа.

— Господи, — вырвалось у меня, — до чего же
выгодная штука — торговля яйцами!

Круглый ухмыльнулся:

— Яйца тут ни при чем. Мы занимаемся антиквариатом, и довольно давно. У Макса просто
нюх на раритеты, какие вещи отыскивает! Не так
давно у какой-то бабки обнаружил подлинного
Гойю. Представляете, старуха повесила полотно
в туалете и собиралась выбросить, очень мрач-
ным казалось!

Я обалдела:

— А яйца?

— Что яйца? — удивился Иван Михайлович. —
Бизнес как бизнес, но деньги большие шли совсем из другого источника. Кстати, мы с Максом
не афишировали своих занятий, зачем привлекать к себе пристальное внимание.

— Деньги как передали?

— Обычно, положил в пакет, а Бекас отвез, не в первый раз!

— Пакет, — фыркнула я, — тут чемодан нужен.

Круглый улыбнулся.

— Ну это вы фильмов насмотрелись. Миллион долларов в купюрах по сто, всего лишь десять тысяч бумажек, запросто в подарочный пакет влезает! Чемодан — уже другие суммы.

— Ваш посыльный точно все отдал?

— Бекас?! Конечно, такими вещами не шутят. К тому же Макс позвонил и сообщил, что полный порядок.

— Где он деньги держал?

Иван Михайлович развел руками:

— Такой интимный вопрос! В наших кругах не принято подобное спрашивать. Скорее всего в Швейцарии или в Арабских Эмиратах.

— Но ведь не сразу же отослал, какое-то время хранил дома!

Круглый вздохнул:

— Кладовку возле ванной представляете?

— Да.

— Там под потолком антресоль со всяким хламом. Если заглянуть внутрь, задняя стена скрывает небольшой сейф. Только код не спрашивайте, не знаю.

— Где познакомились с Максом?

Собеседник с удовольствием закурил.

— Дорогая, вы просто прокурор. Знаете, что Полянский три года работал за границей?

— Да. Нина Андреевна рассказала, как он

служил в Польше, преподавал русский язык на курсах. Я еще, помнится, удивлялась, почему Макс на польке не женился, а холостым вернулся!

— Так вот. История про курсы — красивая ложь. Максим сидел на зоне.

— Как? За что?

— За фарцовку. Торговал сначала зажигалочками, потом джинсами, ну а взяли, когда к предметам искусства подобрался. Мы с ним вместе в одной камере до суда на одних шконках спали. Ему передачи шли хорошие, а мне — пшик. Так Макс не жадился, всегда делился вкусненьким. Скорешились постепенно, с тех пор и дружба.

Я осталась сидеть с раскрытым ртом. Ну и новость! Голову на отсечение, что никто правды не знает! Видя мой изумленный вид, Круглый довольно ухмыльнулся и сказал:

— Расскажите лучше про убийство Вероники.

Я выложила, что знала про Нику и Семена. Иван Михайлович призадумался, потом вздохнул:

— Пока, честно говоря, не понимаю, что к чему. Буду разбираться, только вчера приехал из Франции, Максу пока не звонил и ничего не знал.

Он встал, выдвинул ящик письменного стола и достал небольшую коробочку.

— Возьмите.

Внутри на бархатной подкладке лежало простое золотое кольцо, очень похожее на обручальное. По ободку шла тонкая резьба, в центре мелкими синенькими камушками, скорей всего сапфирчиками, выложена буква К.

— Наденьте и не снимайте, — потребовал авторитет, — считайте его охранной грамотой. Если вляпаетесь в неприятности, по крайней мере наши не пристрелят, а сообщат мне. Конечно, от всех бед не спасет, но все же... Я в этом городе не последний человек, и члены моей семьи тоже уважаемые люди. И еще дам телефон. В случае крайней необходимости позвоните, и меня найдут. Не удивляйтесь, трубку снимает пожилая женщина, и с ней разговаривать не следует. Она просто диспетчер. Скажите только: «Папе от...» Кстати, надо дать вам имя!

Он пожевал губами и задумчиво поглядел в окно, потом хмыкнул:

— Большая Свинка! Вот это подойдет. «Папе от Большой Свинки». И оставьте номер телефона или адрес, я перезвоню. Потребуется срочная помощь, сообщите: «Пожар. Большая Свинка в огне».

Я рассмеялась. Пожилой мужик, а увлекается детскими забавами.

— Совсем не смешно, — каменным голосом отчеканил Круглый, — не понимаете, во что лезете, а мне не хочется присылать букеты на могилу. Надевайте кольцо!

Я нацепила «охранную грамоту». Надо же, как раз по руке.

— Кстати, Иван Михайлович, не помните, какие часы носил Макс?

— Номерной платиновый «Лонжин» с бриллиантами. Дорогая игрушка. Я был против, к чему так богатство демонстрировать! Только гусей дразнить! Сейчас поедете домой. Бекас отвезет. Где живете?

— В Ложкине. Но лучше к метро «Динамо».

— Это еще зачем?

— Там «Вольво» остался.

— Ерунда.

И он крикнул таинственного Бекаса. Через пару секунд в кабинет вошел молодой парень в черном, который доставил меня сюда.

— Отвезешь Дашеньку в Ложкино, потом пригонишь ей машину, — скомандовал Круглый. — Да объясни, как с тобой связаться.

Бекас кивнул и выскользнул тенью в коридор. Иван Михайлович налил на посошок и довел меня до входной двери.

Собаки трусили сзади.

— И псам ты понравилась, — сообщил авторитет. — Что, я слишком старым показался? Буду звонить. Может, найдешь время с дедушкой поужинать?

Он поцеловал мне руку, я пошла к машине. На этот раз во дворе стоял сверкающий глянцевый «Мерседес». Бекас бросил быстрый взгляд на кольцо и почтительно спросил:

— Где сидеть предпочитаете, хозяйка?

— Лучше сзади.

Мы помчались с немыслимой скоростью. У выезда на шоссе обнаружили пост ГАИ. Бекас притормозил и крикнул маявшемуся от скуки постовому:

— Дежуришь, Петька?

— И не говори, Бекас, — отозвался тот, — жарко, просто подыхаю.

— Закончишь — заходи, Федька холодненьким пивком угостит.

Гаишник радостно заулыбался, мы понеслись дальше.

До Ложкина добрались в момент. Мой спутник лихо притормозил и сообщил:

— Сейчас «вольвешник» пригоню.

Не успела я сказать слово, как «Мерседес» взревел и улетел прочь. Абсолютно обалдевшая, я пошла в дом и уже в холле сообразила, что не дала водителю ключи от «Вольво». Проездит зря, бедолага!

Дома поджидала другая невеста. На этот раз Гера привел щупленькую белобрысую девицу. За столом, кроме жениха и невесты, сидели Нина Андреевна, Кеша, Зайка и Маня.

— Где Римма Борисовна? — тихо спросила я у невестки.

— Намазалась с утра ихтиолкой, до сих пор отмыться не может, — хихикнула Ольга.

Похожая на лабораторную мышь девушка занудно рассказывала рецепт фирменного пирога. Вынести подобное выше человеческих сил.

— Пойду покурю, — сообщила я и вышла во двор. За мной выскочила Маня с собаками. Мы уселись на ступеньках. Звенела вечерняя тишина. Где-то далеко квакали лягушки. Собаки лежали у ног, изредка шумно вздыхая. Почти стемнело, и на небе высыпали крупные звезды.

Вдруг раздался шум мотора, и во двор влетел автомобиль. Бедный «Вольво», никогда раньше он не носился с подобной скоростью. Встав у крыльца, машина будто с облегчением вздохнула. Бекас выскочил наружу и увидел собак.

— Ну и ну, — ахнул он, — вот тех больших знаю, черненький вроде пудель, а маленькие, ну и уроды! Кто же такие?

— Это не уроды, — возмутилась Маня, — мопс и йоркширская терьерица, между прочим, муж и жена.

— Спасибо, Бекас, — проговорила я. — Как вы без ключей сумели завестись?

Парень улыбнулся.

— Ну, многие лохи запасные ключарики под задним бампером держат. Да и без них уехать ничего не стоит. Я — профессионал. Первый срок за угон мотал.

— Хотите чаю? — спросила Маня.

Бекас оторопел:

— Ты мне?

— Ну да, — кивнула Маня, — еще пирожки есть, торт и эклерчики, очень вкусные.

Бекас явно растерялся. Наверное, парня редко зовут к столу.

— Вообще-то ехать пора... — промямлил он.

— Ну чашечку можно, — сказала я.

— Пошли, пошли, — подхватила Маня. — С Фифиной и Маркизой познакомитесь.

— Вроде как не одет я, — вяло сопротивлялся Бекас.

Но Манюня ухватила его за руку и поволокла в столовую.

Я осталась сидеть на крыльце. Чудных знакомых приобретаем мы иногда.

Глава 12

Утром опять подняли в несусветную рань. Старухи торжественно восседали за столом.

— Как вам Леночка? — осведомилась Римма Борисовна.

— Кто? — не поняла я.

— Ну та, что вчера приходила.

— Вроде ничего, — без всякого энтузиазма пробормотал Кеша, — скромненькая такая, ненакрашенная...

— А мне не очень, — сообщила Римма Борисовна, — и Гере не по душе. Будем дальше искать, правда, сыночек?

Гера молча кивнул.

— Кстати, сегодня пятница, — не умолкала Римма Борисовна.

— Ну и что? — спросила Нина Андреевна.

— Все-таки ужасно, приехать в Москву и не сходить в Большой театр! — вздохнула свекровь номер три.

— Так за чем дело стало? — удивился Кеша. — Сегодня же куплю вам с Герой билеты.

— Нет, нет, — возразила Римма Борисовна, — одни не пойдем, только все вместе.

Я чуть не подавилась. Ну совершенно не выношу семейных походов, аллергия у меня на них. Но Кешка покорно согласился:

— Ладно, значит, куплю семь билетов. Кстати, на что?

— Конечно, на оперу, — в один голос вскричали старухи.

Ирка принесла омлет. Все занялись едой.

— Кстати, — сообщила Нина Андреевна, — у Банди что-то с желудком. Он плохо какал...

— Слишком жидко, — докончила Ольга и хихикнула.

Свекровь номер два насупила брови. Я отставила кофе и пошла собираться. Наверное, днем опять будет жарко, лучше часть дел сделать с утра.

Сначала, взяв у Нины Андреевны ключи, поехала к Полянским. Открыла дверь и обвела взглядом прихожую. Что-то тут явно не так! Через минуту сообразила. Вот ведь странность, хорошо помню, как покидали со старухой квартиру. Я еще уронила с вешалки все шляпы, и они рассыпались по полу. А сейчас, смотрите, пожалуйста, на своих местах. Кто же поднял головные уборы? Бабка не выезжала из Ложкина, Макс в тюрьме, Вероника у прозектора. Может быть, домработница приходила?

Я пошла в кладовку, влезла на стремянку и распахнула антресоль. Внутри шкафа зажегся свет. Лампочка осветила коробки с елочными игрушками. Чертыхаясь, я стащила украшения вниз и, отчаянно чихая от пыли, обозрела заднюю стену. Ничего похожего на сейф! Значит, не та антресоль. Захлопнула первый шкаф и открыла второй. Вновь вспыхнул свет. На этот раз три довольно тяжелых чемодана, но пыли нет. А сзади примостилась небольшая дверца с круглой ручкой. Сбоку панелька с кнопочками. Следовало набрать шифр, но какой?..

Спустившись со стремянки, я пошла в кабинет к Максу. Может, записал где? В ящиках письменного стола царил идеальный порядок: счета, всякие бумаги, канцелярские мелочи, телефонные книжки. Макс не обзавелся компьютером. Насколько помню, он всегда боялся всяческой техники. Как только джип водить выучился? Кстати, а где ключи от машины? Надо заглянуть в нее, вдруг что-то интересное найдется.

Я меланхолично рылась в бумажках. Нет, ничего похожего на шифр. Ну что он мог придумать?

Я опять полезла на стремянку. Дату рождения Нины Андреевны? Год смерти отца? Дверца не шевелилась. Я в задумчивости глядела на сейф. Конечно, дикая мысль, но попробовать стоит — 7117. Раздался легкий щелчок. Ну надо же! Седьмого января мы поженились, а первого июля разошлись. Макс говорил, что эти цифры — семь и один — преследуют его всю жизнь. Родился он седьмого июля, первый раз женился первого января, отец умер семнадцатого ноября, тоже дата из семерок и единиц...

Я потянула довольно тяжелую дверку — пусто. Небольшой железный ящик сверкал голыми стенками.

Поставив на место чемоданы и закрыв антресоль, я покурила на кухне, соображая, что делать дальше. Так, сначала посмотрю, что в джипе, потом поеду в Бутырку и спрошу у Макса, где деньги. Может, в них все дело? Сумма-то очень большая.

Я закрыла квартиру и двинулась в гараж.

Джип поблескивал вычищенными боками. Вскарабкавшись в салон, огляделась. Конечно, хорошая машина, но уж больно громоздкая, сидишь, словно в троллейбусе. Так, что у нас здесь?

В бардачке обнаружились перчатки, носовой платок, плитка шоколада и пачка «Давидофф». В кармане на передних сиденьях — пустая бутылка из-под минеральной воды «Перье», газета «Скандалы недели» и упаковка быстрорастворимого аспирина. И больше ничего.

Я вздохнула и снова села на пассажирское место. Нет, для меня подобная машина совершенно не подходит. Вон какая огромная, просто ноги до педалей управления не дотягиваются. В самом углу виднелась скомканная бумажка. Я развернула тугой комочек. Бумажка вся вымазана пастой от шариковой ручки. «Квитанция. Салон «Оракул». Монетная улица. Оплачено — тысяча рублей за услуги». Интересно, что это за место?

Жара нарастала. «Вольво» тихо катился к Бутырской тюрьме. На этот раз сразу отыскала приветливую Катерину.

— Давай беги вниз, — приказала та, хватая деньги, — последний поток впускают.

Я понеслась в подвал. Минут через пять двери загремели, и служительница принялась выкликать фамилии. Моя прозвучала последней. Я двинулась внутрь, но тюремщица покачала головой:

— Извини, твоего нет.

— Что случилось?

— Желтуха в камере.

— Как же это? — растерялась я.

— А никак, — ответила баба, — ни на свидание, ни к адвокату, ни на суд не приведут. У нас с этим очень строго. Жди теперь, пока карантин кончится.

— И долго?

— Двадцать пять дней пока, а там как пойдет.

Я вышла на раскаленную Новослободскую. Вот это облом! Бедняга Макс! Небось в такую жару в переполненной камере несладко. Может, Яна знает, что с деньгами? Похоже, что Максим отправил ее в Киев как раз для того, чтобы отвезти миллион.

Но дома у Соколовой никто не отвечал. Странно, вроде тетка, сверхполная Рада Ильинична, редко выходит из дому. Хотя могла просто лечь отдохнуть. Соседки Тани тоже не оказалось на месте, и Женя Полякова куда-то подевалась. Просто день неудач! Ладно, воспользуюсь свободной минутой и подъеду в «Скандалы недели».

Еженедельник разместился на первом этаже светлого кирпичного дома. Прямо под его окнами шумел Киевский вокзал. Жара стояла страшная, асфальт плавился, и замороченные пассажиры с детьми волокли пудовые чемоданы к платформам, утирая потные лица.

«Поезд № 13 Москва—Конотоп отправляется с седьмого пути. Провожающих просят выйти из вагонов», — раздался над головой металлический голос.

Задыхаясь от жары, я двинулась к ларьку с мороженым, машинально напевая: «Поезд № 13.

Москва—Конотоп, топ, топ». Внезапно мысль пронзила мозги, как раскаленная стрела. Номер тринадцать, Москва—Конотоп? Как же так! Хорошо помню, как милая соседка Яны, Танечка, рассказывала, что отвозила чемодан на Киевский вокзал и поезд был № 13 и вагон № 13! Может, есть два поезда с такой нумерацией? Или Конотоп находится дальше Киева?

Я развернулась и понеслась к билетным кассам. Невозмутимая девушка из справочного бюро, абсолютно не удивляясь идиотским вопросам, спокойно сообщила всю необходимую информацию. Я вышла на перрон, машинально купила несъедобную булку с сосиской и, скармливая ее бродячей собаке, еле-еле пришла в себя. Было от чего оторопеть. Конечно же, тринадцатый поезд один, а от Конотопа до Киева еще полсуток езды. Куда же отправилась Яна? Всем наврала, что в столицу Украины, а на самом деле? Доехала до Конотопа? Впрочем, могла сойти на любой станции. Есть только один способ выяснить. Взять фото Соколовой и показать проводнику, вдруг припомнит девушку?

Площадь Киевского вокзала гудела и ругалась. Я влезла в «Вольво». «Скандалы недели» подождут. Рада Ильинична опять не отвечала на телефонные звонки, но я все равно поехала к ней. Может, аппарат сломался? Но он работал нормально, потому что, стуча в дверь ногами и руками, я слышала, как за дверью надрывается звонок. Куда, черт возьми, она подевалась? Соседки Танечки тоже не оказалось на месте. Я вновь вернулась к двери Рады Ильиничны и начала колотить по двери. Такой шум невозможно не услышать! Сев на ступеньку, закурила. Все-таки хорошо, что мы теперь живем в собственном доме, какой ужасный запах на лестничной площадке от невычищенного мусоропровода. Воняло и впрямь отвратительно, чем-то сладким и навязчивым.

Я подошла к двери и потянула носом. Запах явно сочился из квартиры Рады Ильиничны. Полная дурных предчувствий, вытащила мобильник. Если позвоню сейчас Александру Михайловичу, он, конечно, приедет, но тогда прощай, расследование! Поколебавшись немного, набрала 02.

Примерно через час, когда я окончательно сдурела от жары и запаха, прикатили милиционеры.

— Ну, в чем проблема? — поинтересовался один из них.

— Пришла навестить родственницу, а дверь не открывают.

— Подумаешь, — буркнул другой, — может, спит или в магазин ушла.

— Она инвалид, практически не выходит, тем более в такую жару. И потом, к телефону несколько дней не подходят! Чувствуете запах?

Стражи порядка принюхались и вздохнули.

— Вы кем хозяйке квартиры приходитесь?

— Сестрой.

— Тогда под вашу ответственность квартиру вскроем, если что, то без претензий. Только сначала надо управдома привести.

Еще час ушел на поиски местного начальства. Наконец пришли одышливая тетка лет пятидесяти и сравнительно трезвый мужик. Милиционеры принялись ломать дверь. Много усилий не потребовалось. Пара ударов, и тоненькая дверь, державшаяся на паршивом замке, распахнулась. «Аромат» усилился. Патрульные переглянулись и пошли в комнату. Я, отпихнув домоуправшу, рванула на кухню и увидела их обеих.

Голова Рады Ильиничны неловко лежала на столе между опрокинутыми чашками. Танечка сидела, привалившись к плите, глаза широко распахнуты, нижняя челюсть отвисла. Лицо девушки покрывали какие-то жуткие пятна, голые ноги приобрели зеленоватый оттенок. И кругом тучи мух.

Я почувствовала, что теряю сознание, и шагнула назад, в коридор. Один из милиционеров отодвинул меня в сторону и заглянул в кухню.

— Ёксель-моксель, — сказал он, снимая фуражку, — значит, так, идите в комнату и ждите.

Ни за что! Надо как можно быстрее бежать отсюда.

— У подъезда посижу, — просипела я, закрывая лицо платком, — запах жуткий, сейчас стошнит.

— Ладно, — махнул рукой патрульный, — только никуда не уходите. Вы — главный свидетель.

Замечательно, как раз и не хочу им быть. На ватных ногах выпала из подъезда. Отвратительный московский смог показался чудесным ароматом. «Вольво» послушно тосковал в тени.

Я прыгнула за руль и помчалась к метро «Университет» на квартиру к Жене Поляковой.

И опять на звонок в дверь раздалось молчание. В ужасе я села на ступеньки и принялась усиленно принюхиваться. Пахло как всегда: кошками, щами и бесконечной стиркой. Скорее всего девушка на факультете или пошла в библиотеку... Но тут зажужжал лифт, и на лестничную клетку ступила Женечка. В руках она держала большую бутылку минеральной воды.

— Меня ждете? — удивилась студентка.

— У вас есть фотография Яны Соколовой?

— Да, — протянула девушка, отпирая дверь, — нас мальчишки в буфете сняли, а зачем снимок понадобился?

— Господин Полянский просил в тюрьму передать.

— Вот бедняга, — вздохнула Женя, роясь на книжных полках.

Наконец фото отыскалось. За столом сидят три улыбающиеся девчонки.

— Вот это Яна, — ткнула пальцем Женя в самую некрасивую.

Треугольное худенькое личико рахитичного ребенка. Тонкий, слегка длинноватый для миниатюрной мордочки нос и бледные губы. На голове ежик рыжих волос. Хороши только глаза — большие, ясные, умные. Ей бы постричься по-человечески, да попробовать легкий макияж... Чем же взяла Макса? Неужели Полянский разглядел под непрезентабельной внешностью тонкую душу? Ох, не похоже на экс-супруга. Жен подбирал всегда исключительно по экстерьеру. Даже типаж знаю: высокая, стройная, глуповатая блондинка с личиком Барби. Впрочем, я ведь выпала из привычного ряда.

Сунув добычу в сумку, двинулась к двери и на пороге спросила:

— Женечка, а Яна не звонила?

— Нет, — покачала головой подруга, — даже странно, словно пропала, и дома у них тоже никого нет.

— Очень прошу вас, будьте осторожны, не пускайте в квартиру посторонних, всяких слесарей, рекламных агентов и побирушек.

— Никогда, — серьезно пообещала Женя, — сегодня уезжаю на дачу и пробуду у родителей до среды. Там, глядишь, и Яна объявится.

На Киевском вокзале двинулась прямиком к начальнику. Дверь кабинета охраняла бдительная секретарша, дама лет пятидесяти со старомодной «халой» на темечке.

— Андрея Сергеевича нет, — грозно заявила она, — билетами не занимаемся, идите в кассы.

Но у меня наготове слезливая история. Оказывается, я четвертого июня ехала в Конотоп на тринадцатом поезде, в вагоне с таким же номером. И надо же! Забыла в купе сумку с документами и крупной суммой. Проводник нашел потерю, сдал в бюро находок. Теперь хочу отыскать этого честного человека, чтобы наградить. Такое сейчас редкость.

— Да уж, — согласилась помягчевшая дама и защелкала рычажком селекторной связи.

И десяти минут не прошло, как стало известно имя, фамилия и адрес доброй самаритянки — Фоменко Любовь Павловна, улица Красного Шлагбаума.

Дивясь такому диковинному названию, раскрыла атлас и обнаружила этот «Шлагбаум» почти в самом центре города, возле станции Красная Пресня-Товарная. Сначала совершенно спокойно докатила до проспекта Маршала Жукова, трудности начались потом. Косяком потянулись странные кварталы из одних гаражей, мастерских и каких-то заводов. Потом пересекла железнодорожные пути и оказалась на улице, с двух сторон которой шел красный кирпичный забор. Он тянулся и тянулся, потом дорога резко свернула вправо и уперлась в железные ворота с раскрытой калиткой.

Поняв, что заблудилась, запарковала «Вольво» на узеньком тротуаре и пошла внутрь. Во дворе толкалось много женщин с большими китайскими клетчатыми сумками. Направо, насколько хватало глаз, тянулись железнодорожные пути. Смутное подозрение зашевелилось в душе. Пейзаж казался знакомым. Я подошла к невысокому зданию и прочитала адрес: 1-й Силикатный, дом 11. Ниже глаз наткнулся на вывеску «Учреждение ИЗ 48/3». Пересыльная тюрьма! Вот почему тут кругом пути, а во дворе толпятся тетки с продуктами. Ну и совпадение.

Я села в «Вольво» и снова открыла карту. Господи, как добраться до этого идиотского Красного Шлагбаума? В окошко постучали. Мне стара-

тельно улыбалась хорошенькая девушка с вуль-
гарным лицом.

— Слышь, маманя, у тебя в машине телефона
нет? До зарезу позвонить надо, а до автомата три
километра топать.

Я протянула мобильный. Девчонка заорала
как ненормальная:

— Галка, сегодня свиданки не дадут, на завтра
записалась. Предупреди там наших.

Она кричала и кричала, я разглядывала карту.

— Ну спасибо, маманя, — наконец сказала
звонившая. — Чего ищешь-то, скажи, может, знаю?

— Навряд ли, улица Красного Шлагбаума.

— Ха, — захихикала девица, — я на ней живу.
Видишь дом?

И она ткнула пальцем с облупившимся на
ногте лаком в грязно-серую бетонную башню.

— Только напрямик не проехать и не пройти,
все из-за тюрьмищи поганой. Подвезешь до
дома — покажу.

Мы покатили назад и довольно долго петляли
по кривым переулкам. Наконец блочный дом
встал прямо перед капотом. Больше никаких зданий на этой улочке не было.

Я взобралась на второй этаж и не успела позвонить, как дверь распахнулась.

— Слава богу! — закричали в два голоса женщина и девочка примерно Машкиных лет. — Ду-
мали, не приедете. Идемте скорей.

И они начали вталкивать меня в ванную.

— Мойте руки, один уже появился, — сообщила женщина и сунула кусок мыла.

— Мамочка, ой, мамочка, — заплакал кто-то в глубине квартиры.

Женщина потянула меня в комнату. На разложенном диване распростерлась маленькая кудлатая собачка. Бедняга щенилась. Рядом с ее судорожно-вздрагивающим тельцем лежал щенок, но он появился на свет в «мешочке», требовалась срочная помощь. Здесь же на коленках стояла еще одна рыдающая девочка.

— Хватит лить сопли, — сказала я, — быстро несите острые маникюрные ножницы, бутылочки с теплой водой, полотенца.

Женщина и девочки забегали, словно блохи. Через час все закончилось. Три черненьких очаровательных тупоморденьких щеночка яростно сосали усталую мать.

— Дайте ей теплого сладкого молока и не кормите два дня мясом, — велела я.

— Ой, — засмеялись девочки, — а у нас денег на мясо нет, Сьюзи картошку, суп и макароны ест.

— Хватит болтать, — разозлилась мать, — мы не нищие! Сколько вам должны?

Я покачала головой:

— Ничего. Скажите спасибо, что не так давно принимала роды у своей собаки и помню последовательность действий.

— Так вы не «Ветеринарная скорая помощь»? — изумилась женщина.

— Нет, ищу Любовь Павловну Фоменко.

— Это наша мама, — хором заявили девицы.

— Дайте с человеком поговорить, — оборвала их Любовь Павловна. — Зачем я вам понадобилась?

— Забыла представиться, майор Васильева, занимаюсь розыском пропавших людей.

Фоменко настороженно глянула на детей:

— Идите, идите.

Девчонки вышли за двери, но скорее всего притаились за порогом, потому что из коридора донеслось сдавленное хихиканье.

— Четвертого июня вот эта девушка отправилась в вашем вагоне из Москвы, не помните, где она сошла?

Любовь Павловна повертела в руках снимок.

— Помню. Еще очень странно показалось.

— Что?

— Пассажирка предъявила билет до Фоминска, там и вылезла.

— Ну и что тут необычного?

— До Фоминска можно на электричке добраться, зачем брать купейный билет, переплачивать? Электрички регулярно ходят.

— Может, торопилась.

— Все возможно, конечно, только таких пассажиров в нашем поезде раз-два и обчелся. Еще без багажа появилась, стояла на платформе до последней минуты, пока ей чемодан не принесли. А сошла в Фоминске. Я еще в окошко поглядела, когда тронулись: села на лавочку и пирожок ест.

Часы показывали восемь, когда я наконец въехала во двор. Но жара и не собиралась спадать. Раскаленное марево плыло над городом, и даже в Ложкине дышалось с трудом.

На большой полянке перед гаражом прямо на

траве сидели Маня и... Бекас. Перед ними лежал абсолютно разобранный мотоцикл.

— Мусечка, — завопила Маня, — Коля может из любого мотора ракету сделать, обещал, что мой мотик начнет двести километров в час бегать.

Догадавшись, что Колей кличут Бекаса, я осторожно осведомилась:

— А зачем тебе мотоцикл с такой скоростью?

— Пригодится, — заявила Маня.

Бекас смущенно вздохнул:

— Сейчас соберем, как новый станет.

— Он еще у Аркашкиного «мерса» какую-то штуку починил, вендикас, что ли.

— Бендикс, — поправил Бекас, — это в стартере.

Я поглядела на его лицо, с которого таинственным образом исчезла замкнутость, и спросила:

— Сколько вам лет, Коля?

— Восемнадцать, — ответил парень, — но вы не думайте, что раз молодой, то ничего не умею. В моторах разбираюсь, всегда механизмы любил. Часы могу починить, утюги, радио, телик.

— Гав, — подтвердил Снап.

Бекас моментально подобрался, но, увидав, что пес со всех лап спешит к приехавшей Зайке, как-то сразу отмяк.

— Не отвлекайся, — скомандовала Маня, — сейчас Кешка приедет, и ужинать отправимся.

Бекас покорно стал ковырять отверткой во внутренностях несчастного мотоцикла.

Я пошла в дом. Ни на минуту, Коля, не сомневаюсь в твоих способностях автослесаря. Вот только думаю, как много ты успел всего за восемнадцать лет: и посидел уже, и к Круглому в шестерки попал, и за мной скорее всего следишь.

Глава 13

Утро началось как всегда. Поняв, что старухи все равно не дадут спать, спустилась к завтраку вовремя. Домашние зевали во весь рот. Бабушки, наоборот, бодрые и полные сил. На столе дымилось блюдо с неизменной овсянкой.

— Мулечка, — прошептала Маня, — передай масленку, тостик намажу.

— Мария, — заявила Римма Борисовна, — сколько раз тебе говорить, не шепчись, очень невоспитанно.

И она пододвинула к девочке коробочку «Сканди».

— Терпеть не могу маргарин, — взвилась Маша, — масла что, нет?

— Масло, — тут же отреагировала Римма Борисовна, — страшно вредный продукт, сплошной холестерин. И удар по печени. Маргарин куда лучше.

Манюня молча ковыряла ложкой скользкие холмы каши. Зайка постаралась сменить тему:

— Всю ночь мы с Серафимой Ивановной почти не спали: у Ваньки с Анькой зубы режутся.

Близнецы пока не доставляли нам особых забот. Самостоятельно передвигаться не умеют и большую часть времени проводят в своей комнате на втором этаже. Да и режим у них пока еще совсем младенческий — сон и еда. На редкость тихие, беспроблемные дети. Поднимают шум, только если оказываются в разных кроватках. Желают спать всегда рядом.

— Да, — философски заметила добрая Римма Борисовна, — маленькие детки — маленькие бедки. Подросли детки, подросли и бедки.

— Кстати, — вступила в разговор Нина Андреевна, — у Банди что-то с желудком...

— Он опять покакал жидко, — докончила радостно Маруся.

Я вздохнула. Может, вышить это изречение крестиком и повесить в столовой, чтобы всегда маячило перед глазами?

После завтрака отправилась вместе с Ниной Андреевной в сад. Старуха радостно принялась выщипывать с клумбы некстати выросшие одуванчики. Возле нас кругами носились псы. Но сердце свекрови номер два безраздельно принадлежало Банди. Пита постоянно гладили по толстым бокам и поучали: «Бандюша, не грызи траву, животик заболит». Жаль портить бабке настроение, но ничего не поделаешь.

— Нина Андреевна, это правда, что Макс не работал в Польше, а сидел на зоне?

Одуванчики разом попадали на пол. Экс-свекровь съежилась и села на скамеечку. Банди, почувствовав перемену ее настроения, заскулил и принялся лизать покрытые старческой «гречкой» руки.

— Кто придумал такую глупость? — попробовала начать врать Нина Андреевна, но я уже поняла, что Круглый сказал правду.

Значит, у Макса это вторая посадка, и он автоматически становится рецидивистом. А к такого рода подследственным и отношение у органов МВД соответственное.

— Ну что за люди, — возмущалась Нина Андреевна, — каких только гадостей не придумают! Макс — уголовник! Он работал в Польше, преподавал русский язык!

Я вздохнула. Конечно, теоретически Полянский мог стать учителем. Диплом Литературного института давал такую возможность. Но практически? Неужели Нина Андреевна не понимает, что это очень легко проверить?

Старуха продолжала картинно возмущаться, но я уже шла к гаражу. Значит, тут Круглый меня не обманул. Может, все остальное тоже правда? Тогда где миллион и не из-за него ли Макса запихнули в тюрьму? Откуда Семен знал про деньги, если Иван Михайлович четко сказал: никто не подозревал о торговле антиквариатом. Выходит, лучшему другу Макс рассказал?

Голова шла кругом от бесконечных вопросов. Ладно, трудности следует решать по мере их поступления, как говаривала моя бабушка, а я привыкла ее слушаться. Сначала съезжу в Фоминск и поищу там следы Яны. Все-таки очень хочется поговорить с девушкой.

Дорога была превосходная, солнышко приятно светило, и в пути я чудесно поела в придорожной закусочной. Наши магистрали все больше начинают походить на европейские: тут и там автозаправочные станции с ресторанчиками и туалетами, буквально на каждом шагу попадаются какие-нибудь торговцы, просто приятно.

В самом радужном настроении я вкатилась в Фоминск и припарковалась на площади. Вокзальчик так себе — облупившееся двухэтажное здание, построенное, очевидно, в начале пятидесятых. Все в колоннах, скульптурах, непременные серпы с молотами.

Поезд из Москвы, как правило, останавливался на первом пути. На платформе обнаружилась только одна скамейка, возле нее стояло несколько женщин с корзинками и ведрами. Я села на лавочку, и тут подлетел экспресс Москва—Львов. Бабы кинулись к вагонам, предлагая разнообразные пирожки, отварную картошку, жареную рыбу и сосиски. Но покупателей оказалось мало, то ли еще не съели дорожные припасы, то ли не успели проголодаться.

Свистнув, состав умчался. Женщины, утирая лбы, попадали на скамеечку, я почувствовала крепкий запах пота.

— Ох, жисть поганая, — проговорила одна.

— И не говори, раньше уважаемыми людьми были, на фабрике работали, а теперь по вагонам со жратвой мотаемся, — вздохнула другая.

— Ладно бы с харчами, — влезла в разговор третья, — а то Клавка вон презервативами торгует, со стыда сгореть можно.

Они замолчали, я закурила. Женщины демонстративно покашляли, потом самая потная и толстая осведомилась:

— Поезд ждете? Лучше в вокзале, теперь до часу ни один не остановится.

Я охотно пошла на контакт:

— Нет, дочку разыскиваю, четвертого июня уехала из дома и не вернулась.

— Скажи, какое горе, — подобрели женщины. — Молодая небось да красивая?

Я достала фотографию и показала на Яну. Бабы молча разглядывали снимок. Потом та, что постарше, протянула:

— По-моему, это она у Райки пропала, еще пять пирожков купила.

— Как пропала? — навострила я уши.

Тетка замялась, но, увидев пятисотрублевую купюру, моментально разговорилась.

Четвертого июня она, как всегда, торговала на перроне пирожками с картошкой. Было жарко, и народ неохотно покупал хоть и вкусную, но горячую выпечку. Из московского поезда, следовавшего в Конотоп, вообще никто не выглянул. Только из тринадцатого вагона ловко выпрыгнула стройная девушка. Торговка обратила внимание, что, несмотря на жару, девчонка нацепила колготки. Суперкороткая юбочка, кофточка в обтяжечку и довольно сильно покрытое тональной пудрой лицо. Глаза незнакомка обильно подвела черной тушью, голубой их цвет оттенялся бирюзовыми бусами. Пассажирка плюхнулась на скамейку, купила пять пирожков и слопала их моментально.

— Тощая, как спичка, — удивлялась рассказчица, — а аппетит, как у молодого мужика. Умяла шанежки и спрашивает, где туалет.

Продавщица сама собиралась туда же, и они пошли вместе. Девчонка легко несла чемодан и небольшую сумку. Туалет в вокзале платный, но смотрительницей при нем состоит Раиса, бывшая сменщица моей рассказчицы. Когда-то они вместе работали на фабрике, но предприятие закрылось, и пришлось одной носиться по вагонам, а другой мыть сортир. По старой дружбе Рая пускает подругу пописать бесплатно.

Пока девчонка рылась в кошельке, выискивая два рубля, продавщица прошла внутрь. Минут через пять-шесть она вышла и увидела, что у столика Раи стоит чемодан.

— Представляешь, — хихикнула подруга, — девка-то, вот дура, вместо женского в мужской по ошибке зарулила. Ну да ладно, там сейчас никого нет.

Бывшие товарки поболтали еще минут десять, девчонка не выходила. Зато из туалета появился приятный черноволосый и усатый парень, в руках у него ничего не было. Пройдя мимо обалдевших теток, он направился в сторону площади.

— Господи, — охнула Райка, — небось прошел, пока я сама в туалет бегала. Вот народ, вечно норовит на дармовщинку прошмыгнуть. Что-то девка не выходит, утонула, что ли?

Велев подруге подождать, Рая зашла в мужской туалет, но тут же выскочила назад. Девчонки не было.

— А чемодан куда делся? — спросила я.

— У Райки спроси, она в сортире.

Я побежала в туалет. Возле турникета дремала на стуле худенькая-прехуденькая женщина с изможденным личиком.

— Вход два рубля, — проснувшись, сообщила она, — но на площади есть бесплатный, если дорого.

— Скажите, — обратилась я к ней, — вот эту девушку помните?

— Не девка, а просто Дэвид Копперфилд, испарилась как дым, — усмехнулась Рая, повторяя рассказ подруги.

— А чемодан где?

— У меня стоит, в чуланчике. Думала, вспомнит, шалава, вернется. И сумку бросила!

— Сумку?

Оказалось, когда Рая вошла в кабину, там на крючке сиротливо болталась абсолютно пустая сумка. Женщина не переставала удивляться. Туалет расположен на первом этаже, из-за жары большое окно все время открыто. Бывает, что хитрые пассажиры, чтобы не платить денег, залезают внутрь, но тогда Рая слышит шум и бежит расправляться.

Но эта девушка честно отдала два рубля, зачем ей понадобилось вылезать через окно?

— Можно посмотреть чемодан?

Рая замялась:

— Не знаю...

Я вытащила пятьсот рублей. Служительница бегом кинулась к чуланчику и вытащила наружу небольшой клетчатый саквояжик в белую, красную и черную клетку. Внутри не оказалось ничего интересного: светлая юбочка, несколько трусиков, пара футболок, пушистая теплая кофточка, джинсы, непонятное лекарство преднизолон. Здесь же лежала и сумка, абсолютно пустая.

— Чемоданчик я открывала, — призналась Рая, — сумку туда сунула, потом думала, может, документы какие обнаружатся... Заберете вещи?

Я покачала головой:

— Очень прошу, если Яна объявится, дайте ей эту визитную карточку.

Я протянула Рае кусочек картона, на котором написала: «Макс в большой беде, срочно позвоните».

— Ладно, — согласилась служительница.

Следующий час прошел абсолютно впустую. Ни нищий, сидевший на площади, ни продавец мороженого, ни лотошники не видели, как из окна туалета вылезала девушка.

— Тут прямо кино бесплатное, — радостно сообщил газетчик, — народ ненормальный пошел, двух рублей на туалет жалко, вот и сигают через окно. Они туда, а Райка орет, тряпкой машет, те и назад. За день двое, трое точно пробуют. Я-то не против, веселей стоять, все время в ту сторону поглядываю, спектакль поджидаю, а девчонку не видел. Окно в мужской туалет, бабы в другое лезут, отсюда не углядеть.

Поболтала я и с билетными кассирами, и с таксистами — никто не встречал худенькую девушку с экзотическим для Фоминска рыжим «ежиком» на голове. Яна просто-напросто исчезла, бросив вещи.

Домой добралась к шести часам. У большого зеркала в холле вертелась Римма Борисовна. Располневшее тело немолодой женщины туго обтягивало зеленое бархатное платье, на шее сверкало «бриллиантовое» ожерелье. Такая же блестящая заколка украшала высоко начесанные волосы. Рядом маялся потный Гера, впихнутый в добротный, слегка старомодный костюм с широкими лацканами.

— Ну Даша, — укоризненно проговорила старуха, — разве можно так опаздывать! Боялись, без тебя ехать придется.

— Куда? — изумилась я.

— В театр, конечно, ты что, забыла?

Как не забыть, более того, считала, что вы сейчас куда-нибудь уйдете, а я преспокойненько помоюсь в ванной, попью кофе, покурю сигаретку... Но наивные мечты оказались задушены суровой действительностью.

— Давай скорей, — торопила Римма Борисовна, — переодевайся, только очень прошу, сегодня без ваших любимых джинсов. Идем всей семьей в Большой театр, торжественно, красиво, как у людей...

Не слушая дурацких наставлений, я взлетела по лестнице. Платье! Перерыв гардероб, вытащила на свет белый полотняный костюм и светлые лодочки, кое-как пригладила волосы и спустилась вниз.

В холле с несчастными лицами стояли домашние. Мы очень любим друг друга, но семейные выходы раздражают всех, в особенности туда, куда не хочется, да еще если заставляют надевать то, что никогда не носишь. Больше всех не повезло Марусе. Аркадий просто проигнорировал бабкины пожелания и остался в простых светлых брюках и в рубашке с короткими рукавами, Зайка надела легкое, почти невесомое платьице с огромным вырезом, а несчастную Маню старухи приукрасили по своему вкусу. На девочку натянули идиотское платье с атласной юбкой, украшенное лентами и кружевами. Где только взяли эдакую красоту! Волосы опять стянули в две косы, но на этот раз бантов завязали не два, а четыре. Больше всего Манюня напоминала бисквитный торт «Праздничный» — варварское великолепие из кремовых роз и цукатов. На ногах у дочки красовались белые ажурные гольфы и черные лаковые туфельки с пуговицами.

— Не ребенок, а красавица, — умилялась Нина Андреевна, — это Гера сегодня специально в «Детский мир» ездил. А то мы с Риммочкой стали думать, как девочку приукрасить, и ничего в шкафу не нашли. Юбочки-обдергайки, кофточки коротенькие да джинсы дурацкие, ничего приличного. Да и ты, Дашенька, могла бы что-нибудь понаряднее надеть, что это за мятая тряпка на тебе?

Мятая тряпка! Эксклюзивный костюм от «Лагерфельда», вещь почти уникальная, да и стоит соответственно. Но выглядит и впрямь просто.

Маня ободряюще сжала мою руку:

— Не переживай, мамуля. Пойдем в антракте в буфет и оттянемся по полной программе.

В ложе бельэтажа я усаживалась с самым дурным настроением. Во-первых, мне на ухо наступил не просто медведь, а особо тучный и крупный экземпляр этого животного. Во-вторых, не люблю оперу, а «Аиду» в особенности. Слишком уж мрачно там все заканчивается. В-третьих, в театре жарко и душно. Закрыв глаза, я откинулась на спинку кресла и попыталась изобразить, что наслаждаюсь увертюрой. Поднялся занавес, и действие понеслось. Но на этот раз оно пошло не по правилам.

Не успела весьма полная певица начать свою партию, как раздался жуткий кошачий визг. Оторопевшая дива захлопнула рот, оркестр растерялся. Но уже через секунду, сделав вид, что так и задумывалось, оркестранты еще раз проиграли такты, женщина стала выводить рулады, ей незамедлительно принялась «подпевать» кошка. Звучало это восхитительно. Киска попадала изумительно в такт и даже пыталась изобразить всевозможные чувства: боль, страх, любовь. Во время мужских арий она молчала. Животные тоже обладают честолюбием, и кошке захотелось петь дуэтом с самой Аидой. Зал откровенно хихикал. Из нашей ложи, нависающей почти над самой сценой, хорошо было видно, как налилась свекольной краской лысина дирижера. Маруся засунула в рот кулак, чтобы не заржать во всю глотку, Зайка закусила нижнюю губу, Аркадий закрыл лицо рукой, старухи пришли в полное негодование. Еле-еле спели первый акт.

Желая подсластить бабкам пилюлю, Кеша повел всех в буфет. Я же осталась в ложе и разговорилась со служительницей. Оказалось, что и артисты, и служащие театра любят животных, подкармливают их. Под сценой живут кошки — ни больше ни меньше, двенадцать штук. И все было хорошо, пока одна из кисок не обзавелась потомством.

Подрастающий котенок обнаружил в себе тягу к искусству и начал петь. Причем волнует юное дарование только опера, на балете он сидит тихо, как мышка. А из опер «Аида» — самая любимая. Если на «Пиковой даме» или «Хованщине» киска вступает всего пару раз, да и то ненадолго, то «Аиду» честно отпевает «от» и «до». Поймать доморощенную «оперную диву» пока не удается, и «Аиду» поет не то пятый, не то шестой состав. Все примы отказались соперничать с Муркой.

На обратной дороге старухи кипели от благородного возмущения. Чтобы утешить их, Кешка пообещал взять билеты на среду.

Глава 14

Утром я позвонила Оксане на работу.

— Извини, что так рано...

— Да ты чего, — удивилась подруга, — я уже одного прооперировала, сейчас со вторым расправлюсь.

Оксана — хирург и характер имеет соответственный. Детей моих лечила только она. Причем методами, которые наша медицина в те годы не поддерживала. Подруга сдергивала с детей теплые одеяла, открывала форточки и велела поменьше ныть.

— Ты чего, — втолковывала она семилетнему Аркадию, — улегся в кровать, стонешь! Подумаешь, ветрянка. А ну иди сюда.

И, схватив пузырек с зеленкой, рисовала на лице у мальчишки усы, бороду или какие-нибудь узоры. Больной приходил в полный восторг, и ветрянка заканчивалась без осложнений. Я никогда не видела Оксану в плохом настроении, ни разу она не пожаловалась на тяготы жизни, хотя имеет для этого все основания. Одна, без всякой помощи, воспитывает двух мальчишек, к тому же в ее крохотной квартирке живут два скотч-терьера, стаффордширский терьер Рейчел, четыре хомяка, морские свинки, тучная и одышливая кошка Маркиза. Довершают зоопарк паук-птицеед и черепаха. Оксана часто повторяет, что «выход из безвыходного положения там же, где вход», и никогда не опускает руки. Вот и сегодня — всего полдесятого утра, а она уже точит скальпель для второй операции.

— Ксюта, зачем принимают преднизолон?

— Чтобы не помереть.

— А если серьезно?

— Серьезней некуда. Перестанешь пить и быстренько тапки отбросишь.

— Значит, если человеку выписан преднизолон, он должен пить его постоянно, не прерываясь? Везде с собой носить, брать в командировку?

— Конечно. Вдруг заедет в такое место, где аптеки нет.

— Может больной забыть про лекарство?

— Маловероятно. Скорее всего была операция на надпочечниках. Такие люди твердо знают, что не принять гормоны для них — полный караул. Чай, не витамины.

— Лекарство дорогое?

— А что сейчас дешевое?

Тоже верно, подумала я, вешая трубку. Что же так напугало Яну? Отчего она спешным образом покинула туалет через окно? Неужели опасность оказалась столь велика, что бедолага забыла не только о вещах, но даже и о необходимом ей лекарстве? Понадеялась потом купить в аптеке? И почему абсолютно спокойно, с отменным аппетитом лопала на перроне пирожки, а потом вдруг запаниковала? Ясно пока только одно — денег у Яны не было. Конечно, Круглый прав, для миллиона долларов не нужен большой чемодан, но в лифчик его все же не сунешь. Сумка и чемодан остались в туалете. Проводница вспомнила, что Яна ехала в купе одна, только в Фоминске, где она вышла, в этом купе появились другие пассажиры. Девушка легла на полку и проспала всю дорогу, Любовь Павловна еле растолкала ее на подъезде к Фоминску. Так что никому по дороге она не могла отдать баксы. Где же они?

Из раздумий вывел телефонный звонок. На

другом конце провода оказался злой до невозможности Александр Михайлович.

— Немедленно приезжай ко мне!

— Что случилось?

— Явишься — узнаешь, — пообещал приятель.

Не чувствуя за собой никакой вины, я поехала к нему на работу.

В небольшом кабинете между письменным столом и подоконником примостился Женька, размешивающий ложкой содержимое пластикового стакана с дешевым супом.

— Обедать собрался? — радостно спросила я. — Рановато вроде.

— Кажется, есть хочется, — ответил приятель.

Женька — эксперт-патологоанатом, словом, человек, копающийся в трупе, чтобы установить истинную причину смерти. Профессия наложила несмываемый отпечаток на его характер, и он во всем всегда сомневается. Спросите, какой нынче месяц на дворе? Женька сначала глянет в окно, потом на календарь, затем пролистнет газету и наконец, после долгих раздумий, колеблясь, сообщит: «Кажется, июнь, хотя точно утверждать не могу, мало данных». Работает он с Александром Михайловичем всю жизнь и понимает начальника с полуслова. Не сразу сложились у нас дружеские отношения, зато теперь мы нежно любим друг друга. Не так давно Маруся спихнула Женьке двух йоркширских терьеров — Лиззи и Карлотту. Приятель, никогда раньше не державший животных, превратился в страстного собачника. Покупает для обожаемых псов парную говядину и рыночный творог.

Александр Михайлович грозно глянул на меня и спросил:

— Номер твоей машины 624 КЕ?

— Да.

— Темно-синий «Вольво», а на зеркальце болтается идиотский осел?

— Почему идиотский? — возмутилась я. — Маня подарила ослика Иа-Иа.

— Я бы на твоем месте обиделся, — сообщил полковник, закуривая, — здесь явно просматривается намек на материнские умственные способности.

— Да что случилось?

— Нет, это ты мне объясни, каким образом узнала про два трупа в квартире Соколовых?

Вот новость! Как же он пронюхал?

— Элементарно, Ватсон, — усмехнулся Александр Михайлович, глядя на мое обескураженное лицо, — домоуправша и дворник вышли следом за тобой на улицу и засекли побег. На всякий случай запомнили номер, дальше — дело техники. Теперь, ангелок, говори всю правду, быстро и честно!

И он стукнул кулаком по столу.

Ага, свет в лицо, говорить только правду, чистосердечное признание облегчает вину... Только я твердо знаю: стоит раскрыть рот, как моментально запретят заниматься расследованием. И врать тоже нельзя, тут же к стенке прижмет. Лучший способ: переплести вранье с действительностью.

— Видишь ли, Максим последнее время закрутил роман с Яной Соколовой. Кажется, девушка сильно запала ему в душу, потому что попросил на свидании передать фото любовницы. Вот и поехала, но случайно обнаружила и ее, и Раду Ильиничну мертвыми.

— Это не она, — буркнул Александр Михайлович, — а соседка Татьяна Гаврилина. Кстати, откуда знаешь имя тетки?

— Макс сообщил, он еще сказал, что та практически не выходит из дому, потому и поехала без звонка.

— Почему убежала с места происшествия? — осведомился друг, но по изменившемуся тону я сразу поняла, что он поверил сказке.

— Испугалась очень, просто шок.

Александр Михайлович принялся отчитывать меня, но тут в комнату влетел незнакомый сотрудник с перекошенным лицом, и полковник быстренько подписал пропуск.

Я доехала до «Макдоналдса», вцепилась в «биг-мак» и подумала: а что, если деньги были спрятаны у Семена? Видно, Макс доверял ему, раз рассказал про миллион. Может, они вместе дела обстряпывали? Поеду в «Скандалы недели» и попробую выяснить, кому так насолил господин Воробьев.

Редакция уютно устроилась на первом этаже старомодного здания. Поплутав по узким, запутанным коридорам, вырулила наконец к двери с табличкой «Главный редактор».

— Войдите! — крикнул приятный мужской голос.

Я толкнула створку двери и онемела. Все стены небольшой комнаты от потолка до пола оклеены фотографиями, но какими! Известный политик, косящий под интеллигента в третьем поколении, показывает кому-то кукиш, эстрадная певица, кумир молодежи, снята голой на мотоцикле; священник, бьющий ногой бездомную собаку...

— Впечатляет? — ухмыльнулся мужик.

— Да уж, — пробормотала я, разглядывая во все глаза редактора.

На фоне скандальных снимков он выглядел просто чудесно. Волосы выкрашены в приятный светло-зеленый цвет, в ухе целых три серьги, на внушительном правом бицепсе татуировка.

— Ну, — ободрил меня мужик, — с чем пришли?

— Работала секретарем у высокопоставленного лица, но меня несправедливо уволили...

— Милочка, — восхитился крашеный, — не продолжайте, дальше знаю сам: хотите отомстить. Так что у вас — письма, записи, видеоматериалы?

— Два чемодана компромата, — ляпнула я невесть откуда вспомнившуюся фразу.

— Чудненько, — обрадовался редактор, — вытряхивайте!

— Я вообще-то договаривалась с другим человеком, с Семеном Воробьевым, кстати, он обещал тысячу долларов.

— Дорогулечка, — защебетал редактор, — зачем нам Сеня? Сейчас все без него обстряпаем и денюжки дадим, если жареным запахнет. Ну, не тушуйтесь, кошечка, вываливайте отбросы.

— Нет, хочу видеть Семена, — уперлась я рогом, — только ему в руки отдам.

— Ну не кривляйтесь, детка, — вздохнул зеленоволосый.

Я повернулась к выходу.

— Погодите, погодите, — заволновался редактор, — не хотел вас пугать. Сеня умер.

Я изобразила ужас:

— Инфаркт!

— Да нет, жена пристрелила.

— Какой кошмар! За что?

Редактор включил кофеварку.

— А черт ее знает.

— Может, это вовсе и не жена была, а наемный киллер, хотел Сеню убить?

— Да нет, — отмахнулся «скандалист», — менты приходили, сказали: супруга. Я Аделаиду знаю, пару раз дома у Воробьевых бывал. Такая спокойная женщина, чего взбесилась? Хотя, если подумать, что Сенька выделывал...

— Пил?

— Нет, кобелировал. Ни одной юбки не пропускал, даже я и то иногда останавливаюсь, но Семен! Надоело бабе жизнь с таким коротать. Правда, последнее время малость поутих. Вроде появилась постоянная любовь, но кто — не знаю. Звонила сюда частенько — голосок детский, тоненький...

— Может, не из-за баб.

— А из-за чего?

— Вон у вас сколько скандальных историй печатают, вдруг кто из героев и обозлился. Неприятно про себя всю правду увидеть!

Редактор улыбнулся:

— А вот тут ошибаетесь. Обывателю и впрямь кажется, что звездам кино или политикам ужасно обидно, когда их ловят на фуршете с голой задницей. На самом деле они в восторге. Как же! Опять оказались в центре внимания. Не поверите, некоторые сами приносят на себя компромат, просят напечатать и обижаются, если отказываем. За этот год помню только троих, кто искренне обозлился: генерал Калошин, актер Андрей Елизаров и модельер Епифан Блистательный. Так что давайте свое блюдо.

— Надо подумать, — дала я задний ход, — вдруг доставлю своему бывшему начальнику удовольствие.

— Подумайте, — милостиво согласился собеседник, — посомневайтесь, только не ходите в «Сплетник». Там сплошные жулики сидят. И денег мы больше даем, и тираж у нас выше.

— Можно поглядеть на подшивку «Скандалов»?

— Конечно, топайте в двенадцатую комнату, скажите, Сергей велел дать.

Расстелив большую картонную папку на письменном столе, я довольно быстро нашла необходимые номера. В апреле месяце увидел свет материал «Боевые награды». Фотокорреспондент запечатлел бравого старика в мундире около небо́льшого столика. На столешнице грудой высились коробочки. «Генерал Калошин торгует в Битце своими наградами» — гласил заголовок. Небольшой материал, подписанный «Прожженный воробей», рассказывал о бедственном положении пенсионера, вынужденного питаться хлебом и кефиром. Вот и пришлось старику распродавать медали.

Заметка об актере театра «Рампа» Андрее Елизарове появилась в апреле. Опять фотография. На этот раз двое полуголых мужчин страстно сжимают друг друга в объятиях на парчовом диване. «Тайные утехи любимца сотен женщин» — кричал журнал. «Зря миллионы зрительниц вздыхают тайком при виде несравненного красавца, — злопыхательствовал все тот же Прожженный воробей, — чары обольстительниц не подействуют на его воображение. Ведь мужественный герой привык искать удовольствий в объятиях лучшего друга, имя которого пока, увы, для нас загадка!»

В самом конце мая появился донос на Епифана Блистательного. Как всегда, со снимками. На одном, улыбаясь, вышагивает прехорошенькая манекенщица в оригинальном, совершенно не приспособленном для повседневной носки платье. И лиф, и юбка собраны из мельчайших ремешков для часов, железо переплетается с кожей. Внизу стояло: «Модель Пако Рабанна, январь 1999 г.» Другая фотография похожа на первую, как две капли воды, то же дурацкое платье, та же прическа у девчонки, только личико другое, российское. И подпись: «Произведение Епифана Блистательного, апрель 1999 г.» Несколько абзацев ехидного текста: «Прожженный воробей, пролетая над подиумами Парижа и Москвы, пару раз щелкнул аппаратом. В чем разница между платьями, спросите вы? Я так и не понял, но одно показал зимой всемирно известный Пако Рабанн, а другое представил начинающий Епифан Блистательный. Странно, что оригинальная идея одновременно пришла в две столь разные головы. До сих пор Епифан не отличался выдумкой. Соригинальничать ему удалось только один раз, когда он сменил свое имя Федор Сыкунов на псевдоним Епифан Блистательный».

— Кто это Прожженный воробей? — спросила я у женщины, печатавшей на компьютере.

— Семен Воробьев, наш бывший главный, очень писать любил, просто как ребенок.

Я вышла на улицу и влезла в «Вольво». Начну, наверное, с генерала, думается, его обида самая крутая.

Никто и не подозревает, как легко узнать любой телефон — просто нужно слегка пошевелить мозгами. Подрулив к зданию Генерального штаба, вошла в бюро пропусков и устроилась в кабинке с местным телефоном. На стене, естественно, обнаружился список номеров. Найдя отдел кадров, я схватила трубку.

— Алло, из второго отдела беспокоят. Выписываем тут ветеранам материальную помощь по случаю 22 июня, да потеряли координаты генерала Калошина. Девочки, разыщите побыстрей адресок, а то начальник вломит. Танечка, это ты?

— Таня обедает, — ответила собеседница, — это Лена, вечно у вас шашки наголо и в бой.

— Ну, Ленусик, — заныла я, — знаешь ведь, какой у нас зверь командует.

— Верка, ты, что ли?

— Я.

— Ладно, — смилостивилась собеседница, — погоди.

Зашуршали бумаги, потом раздалось покашливание. Я молча разглядывала прикрепленную над аппаратом табличку: «Не болтай. Враг подслушивает». Наконец из трубки донеслось:

— Верк, пиши — проспект Киселева, 18.

Был дан и телефон. С чувством выполненного долга я купила эскимо и принялась грызть ледяной кусок. Видите, как просто? Раз есть Генштаб, значит, существует и второй отдел, да и в отделе кадров обязательно найдется Таня, и потом, Лена сразу поверила мне, потому что звонил внутренний телефон. Она и предположить не могла, что я сижу в бюро пропусков.

Глава 15

Проспект Киселева почти в центре. Генерал по телефону велел прибыть к обеду. Как раз успеваю. Восемнадцатый дом подавлял величием. Низ гигантского длинного приземистого здания облицован гранитными плитами. Тут и там виднелись мемориальные доски. В разные годы здесь проживал цвет нашей армии, ее генералитет. Старинный поскрипывающий лифт медленно втащил меня на третий этаж. Дверь распахнулась сразу, и генерал Калошин густым басом осведомился:

— Вы журналистка?

— Да, — пробормотала я, протискиваясь между генеральским весьма объемным брюшком и косяком.

— Тапки надевай и шагом марш в кабинет, — скомандовал Калошин.

Я покорно выполнила приказ. В комнате он посадил меня в довольно потертое черное кожаное кресло и неприветливо буркнул:

— Не люблю вашего брата.

— Нас возмутила публикация в «Скандалах недели», — завела я.

Старый вояка побагровел:

— От сволочи, от поганцы, на дуэль бы вызвать, мерзавцев.

И он стукнул кулаком по письменному столу. Небольшая хрустальная вазочка, жалобно тренькнув, свалилась на пол. Генерал горестно вздохнул и опасливо поглядел на дверь. Возмездие не заставило себя ждать.

— Родя, — раздался негодующий женский голос, и в кабинет вплыла полная женщина с царственной осанкой. Вошедшая была одета в красный халат, расшитый парчовыми драконами. Но домашнее одеяние смотрелось на ней как дорогое вечернее платье.

— Вы что себе позволяете, Родион Михайлович? — спросила жена.

— Ну прости, милая, — забормотал сразу ставший ниже ростом старик.

Так, понятно, кто в доме маршал.

— Из какого издания будете? — поинтересовалась супруга.

— Газета «Пограничник».

Генеральша расцвела:

— Вот и чудесненько, пойдемте пообедаем, за столом и потолкуем.

Меня препроводили в огромную столовую. На гигантском столе дымилась супница размером с хорошее ведро. Генеральша наполнила доверху глубокую тарелку, смахивающую на таз, и передала мне.

— Спасибо, э... много очень!

— Наталья Михайловна, — представилась супруга. — А вы, кажется, Даша? Ешьте, ешьте, а то очень худенькая, просто светитесь.

Калошины принялись с невероятной скоростью работать ложками, в свой борщ они положили примерно по двести пятьдесят грамм сметаны каждый. Я безнадежно пыталась вычерпать ложкой бездонную миску. Вообще не ем супа, а в поданной емкости запросто можно было нормы ГТО по кролю сдавать! Спасение пришло неожиданно. Извинившись, Наталья Михайловна вышла на кухню. Генерал хлопнул себя по лбу: «А водочка!» Он порысил в кабинет. Я затравленно глядела на борщ. Но тут раздалось цоканье когтей, и в столовую влетел молодой пит-буль с горящими глазами и улыбающейся мордой. Схватив «тазик», я быстренько поставила его на пол и сказала:

— Извини, не знаю, как тебя зовут, но, будь другом, съешь быстренько!

Громкое чавканье послышалось незамедлительно. И минуты не прошло, как тарелочка опустела. Я вытерла салфеткой морду спасителя.

— Скушали? — обрадовалась Наталья Михайловна, неся гигантское блюдо с жареными курами.

Пит прочно уселся около меня.

— Билл, не мешай, — велел Родион Михайлович.

— Что вы, пусть сидит, — испугалась я.

На мою тарелку положили чуть ли не целого бройлера и гору картошки. Да, «Скандалы недели» явно врали — здесь не питались хлебом и кефиром.

Генерал принялся выплескивать обиды, я внимательно слушала, засовывая потихоньку в огромную пасть Билла куски ароматной курятины.

— Я с негодяем расправился по-военному, — сообщил старик, — без всяких там интеллигентных штучек-дрючек.

— Убили! — ахнула я. — Так это вы застрелили Сеню?

— Какого Сеню? — изумился Родион Михайлович. — Кого убил? Накостылял Димке по шее, он хоть и молодой, да куда ему против меня.

— Что за Дима? — удивилась в свою очередь я.

Выяснилось, что не так давно генерал уволил с работы шофера, молодого парня, большого любителя выпить. Несколько раз Родион Михайлович прощал пьянчугу — уж очень искренне тот раскаивался, — но в конце концов терпение лопнуло, и Дима оказался на улице. Юноша потерял не только хорошее место с замечательной зарплатой, но и отсрочку от армии. Полный желания мстить, он взял фото генерала Калошина, на котором был запечатлен момент вручения наград отличившимся офицерам, и отволок в «Скандалы недели». Шум поднялся страшный.

Родиону Михайловичу безостановочно названивали друзья, коллеги и соседи. Все горели желанием помочь бедному старику. А институт, где он до сих пор преподавал на полставки, прислал в качестве гуманитарной помощи двадцать пачек спагетти.

Макароны доконали бравого вояку, и он, пылая от негодования, явился в «Скандалы», где незамедлительно был принят Прожженным воробьем.

Семен моментально извинился перед генералом и показал ему статью, собственноручно написанную злобным шофером. Родион Михайлович принялся было кричать, что в приличных изданиях проверяют факты, но тут появились две очаровательные девушки в мини-юбках и вручили военному фотоаппарат. Мило краснея, девушки попросили Родиона Михайловича не сердиться, дескать, с кем не бывает. Еще ему подарили книги «Антология анекдота» и бесплатную вечную подписку на «Скандалы недели». А Семен пообещал дать опровержение. Умасленный и задаренный Калошин вернулся домой. «Антологию» они с женой читали вслух, покатываясь со смеху. «Скандалы недели» начали приходить регулярно, и супруги даже стали получать удовольствие, просматривая всевозможные сплетни.

— Врут, конечно, безбожно, — смеялся Калошин, — просто сил нет, как смешно. Но, с другой стороны, новости смотреть боюсь, а «Скандальчики» возьмешь и потешаешься, все положительные эмоции.

С бывшим шофером Родион Михайлович поговорил по-мужски. Приехал к нему домой и поставил фингал под глазом.

Я уходила из гостеприимного, хлебосольного дома, держа в руках большой пакет в промасленной бумаге.

Генеральша сунула голодной «журналистке» пирожков на дорожку.

Сев в «Вольво» и закурив сигаретку, я с чистой совестью вычеркнула генерала Калошина из списка подозреваемых. Всякие хитрости не в его духе, такой скорее всего просто возьмет ремень и отдубасит неприятеля. Тут зазвенел мобильный.

— Мусечка, — орала в трубку Маня, — бабки волнуются, просто извелись, что в театр опоздают.

Пришлось спешно рулить в Ложкино. Из гаража доносились радостные крики. Я заглянула внутрь.

У большого стола, ликуя, подпрыгивали Маруся и Саша Хейфец, рядом стоял Бекас.

— Муся, — завопила Маня, — глянь, что Коля сделал с Санькиным велосипедом!

Саша Хейфец — любимая подруга дочери.

Они ровесницы, но Санечка такая худенькая, что кажется, сейчас переломится пополам. При всей своей ангельской внешности это весьма ехидная девица с острым языком.

Родители не разрешают ей ездить на мотоцикле, поэтому Сашка имеет в своем распоряжении только велосипед. И вот теперь к этому велику рукастый Бекас приладил мотор.

— Класс, — кричали девчонки, — просто кайф!

Гордый Бекас молча слушал осанну.

— Теперь быстрее Маньки поеду, — неистовствовала счастливая Саня.

— А что мама скажет? — попробовала я вернуть их с небес на землю.

— Ничегошеньки, — отрапортовала Сашка. — Велосипед разрешили? Разрешили. Значит, все.

На этот раз мы попали на оперу «Евгений Онегин», сидели по-прежнему в той же ложе бельэтажа, почти в том же составе. Не было только Зайки. Шестимесячные близнецы украсились потрясающими соплями, и Ольга решила остаться дома, чтобы помочь няне.

— Ну и повезло же ей! — завистливо прошептала Маша и коварно предложила сладким голоском: — Заинька, ты, наверное, хочешь с Кешкой в оперу пойти! Давай я с Ванькой и Анькой посижу.

— Нет, нет, — испуганно закричала Зайка, которая ненавидела оперу, — к чему такие геройские поступки! Иди, Манюня, развлекайся.

Бессмертное творение П. И. Чайковского плавно двигалось к завершению. Я почти заснула, скорчившись на красном бархатном стуле. Вот и сцена бала. Но не успел животастый генерал Гремин ответить Евгению Онегину своей известной арией «Давно ж ты не был в свете, она жена моя», как по сцене поплыл густой дым, раздался ужасающий стук, и на глазах пораженной публики Гремин провалился под пол.

— Какая оригинальная редакция! — восхитилась Римма Борисовна.

— Опять ногой такт отбивал, — в сердцах вскрикнула капельдинерша.

Пока артисты мужественно пытались допеть оперу до конца, я подсела к пожилой служительнице и спросила:

— Почему он провалился?

— Потому что идиот! — в сердцах вскричала старушка, принимавшая близко к сердцу неудачи.

Оказалось, что актер, поющий арию Гремина, имеет привычку отбивать ногой такт. Все бы ничего, но под сценой сидит специальный рабочий. Для него стук сверху — условный знак, правда, из другой постановки — «Фауст». Он означает: «Мефистофель исчезает через люк, на сцене дым». Сильно не задумываясь, услыхав сигнал, машинист сцены убрал певца и дал дым. Поскольку подобная ситуация уже происходила несколько раз, Гремина просили не стучать ногой. Но он забывается, а рабочему все равно — слышит условный звук и распахивает люк. Дальше опера идет без Гремина.

На следующий день решила навестить актера Андрея Елизарова. Позвонила в театр «Рампа» и сообщила, что хочу стать спонсором спектакля, где главную роль играет несравненный красавчик. Задыхающийся от радости администратор дал не только телефон, но и адрес. Актеры — поздние пташки, поеду прямо сейчас и найду героя-любовника в постельке.

— Ну кто там еще? — раздался из-за двери недовольный бархатный баритон.

— Спонсор вашего нового спектакля, — игриво сообщила я.

Дверь немедленно распахнулась.

— Простите, — пробормотал высокий блондин, — не думал, что так сразу приедете.

— Чего тянуть? — спросила я и пошла за хозяином в большую гостиную, обставленную с претензией на оригинальность.

Стиль «деревенская изба» — повсюду деревянные резные лавки и стульчики, расписной палехский столик, огромный телевизор и полное отсутствие книг.

Андрей уселся на весьма неудобный диван и выжидательно поглядел на меня. Безжалостный солнечный свет бил актеру прямо в лицо. Стало ясно, что ему не двадцать пять, а хорошо за тридцать. Кожа на лице и шее потеряла свежесть, возле глаз и на висках виднелись «гусиные лапки». Рот тоже начинал терять твердые, мужественные очертания. Ну еще года два-три, и придется из героя-любовника переквалифицироваться в благородные отцы. Хотя сделает пару подтяжек и вновь сумеет косить под мальчика. Андрюша тряхнул белокурой шевелюрой, и я приметила предательскую черноту у пробора. Так, он еще и волосы красит.

Минут пять излагала суть дела. Представляю таинственного мецената, большого театрала. Хозяин может дать деньги на постановку спектакля, желательно из классического репертуара.

Елизаров впал в волнение. Он принялся бегать по комнате, изредка останавливаясь и принимая по привычке картинные позы. Я решила слегка охладить пыл размечтавшегося актера.

— Вот только одна заковыка...

— Какая? — притормозил у окна Елизаров, картинно сдувая со лба пергидрольную челку.

— Мой хозяин — человек очень строгих правил, даже можно сказать, ханжа...

— Ну? — не понял Андрюша.

— Он очень любит ваш театр, но никогда не даст денег лицу нетрадиционной ориентации.

— Не понимаю, — забормотал герой-любовник.

Я вздохнула и спросила в лоб:

— Вы «голубой»?

Елизаров подскочил на месте от негодования и закричал:

— Да я обтрахал половину России!

— Так-то оно так, — продолжала я сомневаться, — но вот хозяин прочитал «Скандалы недели» и засомневался.

— Вот жабы гнойные, — занервничал Андрюша и, воздев руки к небу, продекламировал: — «Клевета — страшная вещь, убивает наповал, словно выстрел из пистолета».

Интересно, из какой пьесы данная цитата?

— Вы мне не верите? — почти с отчаянием вопросил актер. — Сейчас все объясню.

Оказывается, кто-то из «друзей» отправил в «Скандалы» фотографии, сделанные во время репетиции нового спектакля. Речь в пьесе на самом деле идет о гомосексуалистах, и Андрей играет в ней главную роль. Сцена, где он сжимает на диване в объятиях партнера, — финал первого акта. Актеры почти раздеты, и, если не знать, где сделаны снимки, запросто подумаешь, что на них запечатлена страстная встреча двух любовников.

— Знаю, кто нагадничал — Вероника Медведева! Курица обтрюханная, — злился Елизаров.

От волнения у меня моментально загорелись уши, но я постаралась самым спокойным голосом заметить:

— Ну это вы зря! Зачем бездоказательно обвинять такую красивую женщину, видела ее по телевизору — просто картинка, настоящий ангел!

— Слышали бы вы, как она ругается матом, уголовнички отдыхают, — взвизгнул Андрей. — Сейчас все объясню.

В новый спектакль требовалась исполнительница на главную роль. Режиссер притащил Веронику. При всей красоте актриса из нее никакая. Андрей провел несколько репетиций и твердо заявил, что играть с подобной партнершей не станет. Режиссер, хорошо понимая, что публика пойдет в театр, привлеченная именем Елизарова, отстранил Веронику от спектакля. Горе-актриса решила не сдаваться. И как-то вечером заявилась к Андрюше на дом «поговорить по душам». Женщина просила дать ей шанс, но Елизаров не собирался участвовать в провальной постановке и проявил твердость. Тогда Ника пустила в ход последний козырь. Не успел актер ахнуть, как коротенькое обтягивающее платье свалилось с плеч девушки и она осталась перед ним абсолютно обнаженной. Более совершенного тела Андрюша в своей жизни не видел, просто статуя Родена. Актер дрогнул, и вечерок закончился, к обоюдному удовольствию, в спальне.

Утром Вероника щебетала о своем понимании роли в новом спектакле, но Андрей осадил любовницу. Он сообщил ей, что на роль уже приглашена другая актриса, а постель не повод для знакомства!

Обозленная дама кинула в него сначала кофейником, потом сковородкой с омлетом. Ловко увернувшись от одного и от другого, мужчина силой выставил буянку на лестницу. Вероника принялась колотить в дверь ногами и ругаться на чем свет стоит.

Поэтому когда в «Скандалах недели» опубликовали «утку», он сразу понял, чьих рук дело. Полный благородного негодования, Елизаров поехал в редакцию.

— Мои поклонницы в основном женщины, — пояснял он, — узнав, что их кумир — гомик, моментально перестанут ходить на спектакли.

Успокаивал разъяренного мужика Семен Воробьев. Посетовав на нечистоплотность некоторых людей, он принялся потчевать Андрея коньяком. Потом влетели несколько женщин разного возраста. Они начали закатывать глаза от восторга, просить автограф и фото на память. Тщеславный мужчина растаял. Ему тоже подарили «Антологию анекдота» и годовую подписку. Ушел Елизаров почти довольный.

История имела продолжение. Зайдя через неделю в Дом журналиста, актер обнаружил в ресторане за столиком ласково улыбающихся друг другу Семена и... Веронику. Первым желанием Андрея было надавать им пощечин и засунуть мордой в салат. Но он взял себя в руки и быстро вышел из обеденного зала.

— Ну не дурак ли? Пошел жаловаться редактору, а он, оказывается, любовник этой сучки! Небось вместе и придумали гадость.

— Почему обязательно любовники? — спросила я. — Может, просто друзья.

— Как же! — фыркнул актер. — Разве с такой нимфоманкой можно дружить? И потом они так друг к другу прижимались, так поглядывали...

Быстренько скомкав конец разговора, я выпорхнула на душную улицу и, купив в ларьке банку противно теплого спрайта, принялась переваривать информацию.

Вероника и Семен! Может, и правда просто дружеский совместный обед? Хотя хорошо знаю этих особ. Похоже, у них действительно пылал роман. Оба неразборчивы в связях, жадны и завистливы — чудная пара. Вероника! А что я вообще о ней знаю? Есть ли у женщины родственники? Кто похоронил тело? Вдруг Веронику убили из-за этого проклятого миллиона?

Позвонив Нине Андреевне и получив разрешение, я поехала домой к Полянским.

Глава 16

Дверь открылась с одного оборота. Странно, неужели не закрыла ее как следует в прошлый раз? В квартире было тихо, только резко пахло дорогими французскими духами. Надо же, какой стойкий парфюм! Сколько времени, как никто не живет тут, а запах все витает.

Я прошла в кабинет и задумчиво посмотрела на полки. Может, начать с фотографий? Альбома оказалось всего два. Один запечатлел Полянских на отдыхе, в другом отыскалось несколько свадебных фотографий. Нет, все-таки она была уникальной красавицей, одни волосы чего стоили — густая копна русых вьющихся прядей. Зачем только остриглась и выкрасилась? Сунув один из снимков в сумку, я принялась перебирать разнообразные документы. Из интересных — только свидетельство о браке.

Пойду в спальню, вдруг там найду что-нибудь.

Вдруг в коридоре послышался легкий шлепок.

— Кто там? — закричала я, подпрыгивая от страха.

Раздался стук закрывающейся двери. Я выскочила в холл, потом на лестничную клетку. Мерно жужжа, лифт ехал вниз. Я опрометью бросилась по лестнице, но опоздала. На первом этаже пустая кабина, на улице никого. Только очумелая от жары кошка спит на лавочке.

Полная нехороших мыслей, побрела назад. В холле на полу валялась картинка в деревянной раме с изображением Трафальгарской площади. Сувенир привез из Лондона много лет тому назад отец Макса. Висела акварелька страшно неудачно — у самой входной двери. Открывая и закрывая дверь, я частенько роняла ее на пол. Но Нина Андреевна не собиралась перевешивать «живопись».

— Отец сам поместил ее сюда, — мотивировала она свой отказ.

Я водрузила сувенир на место. Интересное дело, кто же это убежал из квартиры? Может, забыла закрыть дверь, и мелкий домушник зашел в холл, уронил картиночку, услышал мой голос...

Я побрела в спальню и распахнула гигантский платяной шкаф. На плечиках аккуратно висело безумное количество платьев, блузок и брюк. Три шубы были надежно спрятаны от моли в бумажных пакетах. В комоде много белья, на трюмо — горы косметики и разнообразные флаконы французских духов. Я продолжала рыться в чужих вещах. Удивляло полное отсутствие драгоценностей. У такой дамы, как Вероника, их должно быть видимо-невидимо. Но нигде не нашлось даже самого простенького колечка. И полное отсутствие всяких бумаг: ни писем, ни квитанций, ни дневников.

Аккуратно убранная комната казалась гостиничным номером, откуда спешно съехали постояльцы, забыв в шкафу носильные вещи. Ничто не напоминало о хозяйке.

Походив еще для порядка по комнатам, я решила побеседовать с Епифаном Блистательным.

Дом моделей, где создавал свои бессмертные творения модельер, устроился в бывшем детском саду. На первом этаже магазин эксклюзивных авторских вещей. Я вошла внутрь и принялась ворошить вешалки. Миленькие вещицы! В особенности вот это коротенькое зеленое платьице с красными рюшами и черными пуговицами. Я бы порекомендовала его дамам, чьи мужья страдают от тучности. Наденешь дома такой прикид, и у супруга от ужаса аппетит пропадет. Но, поглядев внимательно на ценник, сообразила, что несчастный мужик лишится еще и сна. Жуткая шмотка стоила ровнехонько две тысячи баксов. Я в задумчивости разглядывала костюмы, когда ко мне подошла худая высокая девушка с каким-то дерганым, нервным лицом. У бедолаги был тик. Левая щека вдруг начинала мелко подергиваться, искажая правильные черты.

— Что-нибудь выбрали? — с профессиональной учтивостью осведомилась подошедшая.

Я вздохнула:

— Вещи точно эксклюзивные?

— Малые партии, — пояснила продавщица, — всего пять-шесть экземпляров.

— Ну, — недовольно протянула я, — это никак не подходит, купишь, а потом еще с кем-нибудь столкнешься. У вас что, нет авторских работ?

— Вы имеете в виду единичные варианты? Они на втором этаже, но подобные вещи дороже.

Я царственно махнула рукой:

— Проводите!

В большом зале с зеркальными окнами горел мягкий желтоватый свет. Хитро придумано — при таком освещении даже Мафусаил станет похож на милого юношу. По периметру стояли жуткие черные манекены с голубыми волосами, этакие чернокожие Мальвины. Платья, костюмы и что-то напоминающее мешки для сахара... К одному из таких мешков меня и подвела продавщица.

— Вот, — ткнула девушка рукой в прикид, — абсолютно эксклюзивная вещь, авторский вариант.

Я повертела ценник:

«Модельер Галина Берестова, вечернее платье «Очарование». Цена 120 тысяч».

Недовольно отодвинув предложенное, я капризно протянула:

— Какая-то Берестова! Хочу работу Епифана Блистательного!

Девушка вздохнула:

— Вещи, сделанные господином Блистательным, уникальны, просто произведения искусства. Носить их в обыденной жизни не рекомендуется, да и цена окажется вам не по карману. Подберите что-нибудь на первом этаже, — и она с презрением уставилась на мой сарафанчик от Гуччи, простенький и неприметный.

Нахалку следовало поставить на место.

— Детка, — снисходительно прогундосила я, доставая из сумочки платиновую кредитную карточку, — моих средств хватит не только на то, чтобы купить эти чехлы для артиллерийских орудий, но и все ваше здание с прилегающей территорией. Поэтому возьмите свои безупречные ноги в ловкие руки и быстренько сообщите господину Блистательному о приходе крайне выгодной клиентки.

Дернув щекой, девчонка убежала. Я достала «Голуаз» и, сев в кресло, сладко затянулась, стряхивая пепел на пол. В конце концов, я «новая русская» или кто?

Пяти минут не прошло, как из-за белой позолоченной двери выскочил человечек. Примерно метр шестьдесят от пола. Но недостаток роста компенсировала длина волос. На голове у коротышки красовалась львиная грива буйных крашеных кудрей. Довольно полный животик навис над белыми «ливайсами», верхняя часть тела была упакована в глянцевую кофту без признаков рукавов.

— Вы хотели меня видеть? — осведомился мужичонка писклявым голосом.

Ей-богу, фамилия Сыкунов подходила ему куда больше.

— Если вижу перед собой господина Блистательного, то да. А что, здесь всегда так хамски встречают клиентов? У вас их, как мне кажется, не много, следует беречь каждого!

— Что имеете в виду? — изумился Епифан.

— Когда прихожу в Дом «Шанель», угощают кофе и манекенщицы демонстрируют наряды, у Пако Рабанна всегда приносят пирожные, а у вас за десять минут три раза намекнули, что вещи слишком дорогие и одеваться лучше на вьетнамском рынке.

Модельер просто почернел от злости.

— Уйди с глаз долой, убоище, — прошипел он сквозь зубы перекошенной девице. — Руки не доходят уволить, из жалости держу дуру. Пойдемте, пойдемте.

И он повлек меня в кабинет. Впрочем, внутри помещение больше походило на спальню престарелой кокетки. Кругом белый атлас, розовый тюль и рюшечки, бантики, оборочки, складочки...

Тут же появились растворимый кофе и кекс. Милостиво отщипнув кусок клеклого теста, я сообщила:

— Видела в газете платье из ремешков для часов! Хочу такое.

Епифан развел руками:

— Увы, продано. Но много других моделей.

И он начал показывать снимки.

В Париже часто хожу на дефиле. Мне нравится яркое, праздничное зрелище, мишура почти театральных костюмов, невероятные прически и макияж. И на фото, которые демонстрировал Епифан, сразу увидела много знакомого. Вот это платьице, связанное под рыболовную сеть, показывал Пако Рабанн, а костюмчик из блестящей «железной» ткани — Гуччи.

— Сделайте второе платье из ремешков, — потребовала я.

— Невозможно, — сообщил Епифан.

— А вот «Скандалы недели» уверяли, что вы просто сдираете фасоны у других модельеров, — решила я вызвать Блистательного на скандал.

И весьма преуспела. Епифан так и подскочил:

— Клевета, полнейшая клевета!

— Там и фото дали, действительно очень похоже на вещь Пако Рабанна.

— Ничего общего, — кипятился модельер. — У меня светлая кожа с железом, у него — черные лакированные и матовые ремешки. И потом, мое платьице создавалось не для показа. Сделал на заказ для одной эстрадной певицы. Если бы не Вероника, никто не стал бы раздувать из этой истории скандал.

— Какая Вероника?

Епифан вздохнул.

— Вокруг меня — одни женщины: закройщицы, портнихи, пуговичницы, художницы... Просто мрак. Постоянно происходят ссоры. Кто-то кому-то не то сказал, косо глянул — и готово, поехали. Но круче всех манекенщицы. Это, я вам скажу, просто как с хищниками работать. Чуть вожжи ослабил, и драка. Мужиков делят, за заграничные поездки цапаются, жалуются, пишут доносы. В грим клей наливают, в туфли бритвы подкладывают. И ведь вот парадокс — чем красивей баба, тем стервозней. Каждое дефиле заканчивается демонстрацией свадебного платья. Ну традиция такая. Выходить в костюме невесты крайне престижно.

От воспоминаний Епифан раскраснелся. Оказывается, он хорошо знал Веронику еще с тех времен, когда та пробовала стать манекенщицей. Это потом, выйдя замуж за Полянского, женщина принялась делать артистическую карьеру.

Весной Вероника явилась к Епифану с предложением. Хотела выступить на традиционном показе «Лето» и торжественно выйти в платье невесты. Дела на артистическом поприще шли плоховато, и женщина решила привлечь к себе внимание таким образом. Но Блистательный не собирался идти на поводу у старой приятельницы. Платье невесты сшили для юной красавицы Кати Рябченко. И вообще одеяние новобрачной должна демонстрировать манекенщица с наивным выражением лица, а не циничная стерва.

Ника выслушала Епифана молча и ушла. А через несколько дней вышла статья.

— Но получилось наоборот, — ликовал Блистательный, — народ поглядел на «Скандалы недели» и ломанулся ко мне на показ по-черному. Так что спасибо Веронике. Знать бы, что так хорошо получится, сам бы историю раздул. А Гюльнару увольнять не стал.

— Кто такая Гюльнара?

— «Вешалка», Никина подружка лучшая, вместе у меня начинали. Потом Медведева на конкурсе победила и в театр подалась, а Гюльнара до сих пор бегает по «языку». Это она «ремешковое» платье сфотографировала, больше некому.

Еще минут двадцать мы обсуждали абсолютно ненужное вечернее платье, и наконец я выпорхнула наружу, купив жуткую фиолетовую кофту, всю усеянную стразами, фальшивым жемчугом и бисером. В сумочке лежал и адресочек вредной Гюльнары.

Поглядев на часы, решила ехать домой. Времени — семь. Скорее всего манекенщица умоталась на какую-нибудь тусовку. Девиц подобного сорта лучше всего отлавливать утром, когда они отсыпаются. К тому же смертельно хочу есть, пить и курить. Но «Голуаз» закончились, а в киосках их нет.

Небо нахмурилось, кругом потемнело, и не успела я добраться до Ложкина, как с небес обрушился просто библейский ливень. Крупные капли больно барабанили по спине, пока я бежала из гаража в дом.

В холле около детской коляски стояли в задумчивости Маня и Бекас.

— В чем проблема? — спросила я.

— Да вот хотим моторчик приладить, — медленно пробормотал Бекас, — представляете, как здорово, надо только докумекать, как лучше сделать. Хочется, чтобы управлялась пультом...

Я вздрогнула, представив, как коляска с близнецами на бешеной скорости несется в гору, а за ней, размахивая пультом и задыхаясь, бежит старенькая няня Серафима Ивановна.

— Никаких колясок с мотором, — сказала я твердо, отгоняя свое видение.

— Ладно, — покладисто согласились «Кулибины» и побрели в кабинет.

Я пошла за ними. Вроде бы Кешка купил недавно новые детективчики, выберу какой поинтереснее. Машка с Бекасом включили компьютер, в углу тихо бормотал свои дурацкие новости телевизор.

— Давай, давай, — подбадривала Маня Бекаса, — научишься быстро на компьютере работать. Ну-ка набери — корова.

Бекас пощелкал клавиатурой.

— Нет, — заорала Машка, — ну куда ты пальцем тычешь, гляди, что набралось — карова.

— Разве неправильно? — удивился Бекас.

— Ты что, с дуба упал? — возмутилась дочь. — Или в школу не ходил?

Повисло молчание, потом парень пробормотал:

— У меня всего три класса.

— Как это? — ахнула Маня. — Тебе родители учиться запретили?

Юноша опять помолчал, потом сказал:

— Папаню и не помню, никогда не видел, а мамка вечно пьяная ходила. Нас детей у ней пять штук погодков, всем жрать подавай. А маманя только о бутылке и думала. Купит нам батон — хавайте, детки дорогие. Я вот только до третьего класса и доучился. Надо было братьев да сестру кормить. Старший я. Сначала машины мыл, потом ребята к делу пристроили.

— К какому? — сурово поинтересовалась Манюня.

— В гараж. По первости тачки разбирал, затем угонять начал. Потом посадили. Но тут, спасибо, ребята быстро вытащили.

— А теперь чем занимаешься? — продолжала допрашивать Маня.

Меня поразило, что Бекас покорно отвечает на ее наглые вопросы.

— Сейчас шофером работаю у хозяина, — пояснил парень, — хорошо зарабатываю, квартира собственная, и машину купил.

— А братья твои где?

— Когда маманя спилася, всех по детдомам распихали. Сестру и двоих самых маленьких усыновили, Петьку убили в драке, а Лешка в ансамбле пляшет. «Ритмы земли» называется.

— Вот что, Николай, — сообщила Маня, — конечно, детство тебе суровое досталось, но писать в восемнадцать лет «карова» просто стыдно. Завтра же начнем заниматься. Русский, математика, история, литература, можно еще французский. Компьютер быстро освоишь. Мы за лето много успеем.

— Да я, наверное, не смогу, все забыл, — завел Бекас.

— Вспомнишь, — не поддалась Маня.

И они опять защелкали клавиатурой. Я тихонько шелестела страницами, выбирая чтиво. Жалко Бекаса, надо же, как не повезло парню. А ведь талантливый механик, просто самородок.

Телевизор бормотал чушь, я схватила пульт,

чтобы выключить аппарат, но тут на экране появилось хорошо знакомое лицо. «Ушла из дома и не вернулась, — бесстрастно читал за кадром диктор, — Евгения Полякова, на вид двадцать лет, волосы светлые, коротко стриженные, глаза карие, телосложение хрупкое. Была одета в белую футболку и желтые брюки, на ногах матерчатые туфли китайского производства, на колене большое родимое пятно. Видевших Евгению Полякову или знающих о ее местонахождении просят позвонить по 02».

Пару минут весело улыбающаяся Женечка глядела на меня с экрана, потом картинка сменилась.

Я вылетела из кабинета и понеслась к телефону. У Поляковых трубку сняла пожилая женщина.

— Простите, сейчас по телевизору показывали...

— Вы знаете, где она? — быстро спросила тетка. — Умоляю, скажите, мы заплатим.

— Нет, к сожалению, не в курсе, я ее преподаватель из университета. Как она исчезла?

Оказывается, в тот день, когда я была у Жени, она собиралась вечером приехать к родителям на дачу. Те прождали дочку почти до полуночи и подумали, что девочка осталась в городе. Но когда отец с матерью через два дня приехали в Москву, девушки не оказалось дома. Соседка, гулявшая во дворе с собакой, сказала, что видела Женю в пятницу. Та крикнула ей: «Здрасьте, тетя Лена, на дачу еду, к маме!» Было примерно пять часов вечера. Больше студентку никто не видел.

Я села на диван и схватилась за голову. Ну как же так! Куда могла подеваться Женечка?

Глава 17

К завтраку я спустилась, когда все разбрелись по своим делам. Гера, как всегда, на поиски невесты, Римма Борисовна — в картинную галерею. Нина Андреевна возилась в ванной на первом этаже. Старушка купала Банди. Я заглянула к ним. Оба получали колоссальное удовольствие. Пит обожает мыться. Он сидел в ванне в мыльное пене, и блаженное выражение не сходило с треугольной морды. Свекровь терла его щеточкой и ворковала:

— Дай лапку, вот умница.

Заметив меня, она повернула в мою сторону аккуратно причесанную голову и сказала:

— Нельзя кормить его жирной пищей. Он опять плохо покакал, очень жидко.

Ну кто бы мог подумать, что ей так по сердцу придется Банди! Не маленький Хучик, не очаровательная Жюли, не умильная пуделиха, а громадный, здоровенный пит-буль. Вот и разберись в этих старухах.

— А еще, — продолжала жаловаться Нина Андреевна, — он, бедняга, вчера так переутомился, просто падал...

Банди устал? Что-то новенькое. Да эта собака может пробежать от Москвы до Петербурга и не заметить!

— У Кеши испортилась сигнализация в «Мерседесе», — кляузничала свекровь, — и тот посадил Бандюшу в машину. Целый день таскал ре-

бенка по солнцепеку, чуть до обморока не довел.
Ну не глупо ли?

По-моему, наоборот, крайне мудрое решение.
Интересно, найдется ли хоть один угонщик, который рискнет влезть в машину, на заднем сиденье которой вольготно раскинулся клыкастый
пит-буль? У Банди же на лбу не написано, что он
за калорийную булочку мать продаст. С виду гроз-
ный и злобный пес.

Окатив любимца последний раз из шлангово-
го душа, Нина Андреевна вытерла собаку махро-
выми полотенцами и приказала:

— Теперь иди и сохни, только не во дворе, а
то там ветерок, простудишься.

Обожающий валяться в первых мартовских
лужах Банди весело потрусил в гостиную. Я подождала, пока свекровь развесит полотенца, и
спросила:

— Нина Андреевна, кто родители Вероники?

— Она не очень-то откровенничала, — поджала губы старуха. — Но Макс рассказал эту трагическую историю.

Мы побрели в гостиную.

— Почему трагическую?

— Просто иллюстрация к тому, как можно из-
лишним вниманием испортить ребенка, — вздохнула свекровь. — Ты же знаешь мое отношение к
Максовым женам. Всегда во всем была на их стороне, не замечала недостатков, никого не осуж-
дала. Но Ника — это просто исчадие ада. Ее родители — педагоги Медведевы.

— Как! Те самые?

Свекровь кивнула.

Году примерно в семидесятом на прилавках книжных магазинов появилась книга, написанная Анной и Михаилом Медведевыми. Молодые педагоги, родители не то семи, не то восьми детей, рассказывали, как следует правильно растить молодое поколение. В качестве образца предлагалась жизнь их собственной семьи. Маленьких детей будили в семь утра. Их обливали ледяной водой из ведра на улице в любую погоду. Потом около часа с ними занимались гимнастикой. Время до обеда отдавалось обучению. Все дети Медведевых шли в школу, умея писать, считать и обладая такими знаниями, что сразу поступали в третий класс. От 16 до 20 часов маленькие Медведевы играли на музыкальных инструментах, занимались восточными единоборствами, писали маслом и мастерили поделки. Родители не отставали от несчастных деток ни на минуту. Даже перед сном им читали классику: Пушкина, Лермонтова, Некрасова. Летом прибавлялась трудотерапия. На дачном участке выращивали картошку, капусту, лук и морковь. Ребята сажали овощи, потом поливали их, окучивали и пропалывали. И все всегда вместе, распевая песни.

К Медведевым зачастили журналисты. Маленькие дети, цитирующие Шекспира на английском языке и умеющие чистить картошку, вызывали здоровое чувство зависти, и тысячи родителей принялись перенимать опыт.

Робкие голоса сомневающихся давили на корню. На зарплату педагогов трудно прокормить такую ораву. Но родители Медведевы вообще ушли с работы. Они поставили перед собой благородную цель — воспитать уникальных отпрысков. Но хотели как лучше, а вышло как всегда.

В семье новаторов царил настоящий военный коммунизм. Весь год дети ходили полуголыми, младшие донашивали за старшими, но и у тех не было необходимой одежды. Пара брюк и рубашка у мальчиков, одно, весьма непрезентабельное платьице у девочек. Ели впроголодь. Учение Брегга тогда не было массово известно в России, но Медведевы вовсю кричали о пользе лечебного голодания, заставляя ребят по средам и субботам не есть вообще.

Гром грянул, когда старший, Митя, не сумел поступить на физфак. Парнишка просто не выдержал напряжения и попал с сильнейшим стрессом в психиатрическую больницу. Следующий за ним брат, Костя, рассказал пришедшим в дом журналистам все. В полном ужасе репортеры выслушали страстный детский рассказ о голодных годах и проклятия в адрес родителей, постоянно мучивших сыновей и дочерей диетой, гимнастикой и развивающими играми. Приглашенные врачи обнаружили у малышей гастрит, хроническое воспаление легких, испорченные зубы и стойкую ненависть не только к отцу с матерью, но и друг к другу.

Разразился жуткий скандал. Целый месяц газеты вели дискуссию, можно ли разрешить родителям так издеваться над детьми. Вспомнили, что у Михаила Медведева был второй брак. А первый распался как раз из-за педагогических новаций. Более того, два сына от первой жены совершенно не общались с отцом. В судебном порядке Медведевым приказали немедленно прекратить эксперименты. Власти города выделили материальную помощь и одели детей. Но семья к тому времени практически распалась.

Митя так и не вышел из психушки, Костя поступил в мореходное училище. Третьей была Вероника. Девушке посчастливилось родиться удивительной красавицей, а годы жизни впроголодь сделали ее лицо прозрачно-светящимся, как на картинах мастеров времен Возрождения. Но мало кто знал, какие демоны скрывались за ангельским фасадом. Семья Медведевых к тому времени перебралась в Подмосковье. Родители полагали, что на земле сумеют лучше воспитать самых младших. Чтобы не уезжать из Москвы, Ника пошла учиться в ПТУ на штукатура. Профессию выбирала по принципу: куда легче поступить и где дадут общежитие.

Судьба иногда выбрасывает из рукава козырную карту. Как-то раз девушке на глаза попалось объявление о наборе манекенщиц. Вероника, преодолевая робость, все же решилась прийти в агентство. Взяли ее сразу, и через три месяца девочка уже демонстрировала платья.

Больше всего на свете Ника хотела иметь деньги. Голодное, нищее детство породило в ней патологическое корыстолюбие. Жадность Вероники была практически беспредельной. Она хотела иметь все сразу: квартиру, машину, одежду, драгоценности и... деньги, деньги, деньги.

Тогда в Москве только-только начали устраивать конкурсы красоты. Давали и призы. Жажда легкой наживы привела Нику на состязание. Одна из конкуренток показала ей безупречно одетого мужика с интеллигентным лицом.

— Главный спонсор, — шепнула коллега Вике, — ужасно богатый коммерсант Полянский.

Девушка призадумалась, перед ней замаячил призрак безбедной, сказочной жизни. Сказано — сделано, и Вероника принялась «окучивать» Макса. Охота завершилась удачно. Уже весной Ника надела дорогое обручальное кольцо.

Ни родители, ни братья с сестрами не были приглашены на шикарную свадьбу в ресторан «Прага». Вероника просто вычеркнула родственников из жизни. Да и они, кстати, тоже совершенно не интересовались ее судьбой.

Став Полянской, женщина кинулась в омут безграничных трат.

— Просто оргия какая-то, — жаловалась Нина Андреевна, — каждый день покупала новое платье, кольца могла в три ряда надевать...

— Значит, у нее было много драгоценностей? — спросила я.

— Горы, — сообщила свекровь, — цепочки, кулоны, браслеты, серьги... Я даже один раз сделала ей замечание: «Ну куда столько!»

— Где она их хранила?

— В спальне, наверное, где же еще!

Я закурила сигарету. Интересно, куда все подевалось? Может, в доме побывал грабитель, знавший о пристрастии хозяйки к «брюликам»?

Погода резко ухудшилась. Со второго этажа несся недовольный крик близнецов. Я поднялась наверх и заглянула в детскую. Красный от злости Ванька сучил ножками и орал во все горло. Анька преспокойненько пускала пузыри.

— Что это он так? — спросила я у Серафимы Ивановны.

— Злится, — ответила няня, — рассадила их по разным кроваткам, а Ванюша желает спать только около сестры, вот и закатывает концерт.

С затянутого серыми тучами неба посыпался мелкий, противный дождик, стало заметно прохладней. Ехать до квартиры Гюльнары пришлось довольно долго. Девчонка жила в Северном Бутове. Между высокими блочными башнями примостились нелепые, словно недостроенные трехэтажные домики. В одном из них и обреталась лучшая подруга Вероники.

Гюльнара спала, когда я позвонила в дверь. Лицо девушки чуть-чуть припухло, длинные блестящие волосы цвета антрацита спутанной гривкой спускались на плечи.

— Вам чего? — пробормотала девица, зевая.

— Майор Васильева из отдела по борьбе с бандитизмом.

Манекенщица ойкнула и немедленно проснулась.

— Что случилось? — забормотала она торопливо. — Ничего не знаю, все утро проспала.

— В комнату пойдем или здесь разговаривать станем? — грозно осведомилась я.

Гюльнара извинилась, и мы вдвинулись в довольно большую гостиную, забитую мебелью. На столе красовались остатки вчерашнего пиршества: пустая бутылка из-под шампанского, несколько грязных салатниц и пепельница, полная окурков.

Я поморщилась — как многие курильщики, не переношу вида и запаха бычков. Гюльнара увидела гримасу и распахнула балконную дверь. Свежий воздух с запахом дождя ворвался в комнату.

— Вы знакомы с Вероникой Медведевой?

— Да, а что случилось? — удивилась девушка.

— Разве не знаете? — настал мой черед удивляться. — Она убита.

Гюльнара издала странный клокочущий звук и села в кресло. В ее лице не было ничего восточного, только высокие скулы да иссиня-черные волосы.

— Как убита? — пролепетала манекенщица и схватилась за пачку «Вога».

— Выстрелом в голову, — пояснила я, — теперь идет следствие, и вам придется ответить на ряд вопросов.

— Пойдемте кофе выпьем, — слабым голосом пролепетала Гюльнара, и мы перебрались на кухню. «Вешалка» зарядила кофеварку и принялась рассказывать историю своего знакомства с Вероникой.

Вместе пришли в агентство, вместе и начали

работать. Девчонкам до зарезу были нужны деньги, поэтому не отказывались ни от какого заработка. Пытались найти богатых любовников, но все как-то не везло. Гюльнара иногда подрабатывала стриптизом, но Веронике медведь наступил на ухо, и двигаться под музыку она не могла.

Однажды Гюльнара работала в ресторане «Две луны». Так, ничего особенного. Блистательный показывал там часть своей уродской коллекции. Удобного места для переодевания в кабаке не оказалось, и девчонки меняли наряды в какой-то тесной каморке. Не успела Гуля стащить вечернее платье, как дверка распахнулась и вошел мужик лет тридцати. Голые манекенщицы завизжали, думая, что к ним хочет пристать кто-то из посетителей ресторана. Но Вероника разом пресекла крик. «Это ко мне», — сказала она и выскользнула с мужиком за дверь.

После работы Ника подошла к Гюльнаре и сказала, что приходил ее брат Антон. Парень учится во ВГИКе и работает над дипломной картиной. Для съемок ему нужна молодая, стройная, черноволосая девушка. Съемочные дни хорошо оплачивают, не желает ли Гюльнара попробовать?

Гуля тут же согласилась. Как многим девушкам, ей хотелось стать кинозвездой.

Работал Антон почему-то не на «Мосфильме», а дома. Пришедшей к нему Гюльнаре он дал почитать «сценарий». Две мятые тетрадные странички, исписанные от руки неразборчивым почерком. Гуле предлагалось сыграть роль молодой и невинной графини, которую насилует жених.

Действие разворачивалось в спальне на большой кровати. В образе соблазнителя выступал огромный парень с туповатым лицом. Когда он начал раздеваться, Гуле стало плохо: во-первых, до дурочки дошло, что Антон снимает порнографию, а во-вторых, партнер обладал просто чудовищными по размеру гениталиями.

Гуля решила отказаться, но она уже лежала на кровати. Антон сделал знак, и великан-дебил кинулся на девушку. Гюльнара сопротивлялась, мужик сопел, камера стрекотала, режиссер удовлетворенно покряхтывал. Через полчаса все закончилось. Вручив зареванной манекенщице конверт с деньгами, Антон выпроводил «актрису». Обозленная Гуля бросилась к Веронике, но та восприняла информацию совершенно спокойно.

— Подумаешь, — заявила она подруге, — в конверт загляни, там целая штука баксов. Эка невидаль, с мужиком потрахалась. В первый раз, что ли? Когда ты еще за полчаса столько зарабатывала, ты что, Шарон Стоун? Да не волнуйся, киношку на заказ снимали, ее только владелец и увидит. Хороший, непыльный заработок, все лучше, чем голыми грудями перед мужичьем трясти.

Но Гюльнара была иного мнения.

— Что ж сама порнухой не зарабатываешь, а меня подсовываешь? — накинулась она на Нику.

Та усмехнулась:

— Видишь ли, Антон — мой брат, вот и вбил

себе в голову, что не станет меня снимать, а так бы я с радостью — такой заработок!

Но Гуля решила больше не связываться с порнобизнесом и свела отношения с Никой до минимума.

— О покойных плохо не говорят, — вздыхала манекенщица, — но Ника, право слово, ненормальная. Выскочила замуж за старика Полянского и давай деньгами направо и налево сорить. Мы иногда сталкивались на тусовках, так она обязательно хвасталась то драгоценностями, то шубами...

Недавно Вероника неожиданно приехала к Гуле в гости и принялась жаловаться на тяжелую долю. Ролей ей не предлагали, а муж нашел другую, завел роман с молоденькой студенткой. Денег жене на всевозможные прихоти он не дает, ограничил траты сущими копейками. В месяц Нике теперь полагалось иметь всего какие-то жалкие две тысячи баксов. Вероника попробовала взбунтоваться, но муж показал когти.

— Вот что, дорогая, — процедил он сквозь зубы, — мне дешевле тебя убить, чем содержать.

Вероника не растерялась и сообщила муженьку, что никогда не даст ему развода. Судебное заседание можно затягивать до бесконечности — не являться по повесткам, демонстрируя справки от врача. Потом объявить себя беременной...

Макс, по ее словам, посинел от злобы и коротко бросил:

— Будешь мешать, и правда убью.

— А теперь он почему-то перестал требовать

развод, — испуганно жаловалась Ника бывшей подруге, — может, на самом деле решил придушить? Ты имей в виду, если со мной что, значит, Максим — заказчик.

Гюльнара выкинула из головы бредни, но сейчас, увидав меня и узнав об убийстве Ники, немедленно припомнила, как та была напугана.

— Не волнуйтесь, — успокоила я «вешалку», — Полянский уже арестован, хотя вдруг он не виноват? Господин Блистательный страшно зол на Медведеву за публикацию в «Скандалах недели».

Гуля тихонечко хихикнула:

— Вот тут Ника ни при чем, это Лена Зайцева постаралась за то, что Сыкунов ее в Париж не взял. Только не рассказывайте никому, Нике уже все равно, а Ленку Епифан со свету сживет. Она хорошая девчонка, только глупая.

Посудачив еще немного о совершенно незнакомых мне людях, я покинула квартирку Гюльнары. Девушка хорошо помнила адрес, где жил брат Ники. И я, не задерживаясь, покатила на Мясницкую улицу.

Старый дом постройки, наверное, 30-х годов выглядел очень внушительно. Пол в холле покрывали стершиеся мраморные плиты, перила гигантской лестницы — просто произведение литейного искусства. Квартира восемь встретила меня гигантской железной дверью. Из забронированных глубин донесся мужской голос:

— Вам кого?

— Антона.

— Здесь такой не живет.

— Простите, куда он уехал?

— Понятия не имею, — рявкнул парень, — вали отсюда, пока милицию не позвал.

Я спустилась вниз, купила пакетик чипсов и принялась меланхолично жевать хрустящие соленые кусочки. Так где же искать этого братца? Может, родители знают?

Домой я добралась к пяти. Взволнованная Римма Борисовна кинулась ко мне со всех ног:

— Дашутка, собирайся, идем на концерт. Я сама купила билеты.

Старухам безумно хотелось зрелищ, но гадкие дети разбежались кто куда. Ольга «прикрылась» сопливыми близнецами, у Аркадия спешно обнаружились дела в консультации. Даже Маня сбежала, крикнув на ходу, что они с Сашкой приглашены на день рождения. Гера отправился на свидание с очередной невестой. Бабки уже давно с тоской поглядывали на часы, надеясь, что я приеду пораньше.

В первую минуту хотела быстренько что-нибудь придумать и отказаться. Но поглядела в умоляющие глаза свекрови и покорно побрела переодеваться. Ну не могу же я отнять у ребенка конфету!

Подпрыгивая от нетерпения, Римма Борисовна влетела ко мне в спальню. Я принялась рыться в шкафу.

— Какая красота! — воскликнула свекровь.

Я оглянулась. Старуха держала на вытянутых руках фиолетовую кофту, сверкающую фальшивыми драгоценностями, — бессмертное творение Епифана Блистательного.

— Вам нравится?

Римма Борисовна, обладавшая вкусом сороки, молча кивнула.

— Купила вам в подарок.

— Ой, Дашенька, — вскричала Римма Борисовна, — пойду надену эту прелесть.

Абсолютно счастливая, она выскочила за дверь.

Концерт должен был состояться в Зале Чайковского. Пока старухи усаживались, старательно уступая друг другу место, я принялась читать программку. Шуберт, Шопен, Шуман и почему-то Моцарт. Да ладно, какая разница.

Оркестр гремел, старухи в восторге закатывали глаза. Я расслабилась и попробовала получить удовольствие. Наивная Римма Борисовна решила, что в первом ряду самые лучшие места, и вот теперь можно вблизи наблюдать краснеющие лица музыкантов.

Заиграли «Сцену на охоте». В музыкальную ткань этого произведения вплетены звуки охоты — звучит рожок и выстрел из стартового пистолета. Не успел барабанщик пальнуть в воздух, как на соседних с нами креслах произошло странное оживление. Два крепких молодых парня с широкими плечами и тяжелыми затылками выхватили из кресла довольно полного господина в шикарном вечернем костюме. Я с изумлением наблюдала, как они швырнули мужчину на пол. Один из парней моментально лег на него сверху, другой выдернул откуда-то из-под пиджака огромный револьвер и принялся палить в оркестр. Несчастные музыканты побросали скрипки, барабаны, виолончели и залегли под пюпитры. Дирижер рухнул как подкошенный. Из-за кулис помчались в партер накачанные парни, завязалась драка. Но довольно скоро недоразумение выяснилось. Оказалось, что концерт почтил своим вниманием один из авторитетов. Его бдительная охрана, мало сведущая в музыкальном искусстве, приняла выстрел из стартового пистолета за нападение на своего хозяина и спешно приняла адекватные меры.

С извинениями братки подняли «папу», отряхнули его от грязи, расправили складки на замявшемся костюме и усадили на место. Публика нервно переговаривалась. Музыканты с возбужденными лицами принялись вразнобой пиликать на скрипках, деморализованный дирижер никак не мог собрать оркестр в единое целое. «Жаль, что Машка не пошла, — подумала я, — ей бы это понравилось».

Глава 18

Домашний адрес Медведевых узнала очень просто, позвонила в журнал «Педагогика» и прикинулась француженкой, желающей перенять потрясающий опыт.

Уехали педагоги из столицы не так далеко — в Болотово. Я добралась до городишки за полчаса. Тихий, сонный, провинциальный, только на вокзальной площади кипит какая-то жизнь. Возле

ларьков с нехитрым водочно-сигаретно-шоко-
ладным ассортиментом толкались представители
местного бомонда с пропитыми мордами. Улица
Пролетарская начиналась прямо от перронов и
тянулась, никуда не сворачивая, до выезда из Болотова.

Дом номер тридцать шесть — темный, деревянный, со слегка покосившейся крышей — мрачно гляделся среди соседских зданий. Я толкнула
противно скрипящую калитку и оказалась в довольно просторном и запущенном дворе. Слева
виднелся нехитрый огород, чуть подальше «коло-
силась» картошка. На веревках сохли старенькое
постельное белье и невероятное количество мужских трусов.

В избе пахло чем-то кислым и неприятным.
Неопрятного вида женщина в сильно засаленном
ситцевом платье переливала в трехлитровую
банку молоко. Небольшая кухня вся заставлена
немытой посудой. Тут и там висели грязные тряпки, валялись совершенно не подходящие для кух-
ни вещи: расчески, пустая бутылка из-под шам-
пуня и флакон одеколона «Гвоздика».

— Вам кого? — устало спросила женщина.

— Медведевы тут живут?

— Михаил помер, — равнодушно сообщила
тетка.

— Анну можно позвать?

— Я это, — буркнула женщина и со вздохом
поставила подойник на табуретку. — Что угодно?

— Журнал «Педагогика» признал вас победи-
тельницей конкурса «Моя семья». Вот приз.

· И я протянула женщине конверт со ста долларами. Анна равнодушно взяла подношение и процедила:

— Чего это вы, то ругали, со свету сживали, теперь награждаете. Лучше б попросили у нашего начальства детские пособия, два года не платят.

— Совсем недавно работаю, — принялась я оправдываться, — в журнале вообще весь состав сменился.

— И Парфенов? — оживилась женщина.

— Да.

— А что с ним, может, умер?

— Точно, — решила я ее порадовать, приговаривая неизвестного мужика к смерти, — инфаркт, в одночасье убрался.

Баба даже порозовела от радости и сразу стала необыкновенно любезной. Она обмахнула тряпкой облезлую табуретку и проворковала:

— Садитесь, наверное, устали. Молочка не хотите? Свое, парное, от молодой коровки.

Я в ужасе затрясла головой. Терпеть не могу молока, не пью ни под каким видом.

— Надо сфотографировать вас вместе с детьми, — быстро перевела я разговор на другую тему, доставая купленный по дороге «Полароид», — и вам карточки оставлю.

— Сейчас, проходите, — радушно проговорила Анна и распахнула дверь в жилую часть. Внутри изба казалась безразмерной. Комната метров тридцати была обставлена совершенно по-городскому. Три стены занимали стеллажи с книгами: пособия по истории, географии, химии, ботанике... На огромном обеденном столе горой высились коробки с играми: шашки, шахматы, нарды, лото, домино. У окна с буйно цветущей геранью стоял совершенно невероятный в данной обстановке предмет — новенький компьютер. Аппарат был явно подключен к Интернету, потому что от него отходил тонкий белый шнур и подсоединялся к телефонной розетке. Медведевы оказались не такими простыми. Чего здесь не было, так это телевизора.

Анна пересекла комнату и, открыв дверь одной из спален, спросила:

— Андрей, а где остальные?

— Настя в огороде, Симка ей помогает, а Павлик за водой пошел.

— Что же ты прохлаждаешься?

Мальчик ничего не ответил. Мать велела ему позвать остальных, и через пять минут небольшая стайка чумазых ребятишек столпилась в комнате. Старшей лет шестнадцать-семнадцать, и ее застиранный сарафанчик туго обтягивал красивую девическую фигурку. Остальные одеты в трусишки. Ноги босые, волосы нечесаные, и шеи черные от грязи. В этом доме явно предпочитали физической красоте моральную.

Нащелкав фотографий и раздав детям часть снимков, я притворилась недоумевающей:

— А остальные где? Хочется про всех написать.

Анна вздохнула:

— У нас было восемь детей. Самый старший, к несчастью, неизлечимо заболел и умер. Следующий сын выучился на капитана и сейчас постоянно в плавании. Дочь Вероника — актриса. Съемки без конца, вот и недосуг домой приезжать, Антон тоже все время работает, торгует. Со мной только младшие.

Я поглядела на худых, явно недоедающих детей и, вздохнув, спросила:

— Дайте адреса старших.

Анна замялась. Ей явно не хотелось признаваться журналистке, что отпрыски постарались забыть отчий дом.

— Бесполезно, даже не ищите, кто в море, кто на съемках. Просто напишите, что все дети удачно получили образование и стали полноценными членами общества.

— И Вероника? — решила я до конца дожать педагогиню.

— А что Вероника? — удивилась Анна. — Я не одобряю телевизор, мне кажется, что просмотр передач оглупляет детей, и у нас нет этого аппарата, но знаю, что она с большим успехом и много снимается. Каждому, как говорится, свое. Если дочь выбрала такой путь, значит, так тому и быть. Мы с отцом свое дело сделали, дали им крылья, дальше пусть летают самостоятельно.

Ага, и прямо на кладбище. Похоже, что эта чадолюбивая мамаша просто не знает ни о смерти старшей дочери, ни о судьбе сыновей. Ай да педагог! Не стану ничего рассказывать, пусть милиция сообщает о несчастье. Зря только ездила. Адреса Антона не узнала, придется искать в другом месте.

Назад в Москву ехала, пытаясь справиться с грустными мыслями. Как странно! Раньше у меня никогда не было времени на, так скажем, воспитание детей. Каждая свободная минута посвящалась заработкам, иначе нам просто было не выжить: кушать хотели все, а добывающая единица только одна — я. Порой прибредала домой только к одиннадцати вечера и, съев подсунутый Кешкой бутерброд, буквально падала в кровать. Мы редко ходили в театр, кино и цирк, практически никогда не играли в лото. Но когда несметное богатство упало на наши головы, я предложила Аркадию построить отдельный дом. Рядом, на одном участке, но свой.

— Ты чего, — замахал руками сынок, — как это мы с Зайкой без вас окажемся!

Анна же отдала детям все, что могла, и добилась противоположного результата.

Философские раздумья прервал странный стучащий звук, «Вольво» потащило в сторону. Кое-как затормозив, я вышла из машины и обозрела задние колеса. Так и есть, прокол! И запаска имеется, и баллонные ключи в наличии, жаль только, что господь наградил меня хилыми руками. Открутить-то гайки, может, и смогу, но проделать обратную процедуру... Нужно было искать умельца.

Дорога выглядела совершенно пустынной. Постояв под палящим солнцем, я заперла «Вольво» и побрела к видневшемуся вдалеке трехэтажному белому зданию. Пыльная дорожка вилась между кучами мусора, жара стояла немыслимая, и я покрылась липкой серой пылью.

Подойдя к дому поближе, я увидела вывеску: «Городская больница». Надо же, как здорово, сейчас умоюсь в местном туалете и найду какого-нибудь дядю Васю. Сортир оказался на первом этаже. На двери болтался листок — «Нет воды». Печально вздохнув, я пошла по длинному воняющему хлоркой коридору. В коридоре — ни души. В полном одиночестве дотопала до отделения, на двери которого значилось: «Травматология». Толкнула ее и ахнула.

Узкий коридор забит койками. Тут и там над кроватями вздымаются загипсованные руки и ноги. Нещадно вопило радио, и пахло мочой, лекарствами и грязной шваброй. Посреди этого кошмара молоденькая сестричка абсолютно спокойно читала толстенный любовный роман.

— Посещения с двух часов, — недовольно буркнула девица, не поднимая глаз от книги.

Вздохнув, я достала кошелек и стала излагать суть. Проявив редкостное человеколюбие, медсестра, быстро пряча бумажку, побежала на поиски местного механика, велев мне:

— Если кому станет плохо, пусть потерпит.

Я оглядела набитый больными душный коридор. Обязательно, как только кто-нибудь начнет умирать, тут же велю подождать до возвращения медички. Хотя похоже, что смертельно больных тут нет, явственно наличествовали всего лишь поломанные конечности. Только над одной кроватью не торчало никаких растяжек и не было видно никого загипсованного. Может, там вообще никого нет? Одеяло натянуто абсолютно ровно, словно под ним нет тела. Я подошла поближе. В постели лежала женщина. Худенькое, желтоватое, заострившееся личико, череп обмотан повязкой наподобие хоккейного шлема. Из слишком широкого выреза высовывается тонюсенькая шейка с жуткой темно-синей полосой. «Самоубийца, — промелькнуло у меня в голове, — пыталась неудачно повеситься». Женщина дышала совсем неслышно, если бы не медленно поднимавшееся одеяло, ни за что бы не приняла ее за живую. На спинке кровати виднелась табличка: «Неизвестная, поступила 20 июня». Голая нога несчастной свисала с койки. Наверное, неудобно лежать в такой позе.

Я попробовала засунуть неожиданно тяжелую конечность под одеяло. Глаз наткнулся на большую родинку на колене. Коричневое пятно, размером примерно с небольшую мышь, покрывали мелкие черные волосы.

«Надо бы сходить, удалить эту родинку, — зазвучал у меня в голове голос Жени Поляковой, — да боюсь, вот и живу с «мышью».

— Вам, что ли, колесо поменять? — раздался за спиной громкий голос. Мужик лет сорока, в грязном синем халате и драных кроссовках, сжимал в руке чемоданчик с инструментами. Но мне уже было не до него. Сунув спасителю ключи и велев подогнать «Вольво» после починки к дверям больницы, я кинулась искать хоть какого-нибудь врача.

Гиппократы нашлись в ординаторской. Две бабы лет по пятьдесят пять и совсем молодой парень. Несмотря на жуткую жару, они жрали бисквитный торт с жирным кремом и пили горячий чай.

— Где вы взяли ту неизвестную, что лежит у окна? — спросила я.

— Во-первых, здравствуйте, — сурово поставила меня на место толстая врачиха.

— Прием родственников с четырех, — зло уведомила тощая.

— Не видите, люди заняты, — буркнул парень с набитым ртом, — ну и народ, поесть не дадут.

Ладно, сейчас запрыгаете, как блохи. Не обращая внимания на гневающихся эскулапов, я вытащила из кармана мобильный, потыкала для виду в кнопки и прокричала в гудевшую трубку:

— Иван Иванович, присылай группу, кажется, нашла Полякову, сейчас допрошу медиков.

Парень пронес торт мимо рта, и я с удовлетворением увидела, как кремовая роза шлепнулась прямо на светлые брюки борца за спокойное выпивание чая.

— Кто вы такая? — не сдавалась толстуха.

— Майор Васильева из Московского управления по борьбе с организованной преступностью, — прояснила я ситуацию. — А теперь расскажите, кто, когда и откуда привез женщину.

Тощенькая докторица развела руками:

— Самим мало что известно.

Несколько дней тому назад житель Болотова Разумнов Виктор Сергеевич доставил в приемный покой абсолютно голую, сильно избитую женщину. Несчастную кто-то сначала оглушил ударом по голове, потом душил, скорее всего капроновым шнуром.

— Бывает такое, — вздохнул парень, — в книгах описано. Убийца затягивает на шее веревку, жертва обвисает, мышцы расслабляются, моча отходит, глаза открываются... Ну полная картина смерти. Негодяй и думает, что довел дело до конца, бросает тело. А через пару секунд дыхание восстанавливается, и человек оживает. Очень редко, но случается. Здесь, наверное, так и произошло. Еще хорошо, что парнишка порядочный попался: засунул бедолагу в «Жигули», и к нам. Еле откачали, просто не жилица, до сих пор в себя не приходит. Как, говорите, ее зовут?

Взяв координаты Разумнова, я вышла на улицу и сообщила родителям Поляковой, где искать дочь. Мать, рыдая, сказала, что они немедленно выезжают.

По странному совпадению добрый самаритянин Виктор Сергеевич жил в соседнем с Медведевыми дворе. Звать его по отчеству было явно преждевременно. Молодому рыжему парню на вид лет шестнадцать. Странно возгордившийся тем, что к нему приехал «оперативник» из самой Москвы, Витюша принялся живописать подробности.

В тот день он, воспользовавшись тем, что родители отправились торговать на рынок мясом, взял «Жигули» старшего брата и поехал покрасоваться перед своей девчонкой в соседнюю дерев-

ню Костино. Путь туда лежал по довольно колдо-
бистой проселочной дороге. Недавно прошед-
ший дождь оставил непросыхающие глубокие
лужи, и перед въездом в Костино Витька притормозил у озерца. Взял из багажника ведерко и
пошел за водой.

На берегу, у самой воды лежала абсолютно
голая девчонка. Витюша сначала испугался, подумав, что нашел труп, но тело внезапно слабо
пошевелилось. Разумнов оказался добрым мальчишкой. Сначала он перевернул найденную на
спину. Но лицо бедолаги было ему незнакомо.

— Конечно, — рассудительно вещал юноша, — по-хорошему полагается сначала милицию
вызвать да «Скорую помощь», только до ближайшего телефона черт-те сколько ехать. Опять же
«скорая» на весь город одна, пока еще доковыля-
ет, а девке совсем плохо было. Лицо синее, ды-
шит еле-еле, с хрипом.

Поднатужившись, Витя поднял девушку, кое-
как умостил на заднем сиденье и довез до больницы. Никакой награды за свой хороший поступок
парень не поимел. Только старший брат накостылял ему по шее за измазанное кровью сиденье.

— Не расстраивайся, — проговорила я, протягивая ему сто долларов, — обязательно расскажу
ее родителям о твоей роли в этой истории, думаю, отблагодарят по-царски.

— И то верно, — оживился Разумнов, — я,
считайте, ей жизнь спас. Так бы и померла на берегу, той дорогой редко ездят, предпочитают в

объезд, по шоссе. Она уже совсем умирала, когда я подъехал, все какую-то Яну вспоминала.

— Что, что? — переспросила я.

— Ну, когда в машину клал, так протяжно застонала и тихонько сказала: «Не надо, Яна, не убивай меня».

Домой добралась к пяти часам. В голове царила полная неразбериха. Кто пытался убить Женю? Неужели скромная и тихая Яна? За что? Не вернулась ли домой Соколова?

Я набрала телефон Яны и долго слушала мерные гудки. Либо никого нет дома, либо отключили аппарат. В кабинете Бекас отчаянно сражался с учебником Розенталя.

— Как правильно писать — «деревяный» или «деревянный»? — спросил он меня.

— Оловянный, стеклянный, деревянный пишется с двумя «н», — машинально ответила я.

Бекас сосредоточенно заскрипел ручкой. Я пошла на кухню, заварила кофе и села у окна. Хорошо-то как! Ольга с близнецами ушла гулять, Аркадий в консультации, Маня муштрует Бекаса, а старухи куда-то подевались. Из домашних рядом только собаки и кошки, но у них есть одно большое положительное качество — не умеют разговаривать.

Потягивая ароматный напиток, я призадумалась. Итак, что удалось узнать? Пока ничего утешительного. Макс пристрелил Веронику, причем подло, во сне. Я-то верю, что он ни при чем, но все улики против мужика. Ну надо же быть таким идиотом! Раз уж решил укокошить супружницу, так сделай все тихонечко, не болтай. Нет, всем сообщил, что желает пристрелить любимую, и пистолетом размахивал. Неужели так влюбился в эту таинственно исчезнувшую Яну, что потерял рассудок? Куда делся миллион долларов? Вечером получил, а днем арестовали за убийство. Ну не мог он успеть положить деньги в банк. Отдал любовнице или Семену? Ну это навряд ли, я ни за что бы не доверила Сене даже двух рублей. С чего так озверела Аделаида? И почему мне показалось, что стреляла не она? Ведь хорошо видела в окошко лицо женщины. Туфли на каблуке и большого размера? Какая ерунда. Надела специально, чтобы оставить другие следы на полу. Вон какая хитрая, и перчатки натянула, не знала только, что я в туалете сижу! Может, на самом деле все просто? Ника осточертела Максу, и он ее убил, а Сеня достал Аделаиду вечным кобелированием, вот тетка и съехала с катушек. Раду Ильиничну с Танечкой пристрелил грабитель, случайно вошедший в квартиру, на Женю напал насильник...

Я вздохнула. Нет, все, конечно, было не так. А как?

Глава 19

Утром позвонила Александру Михайловичу.

— Дашута, — обрадовался приятель, — что-то давно не разговаривали. Все хочу заехать, да недосуг. Как там Хучик?

— Толстеет, — заверила я полковника и спросила: — Скажи, а кому отдали тело Вероники Медведевой?

— Просил же не лезть в это дело! — в сердцах воскликнул Александр Михайлович.

— Никуда и не лезу, — обиделась я, — просто была на свидании у Макса, он волнуется, что вполне естественно.

— Если учесть, что он ее и пристрелил, то это выглядит весьма странно, — отрезал приятель. — Пока останки Медведевой у нас, кое-что неясно.

— Что?

— Дашута, не собираешься летом в Париж? — попробовал резко сменить тему полковник.

— Нет, — огорчила я его, — кстати, еще не установили, кто убил тетю Яны Раду Ильиничну и соседку Таню?

— Очень занят, — сообщил приятель, — давай созвонимся поздней.

Ладно, но только не забывай, что в твоем отделе есть пятая колонна. Я соединилась с Женькой. Есть у меня одна вещичка, за обладание которой ненормальный собачник выложит все тайны.

— Женюсик, — ласково запела я в трубку, — давно не звонишь, как вы там поживаете?

— Говори, что надо, да покороче, забот полон рот, — недовольно отреагировал эксперт.

— Извини, не хотела отвлекать, есть одна штучка для йоркширов, из Парижа привезли, ну да ладно, потом как-нибудь.

И я повесила трубку. Интересно, сразу перезвонит или пойдет в другой кабинет? Звонок раздался примерно через пять минут. Ага, значит, отправился туда, где никто не помешает от души поболтать.

— Что ты там говорила про йоркшириц? — осведомился Женька.

— Так, ерунда, работай спокойно, — издевалась я.

— Ну говори же, — поторопил эксперт.

— Видишь ли, в Париже на прилавках специализированных магазинов появилась новинка. Особые витаминные капсулы, только для йоркширов.

— Ну, — нетерпеливо вскрикнул Женюрка.

— Даешь две штуки на прием, и через пять дней шерсть не путается, ни колтунов, ни комков.

Эксперт потрясенно молчал. Понять его может только тот, кто каждый вечер, прижимая к дивану отчаянно отбивающуюся собаку, расчесывает спутанные лохмы.

— Наверное, вредная для здоровья штука, — выдавил он наконец.

— Да нет, — радостно бросила я, — там просто набор витаминов, вот уж не знаю, почему такой эффект наблюдается.

— Здорово, — потрясенно выронил приятель, — и ты мне их дашь?

— Да, только скажи, нашли убийцу Рады Ильиничны Соколовой?

Женюрка молчал, потом наконец выдавил:

— Вот что, приезжай лучше сюда, ну не по телефону же нам балакать, да и средство это прихвати.

Я повесила трубку и расхохоталась. Ну до чего легко управлять людьми, если знаком с их страстями! Однако перед отъездом надо выпить кофейку.

В столовой сидели старухи.

— Ах, как мы чудесно погуляли по лесу, — воскликнули они в один голос, — и собак брали — Бандюшу и Снапика.

Ну, конечно, Нина Андреевна без любимого пита никуда...

Я налила себе кофе и вздохнула. Сейчас свекровь номер два озвучит обычную присказку.

— Банди следует давать меньше жирной пищи, — завела бабуля, — он опять плохо покакал...

Знаем, знаем, «слишком жидко». И тут зазвонил домашний телефон. Нина Андреевна взяла трубку. Краски разом покинули ее веселое лицо. Щеки запали, и нос странно вытянулся.

— Дорогой, — воскликнула она, — милый, как ты?

Потом протянула мне трубку и прошептала:

— Говорит, времени мало, просит тебя.

Голос Макса прорывался сквозь шум и треск.

— Дашута, здесь карантин по желтухе, к адвокату не пускают, на свидание тоже, пришли лекарства и еды побольше, сигарет не забудь, тут их совсем нет...

— Макс, — завопила я как ненормальная, — где ты спрятал миллион долларов, полученный от Круглого?

— Как где, — изумился экс-супруг, — в сейфе на антресолях, спроси у мамы, она знает.

— Макс! — опять закричала я, но из трубки уже неслись гудки.

Римма Борисовна, ничего не понимая, поглядывала на нас с большим удивлением.

— Мой сын, — пытаясь удержать мелко дрожащую нижнюю губу, принялась объяснять Нина Андреевна, — уехал по делам в Америку, вот и звонит оттуда, правда, нечасто, очень дорого.

— А, — протянула не поверившая ни одному ее слову Римма Борисовна, — понятно, только ведь Даша, кажется, говорила, что вещи ему в тюрьму повезет...

— Пойду, пожалуй, переоденусь, — пробормотала Полянская и вышла из столовой.

Просто железная старуха, редкое самообладание. Но мне тоже следовало отправляться по делам.

Женька сидел перед микроскопом, сосредоточенно уставясь в окуляр.

— Принесла? — нервно осведомился он.

— Узнал? — ответила я.

— Ладно, давай витаминчики, — потребовал приятель.

— Сначала стулья, потом деньги, — отреагировала я.

— Вымогательница, — прошипел Женюрка, — да меня полковник со свету сживет, если узнает.

И он принялся выдавать служебные тайны.

Перед подъездом Яны Соколовой стоят два

ларька. В одном торгуют хлебом, молоком и всяческой выпечкой, в другом — газетами, табаком
и разной мелочью. Продавцам отлично виден
подъезд. К тому же они сами жильцы этого дома
и великолепно знают всех соседей. Те частенько
отовариваются у них. Газетчица даже завела об-
щую тетрадь и дает кое-кому товар в долг. Так
вот, женщины уверяют, что Танечка каждый день
ходила в магазин, покупала Раде Ильиничне свежий кефир. А тут несколько суток не показыва-
лась, не появлялась довольно долго и Яна. Но
некоторое время тому назад студентка вошла в
подъезд своего дома. Потом спустя минут двадцать вышла вместе с какой-то девушкой. Они
сели в машину и уехали. Больше Яна не возвращалась. В квартире нашли отпечатки пальцев
только членов семьи и Танечки. Входную дверь
не взламывали, а открыли ключом. Более того,
уходя, убийца преспокойненько запер замок. Из
дома ничего не пропало. Милиция объявила ро-
зыск студентки, но пока безрезультатно. Слож-
ность заключается еще и в том, что в доме не
нашли ни одной семейной фотографии. Выходи-
ло, что у Соколовых просто не было снимков.
Рада Ильинична и Таня застрелены, другая близкая подруга Яны Женя Полякова стала жертвой
разбойного нападения. Одногруппники посдава-
ли экзамены и разъехались кто куда. Милиция
располагала только двумя маловразумительными
фотографиями девушки. Одна обнаружилась в
паспортном столе, и Яне на ней около шестнад-
цати лет, другую дали в деканате мехмата, выну-

ли из личного дела. Оба снимка черно-белые, небольшие, и идентифицировать по ним Соколову крайне трудно. Тем не менее их раздали патрульным, велев глядеть в оба. Но Яна словно сквозь землю провалилась.

В Раду Ильиничну и Танечку стреляли из пистолета «ТТ». У тетки прострелена шея, потом сделан контрольный выстрел в голову. Тане попали почти в сердце и опять же произвели контрольный выстрел. Все. Больше не удалось узнать ничего. Сначала пытались искать убийцу среди знакомых Гаврилиной. Но Таня была малообщительной, на дискотеки, в рестораны и всевозможные студенческие тусовки не ходила. Любовника не имела, с лицами мужского пола знакомилась неохотно, бизнесом не занималась. Из подруг — только Яна Соколова.

Рада Ильинична последние годы вообще не выходила из дома. За покупками ходили Яна и Танечка. Подышать женщина выходила на балкон. Из хороших знакомых у нее была лишь Амалия Генриховна Кляйн, соседка по старой квартире. Но Амалии пока нет в Москве, она уехала отдыхать в Турцию, что снимает с женщины всяческие подозрения. Срок путевки начинался с 10 июня, когда Гаврилина и Соколова были еще живы и здоровы.

Оставив Женьку изучать вожделенные витамины, я вышла на улицу. Влажная, липкая жара моментально пробралась под кофточку. Ни малейшего порыва ветра, никакого движения воздуха. Я медленно покатила на Новослободскую улицу. Откуда мне знакомы эти имя и фамилия — Амалия Генриховна Кляйн? Кого так звали?

В Бутырской тюрьме гомонила привычная очередь. Позаглядывав в окошки, нашла знакомую Катерину.

— Привет, — обрадовалась девушка и, захлопнув деревянную дверцу, тут же выскочила ко мне.

— Ну вот, ушла, — недовольно протянула толстая тетка, сжимавшая в руках пакет с «раздетыми» карамельками.

— Чего я, не человек, посрать отойти не могу, — вызверилась на бабу Катерина, — будешь ругаться, вообще не вернусь!

— Ладно, ладно, прости уж, — испугалась несчастная.

— Ну народ, — кипела тюремщица, — просто гидры вонючие, иди сюда.

И она втолкнула меня в небольшую комнату с железными шкафчиками, скорее всего раздевалку.

— Чего надо?

— Лекарства и продукты передать. Кстати, что еще приносят?

— Ведро, таз, вентилятор, стиральный порошок, — принялась перечислять Катя, — одеяло, плед, постельное белье...

Я призадумалась, целое хозяйство.

— Давай, — поторопила меня стражница, — топай в универмаг, купи большую сумку, китайскую. Все туда поклади да после трех подходи. Только дорогое не бери, а то отберут, и сигарет побольше. Блоков десять сунь хороших, которые твой курит, и две «Примы» прихвати, «стрелков» угощать. Ханку с дурью не ложь, с этим не пачкаюсь.

— Что? — не поняла я.

— Водку и наркоту не передаю, боюсь, — пояснила Катя.

Следующие два часа носилась по магазинам, и в результате в «Вольво» оказались три неподъемные сумки.

Катька только крякнула, поднимая одну из них.

— Лады, — пробормотала тюремщица, роясь в содержимом, — только неразумный ты человек, ну на фиг ему там одеколон после бритья, ведь выпьет!

— Он не алкоголик, — успокоила я девушку.

— Значит, другие отнимут и выпьют, — радостно усмехнулась Катька. — А это чего?

— Сотовый телефон.

— Ну, — замотала головой деваха, — а потом попадется, начнут колошматить, сразу расскажет, кто принес.

Я быстренько достала еще одну стодолларовую бумажку. Катя секунду поглядела на зеленую купюру и сунула трубку за пазуху. Иголки, ножницы и перочинный ножик нареканий не вызвали.

— Хорошо заплачу тому, кто устроит мне свидание с Полянским, по возможности без стекла, с глазу на глаз, — объявила я.

Катерина покачала головой:

— Не, я только передачки.

Минут через сорок женщина вернулась и протянула грязноватый тетрадный листок: «Все получил, спасибо, Макс».

Утирая со лба пот и пытаясь выгнать из носа чудовищный тюремный запах, я поехала на Горбушку. Ряды палаток уходили вдаль. Продавцы наперебой расхваливали товар. Но мне не были нужны ни «Титаник», ни «Армагеддон», ни «Два придурка». Меня интересовала только порнография. Наконец набрела на палатки с искомой продукцией и принялась разглядывать продавцов. Вот этот, пожалуй, подойдет.

Красномордый парень с бычьей шеей лениво потягивал из темной бутылки пиво. Взгляд его сонно пробежал по толпе. Я приблизилась к коробкам и принялась изучать ассортимент. Так, «Веселые каникулы», «Монашки на отдыхе», «Стальная машина»...

— Прикольная штука, — щелкнул пальцем по «Монашкам» продавец, — только получил.

Я скорчила рожу:

— Небось ничего нового, тискают бедных баб по всем углам...

— А ты чего хотела, — изумился парень, — картин платонической любви? Это не у меня.

— Да нет, — продолжала я кривляться, — просто такое однообразие, все уже проглядела — и лесбиянок, и «голубых», и зоофилов. Больше не цепляет.

— Есть семейное порно, — сообщил продавец, — снято скрытой камерой, не какая-нибудь там инсценировка, все вживую.

— Фу, еще хуже. Бабы как на подбор старухи, у мужиков волосатые подмышки и брюхо до колен, стошнит глядеть.

— Так чего тебе надо? — вызверился торговец.

— Говорят, можно заказать кино по собственному сценарию, с малолетками, например, или садомазохизм.

— Можно-то можно, — вздохнул красномордый, — знаешь, сколько стоить будет?

— Мне все равно, — безнадежно махнула я рукой, — лишь бы мужа завести.

— «Виагру» купи, — усмехнулся торгаш, — дешевле станет.

— Слушай, доктор, — решила я возмутиться, — без тебя знаю, что и кому купить. Не хочешь брать заказ, не надо, другого найду.

— Уж и пошутить нельзя, — сразу дал задний ход собеседник, — подходи минут через десять.

Я послушно пошла бродить по рынку. Солнце припекало немилосердно, между палатками шмыгали бойкие бабульки, продававшие воду и домашнюю выпечку. Купив у одной банку пепси, я залпом выпила противную теплую жидкость и вернулась к порнухе.

Около красномордого парня курил мужик в грязных джинсах.

— Тебе, что ли, на заказ лента понадобилась?

Я кивнула.

— Сценарий твой или мой? Говори, что хочешь?

— А снимает кто?

— Я.

— Мне говорили, у вас лучший мастер Антон Медведев.

— Кто? — удивился «режиссер».

— Антон Медведев.

— Не знаю такого, — процедил «кинематографист», — много фамилий слышал, но такую в первый раз. Так будешь заказ делать?

— Вот что, приеду сюда завтра, а ты порасспрашивай насчет Медведева. Если сведешь с ним, сделаю у тебя заказ.

Парень подозрительно глянул на меня.

— Нашла дурака, — потом сплюнул и ушел.

Красномордый поглядел ему вслед и сообщил:

— Чего встала? Иди, коли товар не нужен, покупай своему импотенту «Спящую красавицу».

Я приблизилась к нему вплотную и тихо прошипела:

— А вот так разговаривать не надо, хуже будет.

— Ой, ой, ой, как испугала, — заржал толстомордый, — сейчас заплачу. Ну-ка поглядим, кому хуже будет, — и он засвистел в два пальца.

Словно из-под земли возникли парни, одетые, несмотря на жуткую жару, в черное.

— Что случилось, Андрюш? — спросил один.

— Да вот тетка хулиганит, — пояснил торговец, — брать ничего не берет, ругается.

Нехорошо усмехаясь, парни двинулись ко мне. Я вытянула вперед руку с «охранной грамотой» Круглого и властно приказала:

— Ну-ка, сявки, ведите сюда бугра.

Охранники притормозили, потом один почесал в затылке и исчез, другой встал на почтительном расстоянии. Пяти минут не прошло, как появился мужчина лет тридцати пяти с гадкими, пронырливыми глазами. В момент оценив кольцо, пришедший заулыбался, растягивая чуть ли не до ушей щелеобразный рот.

— Уж простите мальчиков — простые овчарки, тонкостям не обучены.

— Просто безобразие, — сказала я, — пришла кинушку купить, так мало, что выбрать не из чего, еще и базар затеяли.

— Ты зачем уважаемого человека обидел? — спокойно спросил мужик толстомордого.

— Не хотел, простите, кто ж знал, что она из ваших, — затрясся продавец, — думал, просто баба поприкалываться хочет.

— Я тебе потом все объясню, — тихо сообщил старший, потом повернулся ко мне: — Пойдемте, покажу настоящий товар, а не макуху.

Мы двинулись между рядами к небольшому двухэтажному сарайчику. На первом этаже оказался уютный кабинетик с телевизором, видиком, кофеваркой и крохотным холодильничком.

Мужик улыбнулся, демонстрируя безупречно сделанные зубы, достал мобильный и приказал:

— Серый, тащи все, что есть. Только смотри, чтобы были первые копии.

Потом повернулся ко мне и поинтересовался:

— Водички не желаете? Жара, как в Африке.

Сглотнув ледяную жидкость, я пошла напролом:

— Очень надо найти Антона Медведева, снимающего порно.

Мужик снова достал телефон.

— Колька, живо сюда.

Прибежавший Коля долго кусал губы.

— Медведев, Медведев, кто ж такой? Не знаю.

— Можете узнать? — попросила я.

— Обязательно, — заверил Коля, — позвоните Анатолию Игоревичу завтра. Если только этот Медведев в Москве, из-под земли достану.

— Кланяйтесь Ивану Михайловичу, — сказал Анатолий Игоревич, протягивая мне визитку, — кассетки возьмите.

И он протянул пакет. Я полезла за кошельком. Анатолий Игоревич рассмеялся:

— Нет, нет, ну что вы!

Я зашвырнула в «Вольво» абсолютно ненужные фильмы и поехала домой. Хватит с меня, отдохну немного и переварю скудную информацию. Медведева никто не знает, может, и не снимает давно или вообще только один фильм сделал и забросил «искусство».

Интересно, почему милиция не нашла в квартире Соколовых фотографий? Хорошо помню, как Рада Ильинична достала из шкафчика на кухне толстый альбомчик и демонстрировала Яну во всевозможных видах. И откуда мне знакомо это имя — Амалия Генриховна Кляйн, слишком редкое, чтобы часто встречаться.

«Вольво» мирно катился по шоссе. Из радиоприемника несся идиотски бодрый голос ди-джея:

— А сейчас наша несравненная Ада Кунцина расскажет о новинках. Тебе слово, Адочка!

От неожиданности я со всего размаху нажала на тормоз. Сзади послышался громкий мат и звон.

— Какая дура останавливается посередине дороги! — вопил потный мужик, сокрушенно разглядывая разбитую фару своих «Жигулей». — Ну не кретинка...

Он кричал, широко разевая рот, призывая на мою голову все несчастья из ящика Пандоры. Но я не слышала этого визга.

Ада! Аделаида Генриховна Кляйн, жена Семена и его предполагаемая убийца. Интересно, в каких она отношениях с Амалией Генриховной Кляйн, закадычной подружкой убитой Рады Ильиничны Соколовой?

Глава 20

Дома первым на глаза попался Бекас.

— Вот никак в толк не возьму, — спросил парень, — за каким шутом французы пишут одни буквы, а читают вслух другие?

Сложный вопрос, сама не знаю. Обычно преподаватели отделываются фразочкой типа — «это вытекает из логики структуры языка».

— За французский взялись? — поинтересовалась я.

— Ага, — кивнул Бекас и показал учебник Може, — первая тема — «Моя семья». Манька сказала, если в августе экзамены нормально сдам, то она возьмет меня на неделю в Париж. Диснейленд покажет. С ней, наверное, здорово поехать, все там знает и говорит как по-русски.

— Экзамены? — изумилась я. — Что же сдавать будешь?

— Существительное, правописание «о» и «е» после шипящих, потом задачки на движение, пересказ романа «Мертвые души» и поэмы «Евгений Онегин», а по французскому — темы «Моя семья», «Зоопарк» и «Продукты», — старательно перечислил Бекас.

Потом помолчал секунду и добавил:

— «Евгений Онегин» — еще ничего, а «Мертвые души» — это просто жуть. Чичиков-то — чистый мошенник, ему 147-ю статью, часть третью применить можно. Вот ведь придумал — покойников покупать, до такого даже наши не доперли.

— Экзамен кто же принимать будет? — поинтересовалась я.

— Да сама Маня, — вздохнул Бекас, — зверь просто. Вчера упражнение домашнее не сделал, ну не успел, так она линейкой отколотила и на сегодня целых четыре задала. Иван Михайлович очень смеялся, а потом сказал, что она права.

Я пошла в столовую. Доморощенный Макаренко пил какао.

— Между прочим, — укорила я ее, — учеников нельзя бить физически, наказывать можно только морально.

— Так не понимает ничего и ленится вдобавок, — вскипела Манюня. — Видишь ли, у его хозяина какие-то разборки вчера произошли. Я объяснила: мне без разницы, что там у него произошло, какие стрелки, перестрелки... Изволь уроки делать, ну и дала для порядка пару раз линейкой по башке. Ябеда.

— Я не ябедничал, — обиделся появившийся Бекас, — к слову пришлось.

Ухватив блюдечко с пирожными, они пошли в кабинет.

Я растянулась в гостиной на диване. Иногда жизнь моей семьи напоминает плохо написанную пьесу абсурда. Маня на полном серьезе считает, что, разобравшись со своими бандитскими делами, Бекас обязан писать упражнения по правописанию гласных после шипящих.

На следующее утро меня разбудил мобильный. Приятный густой мужской голос осведомился:

— Ну, Дашенька, как продвигается расследование?

— Кто это? — изумилась я.

Мужчина вздохнул:

— Вы жестоки, могли хоть изобразить, что помните меня, а ведь вчера кольцо вам помогло.

— Простите, Иван Михайлович, — искренне раскаялась я.

— Если сейчас на минутку подъеду, не затрудню?

— Нет, нет! — И я побежала переодеваться.

Спустя буквально десять минут во двор въехала весьма непрезентабельная, грязноватая «копейка». За рулем сидел незнакомый парень, другой, сидевший рядом, вылез и распахнул заднюю дверцу.

Иван Михайлович ловко выбрался наружу. Белые брюки, свежая рубашка-поло, абсолютно прямая спина и никакого намека на живот. Если не знать, сколько ему лет, подумаешь, что чуть за пятьдесят.

Откуда ни возьмись вылетели собаки и погалопировали к приехавшим. Впереди, гордо отставив длинный тонкий хвост, несся пит.

— Какие красавцы, — восхитился Круглый, бросая быстрый взгляд на наш дом. — Идите сюда, мальчики.

Собаки только этого и ждали. Плотной группой они кинулись знакомиться. Пит поставил передние лапы прямо на бежевую рубашку гостя и попытался облизать лицо Круглого.

— Банди, — возмущенно крикнула подошедшая Нина Андреевна, — фу, как не стыдно.

— Знакомьтесь, — проговорила я, — это моя свекровь.

Иван Михайлович церемонно поцеловал старухе руку, и мы пошли в гостиную. У окна с горой кассет в руках стояла Маня.

— Так это вы бьете Бекаса линейкой, когда он не делает уроки? — улыбнулся Круглый.

Маня покраснела.

— Подумаешь, один раз всего и треснула, уже всем растрепал, болтун.

В нашем доме совершенно невозможно сделать что-то тайно. В гостиную тут же примчалась любопытная Римма Борисовна.

— Знакомьтесь, — опять завела я, — это моя свекровь. Мама третьего мужа.

Все выпили кофе, и Иван Михайлович спросил:

— Ну, Дашенька, теперь покажите счета, разберемся в проблеме. Как бухгалтер, люблю сначала познакомиться с документами.

Мы пошли в кабинет, закурили любимый «Голуаз», посмотрели друг на друга... И тут вошел Кеша. Нет, в другой раз следует назначить встречу в «Макдоналдсе».

Снова последовала церемония представления, и вдруг Круглый спросил:

— Вы ведь адвокат? Хочу предложить небольшое, простое дело. Если справитесь, клиенты косяком пойдут.

У Кешки загорелись глаза. Иван Михайлович продолжал:

— Сегодня в шесть вечера жду в ресторане Центрального дома литераторов, там и побеседуем.

После того как в кабинет по очереди заглянули все домашние — Ольга за срочно понадобившейся книгой, Маня в поисках писчей бумаги, Нина Андреевна с вопросом о наличии в доме валокордина и Римма Борисовна, желавшая срочно найти шариковую ручку, — мы наконец остались вдвоем.

Иван Михайлович покачал головой:

— Большое у вас хозяйство.

Я махнула рукой.

— Давно бросила мысль побыть дома в одиночестве. Всегда кто-нибудь прибежит и потребует внимания.

— Если с вами что-нибудь случится, — заметил Круглый, — всем будет плохо. А вы, Даша, лезете очертя голову в такое место, где на каждом углу капканы. Давайте поступим по-другому. Макс долгие годы являлся моим компаньоном, хорошим, аккуратным и, что особенно ценно, честным напарником. С его арестом я много потерял и материально, и морально. Поэтому заинтересован в скорейшем освобождении Полянского. У меня есть кое-какие друзья, сейчас нажмем на все кнопки, быстренько провернем судебный процесс. Сведем дело к убийству по неосторожности, получит всего ничего, тут же выведем на поселок, потом оформим условно-досрочное, и все — свободен!

Я затрясла головой:

— Значит, Макса осудят за убийство?

Круглый кивнул:

— Да, но зато он быстро выйдет. И потом, в наше время срок за плечами совсем не позор.

— Но он не убивал!

— А кто?

Я молчала.

— Не знаете, — констатировал Круглый, — только хуже ему делаете. Пока играетесь в частного детектива, мужик в камере сидит. Знаете, сколько люди суда ждут? По два-три года в Бутырке парятся. Кстати, там в камерах по очереди спят, места нет.

— Попробую перевести Полянского в маломерную, на пять человек, — пробормотала я.

— И сделаете глупость, — пояснил Круглый, — во-первых, там окажется не пять, а девять клиентов. Во-вторых, скорее всего двое или трое с туберкулезом или еще с какими болячками. Звучит парадоксально, но в камере на сто двадцать человек сидеть лучше, если приятелей завел. И потом, поймите, никому, кроме Макса, Вероника не мешала. У нее были любовники, Семен Воробьев, например, или Леня Кошкин, который яичный бизнес прибрал к рукам. Может, он двух зайцев убил — и от любовницы избавился, и дело получил.

Иван Михайлович вздохнул.

— Но Кошкин — мелкий, глуповатый жулик, и бизнес ему не возглавлять. Там уже давно другой человек управляется, мой ставленник. Вернется Макс, опять у руля станет. Послушаетесь меня — через год Полянского освободим. Пустите на самотек, лет этак семь-восемь просидит.

Я молчала. Круглый — тоже. Наконец он стукнул ладонью по столу:

— Хорошо, пойдем на компромисс. Даю две недели, найдете убийцу — чудесно, не найдете — начинаю вытаскивать Полянского своими способами.

— Неплохо бы у Макса спросить, что он думает сам по этому поводу, — сказала я и, достав телефон, принялась набирать номер переданного в тюрьму сотового.

Но из трубки неслись гудки.

— Куда звоните? — осведомился Круглый.

— В камеру, Максу.

Иван Михайлович оглушительно захохотал:

— Мобильник протащили! Как это ухитрились на свидании передать? Только он небось днем звонок отключил, насколько знаю, ребята по ночам звонят, чтобы не застукали!

— На свидании была только один раз, больше не попала — там желтуха. И к адвокату не водят.

Круглый посерьезнел:

— Очень не люблю пускать ситуацию на самотек. Предлагаю план. Завтра позвонит человек и объяснит, как попасть на свидание. Поговорите с Полянским, изложите мое предложение. Думается, он согласится. Сами попробуйте за две недели найти убийцу. Но будьте осторожны, если подобный человек существует, он хитер и злобен.

После отъезда Ивана Михайловича я позвонила Амалии Генриховне Кляйн. Женька оказался прав: у нее дома никто не снимал трубку. Ладно, тогда свяжусь с Анатолием Игоревичем. Но визитная карточка куда-то завалилась. Я вытряхнула содержимое сумки на стол и принялась рыться в груде вещей. Пачка носовых платков, ключи, расческа, телефонная книжка, мятные леденцы, сигареты... А это что за бумажка?

Я повертела в руках квитанцию об оплате. «Салон «Оракул». А, это бумажка, найденная в джипе. Интересно, что делал Макс в салоне, может быть, стригся?

В «Оракуле» трубку схватили тут же:

— Слушаем вас внимательно.

— Хочу записаться к мастеру.

Женский голос помолчал, потом осведомился:

— Имеете в виду экстрасенса?

— Простите, это не парикмахерская?

— Нет, салон «Оракул», сеансы ясновидения, гадания по руке и на картах Таро, коррекция кармы...

— Чудесно, как к вам попасть?

Записав адрес, быстро побежала одеваться. Времени так мало, всего две недели, а надо проверить всех подозрительных.

«Оракул» занимал помещение, где раньше была поликлиника. В регистратуре ласково улыбающаяся женщина постаралась приободрить клиентку:

— Расскажите о проблемах, подберу специалиста.

— Моя подруга, — начала я вдохновенно врать, — посетила здесь гадалку, которая ей очень помогла, но она не помнит имени, зато сохранила квитанцию об оплате.

И я протянула регистраторше скомканную и грязную бумажку.

— А, Марина Мак, — оживилась дама, — наша лучшая ясновидящая, знаете, вам жутко повезло, к ней за месяц записываются, но сегодня случайно оказалось «окно». Идите в седьмой кабинет, сейчас позвоню Марине.

Я пошла по широкому коридору и наткнулась на нужную дверь возле туалета. Стукнув несколько раз в филенку и не получив ответа, толкнула створку двери.

Странная комната предстала перед глазами. На улице яркий, солнечный, жаркий день. Здесь — задернутое плотной шторой окно и непонятно откуда льющийся мягкий свет, еле-еле рассеивающий полумрак. В правом углу киот с иконами и зажженной лампадой. Почти весь центр не слишком просторной комнаты занимал круглый стол, покрытый бархатной, свисающей до полу скатертью. На столешнице полно интересных предметов. Я подошла поближе и с любопытством уставилась на них. Большой, похожий на хрустальный шар в черной подставке, несколько колод карт, подсвечник, куриное яйцо и какие-то странные переливающиеся кристаллы необыкновенного темно-фиолетового цвета. Я потрогала их пальцем. Неожиданно странные камешки, как живые, покатились со стола. Чертыхаясь, я присела на корточки и стала собирать их. Один попал под стол. И, подняв довольно пыльную скатерть, я полезла за потерей.

Тут дверь кабинета стукнула, послышались женские голоса.

— Входите, пока никого нет, правда, из регистратуры звонили и сказали, что есть клиентка, — сказала обладательница меццо-сопрано.

— У вас тоже народ не идет? — поинтересовалась вторая, говорившая более резким и высоким голосом.

— Беда да и только, может, жара подействовала, может, деньги у людей кончились, — пожаловалось меццо, — в этом месяце, по-моему, всего человек десять пришло.

— А я, Мариночка, снова с просьбой, — приступила к делу визгливая тетка.

Я затаилась под столом, чувствуя, что попала в идиотское положение. Надо срочно вылезти и прояснить ситуацию. Но тут разговор продолжился.

— Нельзя опять этого Антона Медведева попросить с разводом помочь?

— Отчего же, пожалуйста, — любезно согласилось меццо, — вы же знаете условия. Присылайте клиентов с фотографией, цена прежняя.

— Просто золотой юноша, — восторженно кудахтала обладательница резкого голоса, — как дело провернул! Судья сразу развел, даже на обдумывание ничего не дал. Девка только рыдала, если бы не Антон, точно бы так быстро и удачно все не кончилось. И потом, знаете, Аня столько сил положила, но сын от жены ни в какую уходить не хотел. Теперь даже в ее сторону глядеть не хочет. Мариночка, душечка, позвоните прямо сейчас.

— Клиентку жду, — отбивалась Марина.

— Ну еще секундочку, умоляю.

— Ладно, — согласилась ясновидящая, и они вышли в коридор.

Я вылезла из-под стола, швырнула на скатерть собранные камешки и быстро выскочила в туалет. Мою пыльные руки, смотрела в зеркало и думала. Конечно, Антон Медведев не редкое сочетание имени с фамилией. Может, это абсолютно другой человек, но пока это был единственный Антон Медведев, встретившийся на моем пути.

Я постучалась в кабинет и робко сказала:

— Простите, в туалете задержалась.

Сидевшая у стола женщина царственным жестом указала на стул. Колоритная особа. Темные густые волосы причесаны на прямой пробор.

Толстая коса перекинута через левое плечо и теряется где-то ниже талии. Огромные карие глаза, словно бы без зрачков, абсолютно белое лицо. Только рот с пухлыми, чувственными губами выпадал из облика святоши. На полной красивой шее резко выделялась широкая цепочка с крестом.

— Садитесь, — пропела Марина Мак, — и расскажите все, что тревожит.

Я сложила руки ковшиком, закатила глаза и, старательно изображая кликушу, принялась стонать и жаловаться.

Вкратце история выглядела так. Мой сыночек, кровиночка ненаглядная, детка единственная, мамой выпестованная, нашел себе жену. Не девку, а наглую особу, приехавшую из Киева. Сволочная сноха абсолютно окрутила интеллигентного мальчика. Заставляет работать с утра до ночи, покупает шубы и золотые украшения. На мать сын совсем перестал обращать внимание. Разводиться с гадкой плебейкой не собирается, она его явно приворожила. А у меня начались головные боли, пропал аппетит и сон, страшная разбитость и усталость во всем теле.

— Расслабьтесь, — проворковала Марина, — положите ладони на колени.

Она принялась энергично махать за моей спиной руками.

— Чувствуете приятное тепло?

— Удивительно расслабляет, — отозвалась я, не ощутив ровным счетом ничего.

— Дело ясное, — вынесла вердикт Марина, —

на вас сильная порча. Невестка обратилась к черной колдунье и сделала заговор на смерть.

— Боже! — вполне натурально изобразила я испуг. — Что же мне теперь, умирать?

Госпожа Мак успокаивающе подняла руки.

— Конечно, нет, хорошо, что вовремя пришли. Сейчас почистим ауру, посмотрим, что у вас с кармическими домами.

Она зажгла палочку благовоний и принялась за работу. Порчу выкатывали яйцом. Белая скорлупа в результате махинаций потемнела, а желтая восковая свеча стала темно-фиолетовой. Были даны заговоренные булавки, их следовало носить в подоле, острием вниз. Еще особый песок и талисман.

Наконец Марина устала. Я поглядела на нее и осведомилась:

— А нельзя на невестку порчу навести?

— Я белая колдунья, — объяснила ясновидящая.

— Жаль. Ваш адрес мне дала подруга, ей очень помог Антон Медведев.

— Как зовут подругу? — резко спросила Марина.

— Ну не совсем подруга, соседка по лестничной клетке...

— Как зовут?

— Вероника Медведева, — быстро ответила я.

— Ника? — удивилась Марина. — Вас направила ко мне Ника? Ну почему же вы сразу не сказали? Я, как дура, с яйцом вокруг вас бегаю. Кстати, куда она подевалась? Звоню, звоню ей... Мобильный отключен, домашний молчит.

— Уехала с мужем в Париж, отдыхать.

Марина вздохнула:

— Ну, в общем знаете, как и что?

Я покачала головой:

— Нет, просто пожаловалась Нике, а она сказала, что есть такой Антон Медведев, который поможет сделать так, что сын разведется с невесткой.

— Антон — платный любовник, — пояснила Марина. — Сейчас расскажете немного о невестке, какой она человек, что любит, чем увлекается, где ее легче найти одну. Дадите фотографию и пятьсот долларов. Антон начнет ухаживать за девчонкой, мы пошлем фотографии вашему сыну.

— Не поверит, а она отопрется, скажет, монтаж.

— Тогда устроим постельную сцену.

— Как?

— Очень просто. Ну, во-первых, Антон изумительно хорош собой, поэтому некоторые по доброй воле укладываются в койку. А если не захочет, пара капель снотворного в шампанское, и крепкий сон до прихода вашего сына обеспечен. Останется только проследить, чтобы обманутый супруг приехал по указанному адресу. Дверь окажется открытой, и неверная жена будет обнаружена в объятиях другого. После завершения операции дадите мне еще пятьсот баксов. Если обиженный муж накостыляет Антону по шее, добавите столько же. Понадобятся показания в суде — за отдельную плату.

— Дорого как! — протянула я.

— Дело ваше, — ответила Марина, — живите и дальше с невесткой. Насчет порчи не знаю, а невроз или язва желудка вам точно обеспечены. А так заплатите деньги и забудете про проблему.

— Вдруг не выйдет? — продолжала я сомневаться.

— Даю полную гарантию. Антон уже многим помог, осечек не бывает. Есть фотография?

— Можно самой с ним встретиться?

— Нет, — резко отрезала Марина, — вы имеете дело исключительно со мной и деньги платите мне. Антон станет встречаться только с объектом.

Я вздохнула и полезла в сумку. В моем портмоне воткнут небольшой снимок смеющихся Зайки и Аркадия. Марина повертела его в руках и принялась расспрашивать.

Глава 21

Из «Оракула» я выскочила мокрая как мышь, вся провоняв невероятными благовониями. Таинственный Антон должен был начать действовать уже сегодня. Сев в машину, на всякий случай набрала номер Амалии Кляйн, не надеясь на успех, и тут же услышала взволнованное контральто:

— Слушаю!

— Простите, кем вы приходитесь Аделаиде Генриховне Кляйн, жене Семена Воробьева?

— Бог мой, я ее сестра! — вскричала женщина. — Говорите скорей, вы из тюрьмы, от Адочки? Если принесли письмо, награжу по-царски.

Решив не разубеждать собеседницу, я договорилась о встрече через полчаса.

— Умоляю, не задерживайтесь, — просила Амалия, — просто умираю от нетерпения.

Я постаралась не разочаровывать ее и ровно в пятнадцать часов уже входила в подъезд кирпичного, явно кооперативного дома, построенного году в шестидесятом. В подъезде древняя старуха сонно подняла глаза от газеты и поинтересовалась:

— Вы к кому?

— К Амалии Генриховне.

— Второй этаж, — прошамкала лифтерша, но с лестницы уже несся голос:

— Сюда, сюда, поднимайтесь.

В дверях квартиры стояла крупная белокурая женщина, этакая Брунгильда с высокой грудью и крутыми бедрами. Она не казалась полной, просто очень большой. Рост, наверное, все метр восемьдесят, крупные черты лица, голубые глаза слегка навыкате, изящный нос. Наверное, в обычном состоянии смотрится хорошо, но сейчас лицо Амалии покрывали красные пятна, а неожиданно маленькие ручки нервно комкали то, что еще недавно было носовым платком.

— Давайте записку, — потребовала она.

— Простите, если разочаровываю, но пришла не от Ады. Я адвокат Максима Андреевича Полянского, вы ведь знаете Макса?

— Конечно, — сказала Амалия, — а что, Макс хочет помочь Аде и поэтому прислал вас?

Она посторонилась, предложила мне снять босоножки и провела в просторную комнату с эркером. Вся обстановка помещения, слегка старомодная и немного безвкусная, свидетельствовала о том, что здесь живут хорошо обеспеченные люди. Бархатные шторы, довольно пыльные на мой взгляд, отличный узбекский ковер и гарнитур «Людовик XIII» для гостиной. Жуткие коричневые шкафы, богато украшенные позолотой. На потолке огромная бронзовая люстра, по углам обитые голубой парчой кресла, в эркере примостился такой же диван.

Амалия рухнула на кокетливую козетку и простонала:

— Ужас, кошмар! Макс — единственный человек, который решил помочь. Не поверите, но друзья все поголовно отвернулись. Не хотят иметь ничего общего с родственницей убийцы.

Я вздохнула и рассказала все: про убийство Вероники и арест Максима, про то, как видела из окошечка Аду и про свои сомнения.

Амалия то бледнела, то краснела, совершенно изорвав платок. Выслушав до конца, она заломила руки:

— Это конец. Адочку посадят по крайней мере на десять лет, и она умрет в неволе. Боже мой, просто рок преследует семью, сначала папа, потом она.

Я непонимающе уставилась на хозяйку. Амалия закурила и начала рассказывать давно забытую историю.

Генрих Кляйн происходил из семьи этнических немцев. Но от предков осталась одна фамилия. Языком дома не владели. Кляйны осели в России так давно, что с успехом могли считаться русскими. Пращура привез из Голландии Петр I. На протяжении веков мужчины семьи Кляйн занимались одним делом — торговали продуктами. Причем делали это настолько успешно, что перед 1917 годом составляли конкуренцию Елисееву и Рябушинскому. Но если последних вихрь революции подмял и уничтожил, то Кляйн оказался на коне. Дело в том, что Карл Кляйн, дед Амалии и Ады, сочувствовал большевикам. Будучи человеком более чем богатым, не раз давал Ленину деньги, за что получил от него несколько благодарственных писем. Автографы вождя послужили охранной грамотой для семьи в тридцатых годах, когда начались аресты. У чекистов не поднялась рука арестовать человека, не раз провозившего в мешках с продуктами газету «Искра». А может быть, дело было в том, что Карл не лез в политику, не участвовал ни в каких течениях и отклонениях. Он просто руководил одним из крупнейших московских гастрономов, умело общаясь с покупателями и начальством. После его смерти к рулю встал сын Генрих. Произошло это в 1957 году. Сталин умер, ксерокопии ленинских автографов украшали рабочий и домашний кабинеты Кляйна. Подлинники он спрятал и не отдал в архив.

Аделаида и Амалия родились с разницей в один год. Красивые крупные белокурые девочки, все в отца. От матери достались лишь изящные руки, ноги тридцать пятого размера и робкий характер. Сестры общались только друг с другом, стесняясь заводить друзей. Жили они при коммунизме. То, что у семьи не было проблем с продуктами, — понятно. Но еще они одевались в двухсотой секции ГУМа, доступной только для высшего партийного руководства, ездили отдыхать за границу. И не в какую-нибудь там Чехословакию и Болгарию, а в абсолютно недосягаемые для советского человека Францию и Италию. Трехэтажная дача в Кратове, а за железными воротами гаража не одна, а две машины — «Волга» и невероятная по советским меркам вещь — «Фольксваген».

Первые неприятности у девочек начались, когда умерла их всегда тихая и молчаливая мама. Отец сильно пил несколько недель, потом нанял двух домработниц. Домой Генрих приходил поздно, почти ночью. Ада и Амалия росли сами по себе, оставаясь, несмотря на богатство, нормальными советскими детьми, сначала пионерками, потом комсомолками. По очереди поступили в институт, затем в аспирантуру. Из друзей — только Макс Полянский да дочь папиного заместителя Ильи Каца. Когда Ада закончила учебу, папа, спохватившись, увидел двух кандидаток в старые девы. Со свойственной ему предприимчивостью Кляйн принялся устраивать судьбу дочерей, и через полгода сыграли две свадьбы. Девочки получили в приданое по квартире с обстановкой, по машине и по тугой сберкнижке.

Счастливая жизнь рухнула сразу, когда промозглым мартовским днем Генриха арестовали по обвинению в хищении социалистической собственности. Амалии и Аде дали только одно свидание с отцом. Абсолютно белый, без кровинки в лице он попрощался с дочерьми, понимая, что из тюрьмы не выйдет. После общих слов и наказаний дружить друг с другом Генрих произнес странную фразу: «Главное, чтобы от вас не убежал заяц. Девочки, умоляю, ходите к маме на могилу каждый день. Имейте в виду, что заяц может прожить до девяноста лет».

Ни Ада, ни Амалия так и не поняли, что же хотел сказать отец. Родительскую шестикомнатную квартиру на улице Горького конфисковали, та же судьба постигла дачу, машины и отцовскую сберкнижку. Но ни оперативники, проводившие обыск, ни судебные исполнители не нашли ни драгоценностей, ни золота, ни валютных запасов.

Генриха Кляйна расстреляли. Дочери не знали, где и когда это произошло. Тела расстрелянных родственникам не отдавали. Но судьба выкинула странную шутку. Выполняя наказ отца, Ада и Амалия часто ездили в колумбарий Донского крематория, где покоился прах их матери. Один раз Амалия отправилась туда одна и просидела в каком-то странном ступоре возле ниши почти до ночи.

Около девяти вечера, когда сторож велел девушке идти домой, она двинулась по центральной аллее к выходу и у дверей крематория увидела двух милиционеров, сгружавших на каталку простой гроб из необструганных досок.

Удивившись такому странному и позднему погребению, Амалия подошла поближе. Милиционеры покатили каталку внутрь. Сама не понимая почему, Амалия пошла за ними и увидела, как стражи порядка с легким матерком ставят груз на полозья. Подошла дежурная, нажала кнопку, гроб провалился вниз. Менты, утирая пот, ушли. Служащая двинулась было в контору, но тут увидела спрятавшуюся за колонной женщину.

— Кого это так странно кремировали сейчас? — поинтересовалась Амалия.

Похоронных дел мастерица сначала промолчала, но сторублевая бумажка развязала ей язык.

— Ох, — сказала тетка, — к нам иногда привозят тела казненных, вот и сейчас такого доставили.

— Посмотрите, как фамилия, — дрогнувшим голосом попросила Амалия.

— Кляйн Генрих Карлович, 1923 года рождения, — ответила служительница, кинув быстрый взгляд на документы, — сегодня расстреляли.

Амалия ухватила ее за руку, сунула бабе свой паспорт. Служительница посерела и потащила женщину в контору. Там, налив Амалии водки, баба молча выслушала ее просьбу. То ли она была жалостлива, то ли дело решили антикварные серьги с бриллиантами, которые Амалия вынула из ушей, но около полуночи служительница принесла в контору банку из-под растворимого кофе, наполненную пеплом.

Через несколько дней дочери поставили ее в нишу, где хранилась урна с прахом матери.

После ареста отца муж Амалии бросил ее, решив не связывать свою судьбу с дочерью осужденного по расстрельной статье. Аде повезло больше. Семен остался с ней. Правда, жизнь у них не очень клеилась. Сеня не пропускал мимо себя ни одной юбки, детей у них не было. Аделаида увлеклась садоводством и все свободное время проводила на даче, выращивая там цветы и какие-то необыкновенные овощи.

— Просто не могу понять, зачем она его убила, — всхлипывала Амалия, — ведь давно привыкла к изменам, можно сказать, махнула на них рукой. Да и Сеня как муж был ничего, заботился о ней. То шубу купит, то кольцо, в деньгах не ограничивал. Честно говоря, Аде даже нравилось, что Сеня физически к ней охладел. Она не страстная женщина. Семен и не думал разводиться с Адой. Спокойная, интеллигентная жена, закрывавшая глаза на все его приключения, устраивала мужика полностью. Вот такой брак! И совершенно непонятно, почему Ада так взбесилась. Ведь последнее время, приезжая с дачи домой, она всегда предварительно звонила мужу, чтобы не поставить ни себя, ни его в глупое положение.

— Странно, что она воспользовалась пистолетом, — вздохнула я, — и удивительно, как, не умея стрелять, попала в цель!

Амалия внимательно посмотрела на меня.

— Мы с Адой почти всю юность ходили в секцию стрельбы из пистолета. И она, и я мастера спорта по этому виду. Ада ночью в муху попадет.

Я разинула рот: ну и информация.

— Значит, думаете, что убийца — Ада?

Амалия снова закурила.

— К сожалению, здесь и думать нечего. Она мне вчера звонила, у них в камере есть сотовый.

— Вчера? Когда же вы вернулись?

— Уже неделю, просто все время в бегах, то продукты передавала, то вещи.

— И что Ада сказала?

— Слышно было очень плохо, треск, гул. Просила прощения. Так и выкрикнула: «Извини меня, Амалька, за все, не выдержала, пристрелила мерзавца, столько горя тебе причинила. Забудь меня поскорей!»

Амалия, всхлипнув, подошла к буфету и принялась капать в стакан резко пахнущие капли.

Я решила переменить тему:

— Вы знакомы с Радой Ильиничной Соколовой?

— Конечно, — ответила Амалия, — это ведь наша с Адой единственная близкая подруга, дочь папиного заместителя Ильи Каца.

— Как же так? — изумилась я. — Вроде замужем не была, а фамилию поменяла!

— Илью Соломоновича арестовали вместе с папой, — пояснила Кляйн, — но не расстреляли, а осудили на пятнадцать лет. Он умер в заключении. Его жена вышла второй раз замуж и дала дочери фамилию отчима. Радочка — очень больной человек, замуж никогда не выходила, воспитывает племянницу, чудесную умную девочку. А почему вы про нее спрашиваете?

Я подождала, пока женщина вновь сядет в кресло, и сообщила о смерти подруги.

Бедная Амалия посерела и снова схватилась за капли.

— Я говорила ей, предупреждала, советовала спрятать в банк, так нет, дома держала. Вот грабители и узнали, может, Яна перед подружками похвасталась.

Ничего не понимая, я уставилась на Амалию. Та прояснила ситуацию.

Генриха Кляйна арестовали внезапно, а Илью Каца — только через два дня. Вот мужчина и успел спрятать кое-какие драгоценности. Милиция не обнаружила тайника, и Раде Ильиничне досталось все его содержимое. Чтобы не привлекать внимания, женщина очень аккуратно распорядилась богатством. Изредка продавала царские золотые червонцы. Деньги тратила осторожно, дорогой одежды, мебели и автомашин не покупала, но старости не боялась.

Шкатулку с драгоценностями держала в шкафу, под нижним ящиком в небольшой нише. В свое время Рада показала подругам тайничок. «Если внезапно умру, — пояснила она сестрам Кляйн, — возьмите себе, продавайте потихоньку и давайте Яне деньги. Молодая она, как бы сразу все не спустила. А то еще наденет что-нибудь сдуру в университет, похвастаться перед подружками».

Хвастаться было чем. Изумительной красоты

старинный гарнитур из изумрудов: колье, кулон и кольцо. Диадема с восемнадцатью чистыми бриллиантами, примерно десять пар серег с сапфирами, рубинами и алмазами. Платиновые цепочки грамм по сто каждая, несколько мужских перстней, ожерелье из настоящего розового жемчуга и многое другое.

Ада и Амалия упрашивали Раду положить сокровища в банк.

— Время сейчас другое, — уговаривали они подругу, — никого теперь не интересует, откуда у тебя деньги. Спрячь драгоценности в надежный сейф.

Но Соколова отказывалась.

— Наверное, Яна кому-то сболтнула, — сокрушалась Кляйн, — вот и убили несчастную. Не принесло ей счастья богатство. Наш-то папа неизвестно куда все дел, а у мамы были просто уникальные вещи, я уже и не говорю про яйца работы Фаберже и три табакерки восемнадцатого века. Все как в воду кануло, испарилось бесследно. А вот Илья Соломонович сберег, да что толку?

— Вдруг все так и лежит в нише под ящиком? — предположила я. — Милиция там ничего особенного не искала, квартира бедная. Сняли отпечатки и уехали.

— Хорошо бы, — вздохнула Амалия, — у Рады остался двоюродный брат, он инвалид и очень нуждается. Соколова ему помогала. Правда, делиться не хотела — он пьет. Мы могли бы взять драгоценности и отдать его жене с дочкой. Они, правда, не очень дружили с Радой, но лучше, если богатство останется у родственников, а не отойдет посторонним...

Она поглядела на меня:

— Давайте поедем, проверим, а?

— Как же мы попадем в квартиру?

— У меня есть ключи, — ответила Амалия.

Я решительно сорвала милицейскую пломбу, и мы вошли в квартиру.

Пахло ужасно — пылью, затхлостью и все тем же мерзким и сладким. Правда, уже намного меньше. Амалия прошла на кухню и побелела. Беспорядок остался такой же, как в день приезда милиции, только тела исчезли.

На столе стояли чашки и тарелки с заплесневелыми кусками, тут и там виднелись бурые пятна, и все было обсыпано мельчайшей белой пылью — это милиция искала отпечатки пальцев.

В комнатах почти порядок. Скорее всего оперативники просто порылись в поисках документов и фотографий.

Амалия уверенно подошла к большому гардеробу, вытащила самый нижний ящик. Потом присела на корточки, порылась в полу и извлекла три паркетины.

— Ничего, — разочарованно констатировала женщина.

Я приблизилась к гардеробу и попробовала сунуть ладонь в тайник, рука еле-еле пролезла в узкое пространство. Да, пусто. Богатство, припрятанное предусмотрительным Ильей Соломоновичем, испарилось без следа.

Мы разочарованно посмотрели друг на друга.

И тут зазвонил мобильный. Незнакомый мужской голос осведомился:

— Дарья Ивановна? Подъезжайте к девятнадцати в Бутырскую тюрьму и поднимайтесь в башню на второй этаж. Попросите дежурную позвонить 3-84 и ждите, к вам спустятся. Не забудьте паспорт.

Глава 22

Без десяти семь я припарковалась на Новослободской и ринулась к башне. Маленький дворик был почти пуст, только у стены жалось несколько женщин, составляя список на завтра.

На втором этаже возле арки металлоискателя сидела в железной клетке женщина в форме. Она поприветствовала меня милым тюремным обращением:

— Ну?

— 3-84.

Тетка лениво набрала номер и спросила:

— Это кто? Ах, Алексей Борисович, тут женщина пришла.

— Дарья Ивановна, — встряла я.

Но тюремщица уже бросила трубку на рычаг. Я пристроилась на подоконнике. Наконец послышались шаги. Высокий худощавый парень с простоватым лицом поманил меня пальцем.

— Паспорт отдайте.

Я протянула тюремщице документ и получила взамен железный номерок. Мы пошли вверх по лестнице, миновали еще один пост и оказались в длинном коридоре. «Следственная часть» — гласила вывеска.

Парень отпер один из кабинетов, втолкнул меня внутрь и ушел. Я огляделась. Малюсенькое, метров шесть-семь помещение, почти всю площадь которого занимает старый, обшарпанный стол. У стены несколько стульев. На одном валяется носок. Окно забрано решеткой.

Вновь послышались шаги, и белобрысый парень ввел Макса.

— У вас сорок минут, — сказал он и исчез.

Полянский сел на стул, я схватила его за руку и принялась излагать новости. Макс слушал внимательно, только изредка покашливал.

— Спасибо, передай Ивану Васильевичу, — попросил бывший супруг, — пусть любым путем вытащит меня отсюда. Если надо, признаюсь в убийстве.

— Но, Макс, — завела я.

Полянский поднял руки.

— Не могу больше, пусть действует. Спасибо тебе, Дашка, но настоящего убийцу не найти.

— Послушай, скажи, где миллион долларов?

— Как где? На антресолях, в сейфе. Меня сразу арестовали, не успел еще переправить. Да ты не волнуйся, милиция ничего не нашла, иначе стали бы про баксы спрашивать. А так только по поводу Вероники трясут.

— И ты не отправлял никуда Яну с деньгами?

— Яну? Нет. Кстати, как она? Не пишет, наверное, решила не связываться с убийцей.

Пришлось рассказать Максу правду про пропавшие деньги, исчезнувшую Яну и прочие новости. Полянский не сводил с меня изумленных глаз.

— Что ты делал в салоне «Оракул»?

— Я? — чуть не закричал бывший супруг. — Никогда там не был.

— Кто знал, что дома оказалась огромная сумма денег?

— Никто, только Вероника. Она была в курсе нашего бизнеса с Круглым.

— Теперь опиши свои часы.

— Зачем?

— Надо.

— Самой обычной классической формы, белый металл, цифры выложены мелкими бриллиантами, стрелки украшены сапфирами. Номерной «Лонжин», купил в Париже. Сам себе подарок на день рождения сделал.

— Белый металл! Ты точно помнишь, что часы не золотые?

— Платина! — коротко бросил Макс.

Тут залязгал засов, вошел белобрысый и сообщил:

— Пора.

Макса увели, провожатый повел меня назад, дождался, пока получу паспорт, и тихо сказал, поглядывая на кольцо:

— Передавайте привет Ивану Михайловичу, хозяйка.

Не успела я разинуть рот, как мент исчез. Интересно, сколько в этой тюрьме людей милейшего Ивана Михайловича?

Глава 23

Дома почти все были в сборе. Маня с Бекасом влезли в компьютер. Зайка вязала на диване очередную кофточку для Ваньки, старухи самозабвенно смотрели новости. Гера отсутствовал.

— Такая милая девушка нашлась, — поделилась Римма Борисовна, — дочь академика, с квартирой и дачей. Герочка вчера ездил к ней домой. Родители за границей работают, Тамарочка сейчас одна живет. Я сыну так и сказала — это твой шанс, милый. Можно, он завтра привезет ее в гости?

Да, вот будет сюрприз для отсутствующего папы-академика — жених из российской глубинки.

Но больше всех из родственников ажиотирован Кеша. Наконец-то ему в руки попал настоящий клиент, а не какой-то мелкий жулик. Мужик обвинялся в разбойном нападении на инкассатора. От роду грабителю всего двадцать, но за плечами уже две отсидки. Одна — еще по малолетству, другая — во взрослой зоне.

«Если скосишь мне с десяти хотя бы до семи лет, — сообщил он Аркашке, — наши к тебе, как журавли на юг, косяком потянутся.

— А не страшно с такими людьми дело иметь? — осторожно осведомилась я».

— Мать, — удивился наш адвокат, — а ты что думала, по тюрьмам сизые голуби сидят? Не спорю, попадаются иногда невиновные или просто дураки, но основную массу сажают под арест за дело. И потом, чья бы корова мычала! Кто меня с

Иваном Михайловичем свел? А Бекас твой! Самый натуральный разбойник, хотя мне он очень нравится.

Я вздохнула. Приходится признать, что Кешка прав по всем статьям. А Бекас мне тоже по душе, хоть и бандит, но какой-то милый, трогательный, как щенок!

Расчувствовавшись, плюхнулась около Зайки и стала рассматривать крохотный, словно кукольный, свитерок.

— Представляешь, что со мной приключилось! — хихикнула Ольга. — Сто лет мужики на улице не приставали, а сегодня покупаю шерсть в магазине, и подкатывается ослепительный красавец. Все при нем — рост, фигура. Глаза голубые, волосы белокурые, одет превосходно. Начал заигрывать. Я сразу сообщила, что приобретаю шерсть, чтобы связать близнецам кофточки. Не подействовало! Наговорил кучу комплиментов и исчез. Нет, все-таки иногда приятно почувствовать, что еще нравишься мужчинам. Ну просто так, для тонуса!

Я вздохнула и пошла в спальню. Очевидно, Антон Медведев начал действовать. Надо рассказать Ольге обо всем, предупредить невестку. Но лучше сделать это завтра, вон как обрадовалась, дурочка, что привлекла чье-то внимание. Все-таки работа работой, но Кешка должен уделять жене больше внимания.

Утром спустилась к завтраку в тот момент, когда Нина Андреевна скармливала Банди большую жирную оладушку, густо намазанную вареньем. Рядом облизывались остальные члены собачьей стаи. Увидев меня, свекровь принялась оправдываться:

— Конечно, нехорошо давать малышу сдобное, он опять плохо покакал, очень жидко.

Но я, не слушая ее, стала набирать телефон Жени Поляковой. Подошедшая мать радостно сообщила, что дочка еще в больнице, но уже пришла в себя, разговаривает.

И я отправилась в клинику Второго медицинского института. Женечка лежала в отдельной палате. Ужасная желтизна ушла с ее лица. Но выглядела девушка все равно отвратительно: глаза запали, щеки ввалились, губы по цвету не отличались от наволочки на подушке.

Когда я осторожно приотворила дверь, студентка устало подняла веки и тут же опустила их. Сев около Жени, я взяла ее за сухую горячую руку и тихонько проговорила:

— Женечка, ты меня слышишь?

— Да, — прошелестела Полякова, еле-еле ворочая языком.

— Кто тебя так, помнишь?

— Из милиции, — начала девушка и замолчала.

— К тебе приходили оперативники, — догадалась я.

Полякова слабо шевельнула головой, потом вдруг широко раскрыла глаза и довольно быстро и внятно произнесла:

— Это Яна меня велела убить. За что?

— Соколова? — изумилась я. — Ты ее видела?

Женечка, постарайся рассказать мне все, чтобы я смогла тебе помочь.

Медленно, по капле выдавливая из себя информацию, то и дело закрывая от слабости веки, студентка рассказала о происшедшем. Картина вырисовывалась ужасная и непонятная.

Буквально через несколько минут после моего ухода позвонила Яна и сообщила, что вернулась, но вновь должна уехать по делам, и просила ее не разыскивать. Женечка спросила у подруги, знает ли она, что случилось с Максимом. Соколова заявила, что не желает иметь дела с убийцей и просит больше в ее присутствии не упоминать имени Полянского.

Потом сказала, что завтра увезет тетю на дачу, а подруга Танечка будет за ней приглядывать.

— Погоди, — изумилась Женя, — у вас же нет дачи.

— Знакомые пригласили, — пояснила Яна.

Потом она велела Жене сходить в понедельник в деканат и написать от ее имени заявление об академическом отпуске в связи с состоянием здоровья. Ничего не понимавшая Полякова обещала выполнить эту просьбу.

Уже почти собравшись на дачу, поздно вечером, в районе восьми, Женя принялась искать конспект лекций, хотела подготовиться к последнему экзамену. Перерыв весь письменный стол, она вспомнила, что дала тетрадь по теоретической механике Яне. Начала звонить подруге, но у Соколовых трубку не брали. Зная, что, усаживаясь к телевизору, Рада Ильинична всегда отключает телефон, девушка решила поехать на «Щукинскую». Далеко, конечно, но скоро экзамен, так что ехать необходимо.

В квартире у Соколовых долго не открывали. Испугавшись, что с Радой Ильиничной что-то случилось, Полякова принялась колотить в дверь изо всей силы, крича: «Тетя Рада, откройте, это я, Женя».

Наконец дверь тихонько приоткрылась, и выглянула Яна. Женя изумилась. Подруга выглядела как-то странно.

— Что тебе? — весьма нелюбезно проговорила Соколова, ногой быстро закрывая дверь в кухню.

— Конспект, — промямлила Женя, — в понедельник сдавать, а ты взяла и уехала.

— Родителям сказала, что ко мне поехала? — неожиданно грубо спросила Яна.

— Они на даче, — окончательно расстроилась подруга.

— Придется съездить за конспектом на другую квартиру, — процедила Соколова.

— Куда? — недоумевала Женя.

— Здесь близко, сейчас объясню, — сообщила Яна и быстренько выпихнула подругу к лифту.

На улице студентка подошла к довольно грязной вишневой «девятке». За рулем сидела худая черноволосая девушка, очень похожая на цыганку.

— Это Ляля, — сообщила Яна, — моя подруга, конспекты у нее, это совсем рядом.

Ничего не подозревавшая Женя влезла на заднее сиденье, Яна устроилась подле нее, Ляля с ревом рванула с места. Потом на голову Поляковой обрушился удар, и девушка потеряла сознание. Очнулась она, когда Ляля и Яна волокли ее куда-то почти в полной темноте.

— Слышь, Антон, — сказала одна из девушек, — в себя приходит, кончай ее, Медведев, да побыстрей.

Женечка хотела закричать, но горло сдавила тугая веревка, и свет померк.

И вот теперь, чудом оставшись в живых, она совершенно не понимает, за что Яна решила ее убить. Не понимала и я. Что это еще за Ляля какая-то? И потом, неужели Женю душил наемный любовник Антон Медведев? Может, парень по совместительству киллер? Куда подевалась сама Яна? Чем больше пытаюсь разобраться в этом деле, тем сильней сгущается туман.

Ясно одно, надо немедленно позвонить и предупредить Зайку, что Антон может оказаться опасным. Схватив мобильный, я не услышала гудка. Ну надо же, чтобы это произошло именно сегодня! Дело в том, что иногда забываю засунуть мобильник в зарядное устройство, и, естественно, он отключается. Со всей мыслимой скоростью, проклиная себя за глупость и легкомыслие, я понеслась в Ложкино.

Зайка преспокойненько играла с близнецами во дворе, удобно устроившись на большом пледе. Плюхнувшись рядом, я рассказала ей все.

— Значит, используешь меня в качестве приманки, — вздохнула Ольга.

— Совсем ненадолго, — успокоила я ее, — завтра поедем в город, а я прослежу за тобой. Ну и как-нибудь сумею познакомиться с красавчиком.

— С чего взяла, что он завтра меня где-то встретит? — поинтересовалась Зайка.

— Думаю, захочет поскорей выполнить задание, чтобы деньги получить. С утра отправишься к себе в институт, сядешь в библиотеке, и занимайся спокойно. Думаю, часам к двенадцати объявится. Ты, главное, не показывай виду, что мы знакомы, остальное пусть тебя не волнует.

— Кешка узнает, ругаться будет, — вздохнула Зайка.

— А мы ему не скажем, — усмехнулась я.

Уговорив невестку помочь, пошла в дом. Раз вернулась, воспользуюсь возможностью и попью холодненького.

В гостиной у выключенного телевизора тихо сидела свекровь номер два. Нина Андреевна выглядела усталой и расстроенной.

— Почему сериал не смотрите? — бодро осведомилась я.

Старуха вздохнула:

— Сегодня годовщина смерти мужа. В этот день всегда настроение на нуле. Да еще на кладбище не поехала.

— Почему?

— Да как же из вашего Ложкина выехать? Ни метро, ни автобуса, только на машине, если кто подвезет.

Я поглядела на огорченную старушку и поняла, что сегодняшний день для меня окончательно испорчен.

— Собирайтесь, поедем на могилу к Андрею Федоровичу.

Прах генерала Полянского покоится в колумбарии Донского крематория. В июне это место напоминает чудесный парк. Купив у входа цветы, пошли по аллее, ведущей на старую территорию. Я прихватила с собой раскладывающийся стул, и генеральша устроилась напротив ниши. Пусть посидит, решила я и принялась бродить вдоль стены, читая высеченные на досках имена и фамилии.

В голову невольно пришла банальная мысль: одним людям везет, другим — нет. Вот, например, Роза Ивановна Костина умерла в возрасте двадцати семи лет, а Петр Федорович Макаров проскрипел до девяноста восьми. Это просто несправедливо.

Я отошла довольно далеко от Нины Андреевны и остановилась в тени большого раскидистого дерева. Глаз наткнулся на знакомую фамилию — Кляйн. С овальной фотографии смотрела темноволосая женщина с тонким носом и нервным ртом. Заинтересовавшись, стала читать эпитафию: «Ты угасла как звезда, оставив яркий свет. Дорогой жене и матери от безутешных мужа и дочерей. Анна Владимировна Кляйн. 1935—1975 гг.»

Надо же, наткнулась на могилу матери Аделаиды и Амалии. Внизу на доске приписано более яркими буквами: «Генрих Карлович Кляйн, покойся с миром». Даты не было.

Вспомнив рассказ о банке из-под растворимого кофе, наполненной пеплом несчастного мужика, я вздрогнула и пошла побыстрей прочь. Но в босоножку попал камень и пришлось, прыгая на одной ноге, вытряхивать его. Закончив процедуру, машинально стала опять читать надписи. Да, вот снова: младенец Никифор, вообще только родился, зато мужик со смешной фамилией Заяц прожил аж девяносто лет. Родился в 1879-м, скончался в 1969-м. Надо же, какая долгая жизнь. Ай да Заяц, наверное, не пил, не курил, обливался холодной водой...

Внезапная мысль стукнула в мозги, словно молния. Заяц! Дожил до девяноста лет! Что там говорил на последнем свидании своим дочерям Генрих Кляйн? «Любите друг друга, ходите каждый день на могилу к матери, главное, чтобы от вас не убежал заяц, имейте в виду, что заяц может прожить до девяноста лет».

Бедные девочки так и не поняли, при чем тут симпатичное длинноухое. Но я, кажется, начинаю соображать, в чем дело!

Кое-как дождавшись, пока Нина Андреевна покинет кладбище, я доставила ее назад в Ложкино и стала звонить Амалии.

Женщина только что пришла домой и очень вяло отреагировала на просьбу приехать к Донскому крематорию. Но вся сонливость и усталость слетели с нее, когда я показала могилу Зайца.

— Значит, думаете, папа спрятал там ценности?

— Наверное, иначе зачем ходить на кладбище каждый день и почему он нес чепуху про девяностолетнего зайца!

— Честно говоря, мы с Адой подумали, что у

папочки от пребывания в тюрьме рассудок помутился, — вздохнула Амалия. — Ну и как теперь проверить догадку?

— Открыть нишу и посмотреть!

— Легко сказать, — протянула Амалия, — это же не шкаф, просто так не откроешь. Там замуровано. Мы, когда к маме папин прах подкладывали, столько страху натерпелись! Представляете, рабочий ночью, в полной темноте вскрывал захоронение! Разрешения-то не было.

Я схватила ее за руку.

— Так, на сей раз сделаем проще, знаю как. Завтра все и провернем.

Глава 24

Утром вскочила в семь утра и понеслась будить Зайку. Отворив дверь, Ольга несказанно удивилась:

— Ты чего вскочила в такую рань?

— Давай собирайся в библиотеку.

Невестка хихикнула:

— Так она только в десять открывается.

Мы приехали за пять минут до того, как толстенькая девица взялась за замок. Ольга села в почти пустом читальном зале у окна, я устроилась возле стеллажей открытого доступа. Постепенно помещение стало заполняться студентами. Ни в одиннадцать, ни в двенадцать к невестке никто не подошел. В половине второго Ольга захлопнула «Искусство Возрождения» и пошла в буфет. Я ковыляла поодаль, старательно изображая, что мы незнакомы.

Купив кофе и начав медленно прихлебывать жидкий напиток, я вдруг увидела просто потрясающе красивого мужика. Возраст определить трудно — от двадцати до тридцати. Роскошные белокурые волосы явно побывали в руках дорогого парикмахера. Голубые глаза окружены такими черными ресницами, что казалось, парень потратил немало времени, покрывая их тушью. Крупный рот и мужественный подбородок, совсем как на рекламе лосьона после бритья. К тому же вошедший обладал хорошим ростом, широкими плечами, белозубой улыбкой и великолепным цветом лица. Со вкусом у парня тоже был полный порядок. Ловко сидящий полотняный пиджак, безукоризненно выглаженные брюки. И пахло от него парфюмом Пако Рабанна «XL».

Ожившая картинка модного журнала, широко улыбаясь, подошла к Зайке и села рядом. Так, значит, вот он какой, брат Вероники Медведевой, Антон. Надо же, у такой некрасивой женщины, как Анна, родились прелестные дети. Следовало начинать действовать. С лицом жизнерадостной идиотки я крикнула:

— Антон!

Парень недоуменно обернулся. Я замахала рукой:

— Идите сюда!

— Вы меня? — переспросил Медведев, вставая.

— Надеюсь, дама не обидится, — кокетничала я.

— Что вы, никогда, — заверила Зайка, глотая

огромные куски булки и выскакивая из-за столика, — мне пора, книги ждут.

— Как поживает Вероника?

— Кто?

— Ну ваша сестра, Вероника Медведева, жена Максима Полянского.

— С кем-то меня спутали, — твердо ответил парень.

— Разве такое возможно, — протянула я, — вы настолько красивы, что подобный вариант исключен.

Но мужик не проглотил ржавого крючка лести.

— Не знаю никакой Вероники.

— Нас еще Лиля познакомила, подруга Яны Соколовой, — решилась я выкурить медведя из берлоги.

Антон секунду помолчал, потом мило улыбнулся и ласково пропел, обволакивая нежным взглядом:

— Сожалею, но вы действительно ошиблись. Не знаю никого из вышеназванных женщин.

— И Марину Мак? — кинулась я напролом.

— Извините, нет, — не дрогнул Медведев и шагнул в сторону.

— Подождите, хочу сообщить, что Вероника умерла, ее тело находится в милицейском морге, кто-то же должен похоронить женщину.

Но Медведев уже быстрым шагом шел к выходу, я кинулась за ним. Парень припустил бегом и мгновенно вскочил в отъезжавший троллейбус. Я безнадежно наблюдала, как в заднем окне мелькнуло его ставшее разом злым красивое порочное лицо. Да, первый раунд закончился в пользу красавчика.

Зайка прилежно сидела за учебником.

— Ну? — спросила она, глядя на мою разочарованную физиомордию.

— Оставайся здесь, может, еще вернется. Ни в коем случае не признавайся, что знакома со мной, и постарайся узнать его телефон и адрес, — велела я, поглядывая на часы.

Стрелка подбиралась к 14.30, а в три у меня назначена встреча с Амалией на кладбище.

Женщина уже стояла у ворот.

— Боюсь очень, — призналась она, когда мы шли в контору, — вдруг поймают!

В мрачном кабинете, выдержанном в серых тонах, сидел полноватый мужик с большой лысиной и мясистым носом. Попробую сначала роль идиотки. И, кокетливо прищурив глазки, я принялась рассказывать слезливую историю.

Господин Заяц приходится нам с Амалией дедушкой. Теперь заболела мама, дочь Зайца, женщина преклонных лет. Очевидно, на старости лет у старушки помутился рассудок, потому что плачет не переставая вот уже два месяца подряд, отказывается от еды и питья, ночью бродит по квартире, не давая никому спать. Бедной бабуле кажется, что пластмассовая урна с прахом ее отца истлела и развалилась. Вот если вскрыть нишу, сфотографировать контейнер да показать бабке фото... Психиатр уверяет, что должно помочь.

— Как может сгнить за столь короткий срок пластик? — недоуменно осведомился администратор.

Прекрасно, задача облегчается — он идиот.

— Конечно, подобное невозможно, маме просто кажется, психопатия...

Мужик принялся чесать нос.

— А удостоверение на могилу есть?

Я с готовностью вытащила документ из сумки. Амалия напряглась. А вот волноваться не стоит. Вчера вечером Маня взяла бордовую книжечку, принадлежавшую семье Кляйн, и при помощи компьютера, лазерного принтера и сканера соорудила точно такую же, но на мое имя, превратив меня таким образом во владелицу ниши Зайца. Для пущей убедительности мы слегка помяли и запачкали бумагу.

Администратор вяло повертел фальшивку:

— Теряли, что ли?

Я быстренько согласилась.

— То-то гляжу, нового образца удостоверение, раньше другие давали.

Амалия окончательно побледнела и затряслась. Ну не дура ли? Но ее поведение странным образом успокоило кладбищенское начальство.

— Ну-ну, — ласково проговорил мужик, наливая воду из графина, — не надо слишком волноваться. Нишу свою можете открыть в любое время, препятствий чинить права не имею. Правда, не очень-то хорошо беспокоить прах, но раз такое дело! И придется заплатить за работу.

— Конечно, конечно, — тут же закивала я, — сколько прикажете. Сейчас можно сделать?

Администратор кликнул какого-то Вадима. В кабинет вошел помятый мужичонка неопределенного возраста, одетый в сильно испачканную спецовку.

— Вскрой гражданочкам нишу Зайца, — велел начальник.

Вадим развел руками:

— Дык, это, вооще...

— Мы заплатим, — быстро проговорила я, демонстративно вытаскивая кошелек.

Вадим вздохнул и произнес:

— Так придется потом замуровывать...

— Не волнуйтесь, все оплатим.

Амалия окончательно потеряла всякий цвет лица и затряслась крупной дрожью. На улице, несмотря на удушающую жару, женщина принялась клацать зубами. Хорошо еще, что местные могильщики принимали такое поведение за естественное волнение внучки, боящейся увидеть прах дедушки.

Вадим долго искал инструменты, потом курил, затем отправился пить воду, несколько раз принимался жаловаться на тяготы жизни, маленькую зарплату, усталость и сволочных детей. Наконец, доведя меня почти до обморока, ловко открыл нишу. Мы с Амалией чуть не стукнулись лбами, ринувшись к углублению.

Внутри небольшого грязноватого пространства обнаружилась пластиковая урна, походившая на коробку для сыпучих продуктов. Не хватало только наклейки «Мука» или «Сахар». Больше ничего. Амалия разочарованно просунула внутрь руку и провела по стенкам ниши. Захоронения шли так плотно, что нечего и думать о том, чтобы спрятать драгоценности в стенах, полу или потолке. По идее, клад должен был оказаться прямо возле урны. Но нет, пусто!

Амалия почти без сил прислонилась к стене. Я, оправдывая легенду, пару раз щелкнула фотоаппаратом, и Вадим моментально привел все в порядок. Получив за труды триста рублей, он разочарованно протянул:

— Маловато, ваша сестра пятьсот в прошлый раз давала.

— Какая сестра? — насторожилась я.

Могильщик понял, что проболтался, и забубнил:

— А мне чего? Попросили помочь... Жалко девку стало — плакала, убивалась по дедушке! И сами они все сделали, я только замуровал потом, так что тут полный порядок, ругаться не след...

Я достала из портмоне хорошенькую пятисотрублевую бумажку и повертела перед его носом:

— Давай рассказывай по порядку!

В самом конце мая уже после закрытия кладбища, часов в десять вечера, приехали девушка и парень. Девчонка худенькая, коротко стриженная, волосы торчат в разные стороны перьями, юноша черноволосый, с пышными усами. Он называл спутницу Яной. Вадим подрабатывал сторожем, поэтому преспокойненько глядел в дежурке телевизор, когда парочка ввалилась в ка-

морку. Парень вытащил большу...
девка — пятьсот рублей. Они попр...
нишу Зайца. Вадим покривлялся для ...
потом пошел в колумбарий. Сначала п...
по привычке волынить и отправился на ц...
час в сарай искать инструменты.

Когда могильщик вернулся, доска с именем
Зайца стояла аккуратно прислоненная к стене.
В руках у парня была большая сумка, очевидно, в
ней он принес на кладбище необходимые для работы молоток и ломик. Вадиму осталось только
вернуть доску на место. Зачем парочка лазила в
нишу, мужик так и не узнал. Урна с прахом стояла на месте и выглядела нетронутой. Молодые
люди молча подождали, пока он замазал последний шов, потом Яна подхватила сумку и двинулась к выходу. Парень задержался и, нехорошо
усмехаясь, ласково проговорил:

— Не рассказывай никому, не надо, — потом
словно невзначай распахнул пиджак, и за ремнем
брюк Вадим увидел тускло поблескивающую в
свете фонаря рукоятку пистолета.

Но окончательно Вадим испугался, глянув в
голубые, прозрачные глаза парня.

— Настоящий отморозок этот ваш родственничек, такому убить — раз плюнуть. Пристрелит
и в печку сунет, благо тут рядом, — делился могильщик. — Так что, если в нише что не так, у
девки той с мужиком и спрашивайте. Это же надо придумать, за месяц два раза прах тревожить,
плохая примета, значит, скоро в семье снова похороны.

Он недовольно бубнил, капая жидким цементом на дорожку. Потом подхватил ведерко и, продолжая рассуждать о странных родственниках Зайца, поплелся в контору.

Я поглядела на спутницу. Амалия сидела на траве, совершенно не думая о новой юбке. Видно, женщине было совсем нехорошо.

— Нас опередили, — прошептала она, — но кто? Ни я, ни Ада не рассказывали никому о последней встрече с папой.

— Даже мужьям и Раде?

Амалия нервно закурила.

— Супруги и подруга, естественно, были в курсе. Но мой бывший муж давным-давно уехал в Америку, нашему разводу очень много лет, Семен — покойник. А Радочка — исключительно честная, интеллигентная женщина.

Да, Соколова, вполне вероятно, была такой, но вот племянница, эта милая Яна, оказалась странной девушкой. Сначала по непонятной причине убегает из Москвы, затем пытается убить лучшую подругу, а теперь еще выясняется, что потревожила прах Зайца. Очень хочется найти ловкую девчонку и задать ей пару вопросов!

Домой вернулась в расстроенных чувствах. Может, Генрих Кляйн и обворовал социалистическое государство, но накопленные ценности все же должны были достаться его дочкам, а не пронырливой Яне. Может, Александр Михайлович знает, где она?

Полковник сидел на работе. Сразу проявить

интерес к делу Соколовой нельзя, и я закинула приманку.

— Давно не встречались!

— И не говори, — отозвался приятель, — весь в делах, замотался, ни секунды свободной.

— Жаль, думала, заедешь вечерком...

— Нет, никак.

— Вот досада, — пробормотала я.

— Что-нибудь случилось? — посерьезнел полковник.

— Да Катерина задумала сырный пирог испечь. Наташка прислала с оказией настоящий «Рокамболь», «Шевр» в пепле и голубой «Дрю». Думала угостить, сам знаешь, эти сыры не подлежат хранению.

Александр Михайлович причмокнул.

— Имеется еще пара бутылочек «Бордо» 1957 года, — невзначай бросила я.

Полковник обожает поесть. Раньше его вкусы, как, впрочем, и наши, были весьма неприхотливы. Салат «Оливье» почитался за праздничный, жареная картошка со шпротами служила лакомством. В сырах мы просто не разбирались, полагая, что различные сорта отличаются только ценой, и могли, не поморщившись, распить с друзьями бутылочку жуткого плодово-ягодного пойла, имевшего в народе кличку «Слеза Мичурина».

Жизнь во Франции изменила всех. Теперь презрительно корчим мину, если бутылка вина закупорена пластмассовой пробкой. «Оливье» стараемся не есть, справедливо полагая, что он слишком калориен.

Наша кухарка изумительно готовит, причем Катерина выучилась великолепно делать блюда, полюбившиеся семье в Париже. И одно из них — сырный пирог. Для его производства необходимо иметь несколько видов сыра, причем таких, которые трудно отыскать в Москве. Они плохо транспортируются, теряя в дороге часть вкуса и аромата. Иногда Наташка, которая проводит во Франции все же больше времени, чем мы, присылает с приятелями ящичек, набитый крохотными пахучими головками. Конечно, пирог можно сварганить и из российского сыра, но вкус совсем не тот. Сделанный же по всем правилам сырный пирог — сказочное лакомство.

— Во сколько ужин? — осведомился, не выдержав искушения, полковник.

— Заруливай к восьми.

Теперь осталось уговорить Катерину приняться за дело, впрочем, она терпеть не может, когда пропадают продукты, и вчера с жалостью сообщила, что присланный «Рокамболь» начинает вянуть.

Дома стояла странная тишина. Никого из детей нет на месте, из собак только толстенький Хучик мирно похрапывает в гостиной. Старухи ушли гулять в лес, прихватив с собой пита, ротвейлера, пуделя и йоркширицу. Хучик, обладатель коротеньких кривоватых ножек, не большой любитель пеших променадов. Близнецы ползали в огромном манеже, который вынесла в сад Серафима Ивановна.

Я растянулась на кровати, пытаясь сложить в уме куски известной информации. Время идет, а ничего не проясняется. Скорее всего Ивану Михайловичу придется вводить в действие свой план.

Послышался стук каблучков, и в спальню влетела раскрасневшаяся, прехорошенькая Зайка. Плюхнувшись в кресло, она немедленно стала отчитываться о проделанной работе.

Антон вернулся часа через полтора и позвал погулять. Сначала они бродили по центру, потом кавалер пригласил даму на выставку, где, проявив завидную эрудицию, прочитал целую лекцию об авангардном искусстве. Завершился день в маленьком уютном ресторанчике «Сбитень». О себе мужчина говорил с охотой. Живет на Полянке вместе с престарелым отцом. Мама давно скончалась. Имеет собственную фирму копировальной техники, по образованию инженер, окончил МАИ. В Подмосковье построил дачу, но жить там некому, так как Антон никогда не был женат. На Зайкино «почему?» ответил просто: никого не любил, а расписываться только для того, чтобы завести семью, не хотел. Потом он поинтересовался Ольгиной биографией. Наученная мной Зайка не стала вдаваться в подробности, сообщив только, что замужем и имеет двоих детей. Еще посетовала, что муж грубый и невнимательный, настоящий чурбан, а мамаша его просто баба-яга.

Поболтав еще о том о сем, они расстались,

договорившись о встрече завтра в двенадцать часов дня возле «Макдоналдса» на Тверской.

— Ладно, — сказала я, — завтра все-таки попробуй узнать его адрес или хотя бы телефон.

— Да я попросила дать мне его номер, — сказала Ольга, — а он наврал, что в его районе поврежден кабель, и попросил мой.

— И ты, конечно, выложила... — покачала я головой.

— Домашний, не мобильный, да предупредила, что может подойти свекровь или муж, так что он вряд ли станет звонить.

Мне очень не понравилось, что Антон получил номер нашего телефона.

Дом наполнился голосами. Вернулись старухи, зацокали когтями по лакированному полу возбужденные собаки. Принеслись Маня с Бекасом и моментально затеяли свару у компьютера. В 20.00, с потрясающей точностью подъехал полковник. Он вытащил из багажника гигантский пакет. Александр Михайлович — мужчина старой закалки, поэтому в гости всегда является с подарками, не забывая никого. Вот и сегодня собаки получили по резиновой кости, кошкам достались мячики с колокольчиками. Старухи заулыбались, видя коробочки конфет; Зайка поблагодарила за фарфоровую собачку, я нежно разглядывала новый детектив Рекса Стаута. Аркадия поджидала замшевая тряпочка для полировки стекол «Мерседеса», даже молчаливый Гера стал обладателем нового галстука.

— А где Маня? — осведомился приятель, вы-

таскивая огромный том «Инфекционные болезни собак».

— Тут! — завопила вбежавшая Манюня.

Следом тихим кошачьим шагом вошел Бекас.
Полковник — отличный профессионал, и одного
взгляда, брошенного на парня, оказалось достаточно, чтобы понять, кто он такой. Во всяком
случае, руки ему приятель не подал, просто сухо
поздоровался.

Ужин плавно потек к завершению. Откушав
сырного пирога, мы оставили домашних в гостиной и пошли побродить по чудесно благоухаю-
щему саду.

— Откуда взялся данный молодой человек? —
резко спросил Александр Михайлович.

— Коля? Сын знакомых, живет здесь неподa-
леку, дружит с Маней, — постаралась я изобразить откровенность.

— Ну, ну, — пробормотал полковник.

Я завела разговор сначала о собаках, потом о
близнецах, затем плавно перешла к Максиму.
Посетовала на то, что в камере у него больше ста
человек, и наконец спросила:

— А девушку эту, Яну Соколову, нашли?

— Нет, — помотал головой полковник, — исчезла как дым. Взяла в университете академичес-
кий отпуск и домой не вернулась. Объявили в ро-
зыск.

Тут в саду появился Кешка и, ухватив Александра Михайловича за пуговицу, принялся вы-
спрашивать у него про какие-то непонятные «на-

рушения норм ведения следствия». Да, больше ничего не узнаю, зря только заставила Катерину прыгать у плиты вокруг сырного пирога.

Глава 25

Утро провела в полнейшей растерянности. Абсолютно ничего не понимаю и, кажется, уже начинаю верить, что Максим убийца. Да еще эта Яна! Ну как найти девчонку! Единственный путь — через Антона. Но не знаю ни адреса, ни телефона, а на диске с адресами такого нет. А есть тонюсенькая ниточка. Вчера он обронил, что учился в МАИ, вдруг правда? Хотя вот насчет отца наврал. Я-то ведь точно знаю, что их с Вероникой отец умер. Но других концов нет, и я отправилась в МАИ.

— В каком году? — поинтересовалась секретарша, щелкая клавиатурой компьютера.

Интересный вопрос. Самый правильный ответ — «не знаю».

— Сколько ему лет, — не отставала девочка, — сейчас вычислим.

— Около тридцати, наверное, не помню.

Девица принялась проглядывать списки. Через полчаса пришлось констатировать, что среди выпускников авиационного института нет ни одного Антона Михайловича Медведева. Правда, человек с таким именем и фамилией на самом деле учился тут, но был выгнан. Отчество у парня другое — Леонидович. В личном деле сохранился приказ об отчислении с формулировкой... за академическую неуспеваемость и поведение, порочащее звание студента МАИ. Тут же обнаружился и адрес: Костомарова, д.12, кв.76. Наверное, не тот человек, но проверить стоит.

Эта улица находится в самом центре, один ее конец упирается в Садовое кольцо. Дома тут старые, дворы тесные. Двенадцатый номер состоял сплошь из коммунальных квартир. Довольно широкая лестница довела до нужного места. На двери только один звонок, и открыла прехорошенькая малышка лет семи.

— Простите, Антон здесь живет?

— Не-а, — протянула девчонка. Голос сразу выдал в ней «дитя рабочих окраин». Из глубин квартиры неслась невероятная по убожеству содержания и исполнения песня. «Ты моя, тра-ля-ля, а я твой ой-ой», — надрывался певец. Но девочке нравилось, и она отбивала такт аккуратненькой босой ножкой.

— Медведевы тут живут?

— Кто?

— Антон.

— Какой Антон?

Босоножка повернула голову и крикнула в коридор:

— Тетя Люда, Антона знаете?

Из-за какой-то двери донеслось еле внятное бурчание. Девочка вздохнула:

— Идите к ней в комнату, вроде помнит такого.

Я пошла по грязному коридору неожиданно большой квартиры.

Комната, где обитала дама, обладавшая нужной информацией, тоже оказалась большой, с двумя огромными окнами. Но они, несмотря на удушающую жару, были плотно закрыты, даже форточки не распахнуты. В углу — большая кровать с множеством подушек и одеял. Не сразу разглядела среди постельных принадлежностей маленькую востроносенькую женщину с нездоровым отечным лицом. Пахло в комнате ужасно, и я поняла, что больная парализована.

— Садитесь, — проговорила женщина, — стул возьмите, не волнуйтесь, заразы нет, инсульт разбил, вот восьмой год и лежу, гнию. Спасибо соседям, помогают, ухаживают, я им за это комнату отписала. Умру — все хоромы их. А вы по какому вопросу?

— В этой квартире жил когда-то Антон Медведев, вот ищу его следы.

— Из милиции? — неожиданно спросила женщина.

— Нет, — решила я не пугать ее, — из адвокатской конторы. Его отец умер и оставил ему квартиру, дачу, машину и счет в банке. А исполнить завещание не можем, Медведева никак не найдем. Вот запросили в паспортном столе место прописки, дали этот адрес!

— Леонид скончался, — протянула больная, — с чего бы это вдруг Тоше богатство завещал?

— Почему нет, сын все-таки.

— Да он его никогда не видел, — вздохнула женщина, — деньги, правда, каждый месяц до восемнадцати лет присылал, честный оказался.

Возьмите в буфете, на верхней полке, конверт, там документы.

Я вытащила зеленую книжечку — «Свидетельство о рождении». Медведев Антон Леонидович, мать — Цимпанелли Людмила Эрнестовна, отец — Леонид Сергеевич Медведев.

— Вы его мама?

Людмила кривовато улыбнулась.

— Когда-то была ею. Во всяком случае, рожая, думала, что произвела на свет сына, а оказалось, что чудовище. Да вы гляньте, там в буфете альбомчик с фотографиями.

Толстые картонные страницы старого альбома сохранили карточки. Быстро промелькнули — младенец, школьник, подросток... С первого взгляда стало ясно, что передо мной снимки того самого парня, что подходил к Зайке в библиотеке. Но я-то точно знала, что Антон приходится братом Веронике, неужели так жестоко ошиблась и иду не по тому следу?

— Дочери у вас не было?

— Только мальчик, — покачала головой Людмила и беззвучно заплакала. — Господи, — приговаривала она сквозь слезы. — Господи, вот наказание послал, за что?

Я попыталась ее успокоить, наконец больная перестала рыдать и принялась рассказывать печальную историю. Людочка родилась в семье цирковых артистов Эрнесто и Клары Цимпанелли. Фамилия в мире искусства известная. Прадедушка когда-то приехал в Москву из Италии, да так и осел в столице, женившись на русской бабе. Из поколения в поколение Цимпанелли были циркачами, а точнее — воздушными гимнастами. Жизнь детей цирка, как правило, ужасна. И у Людочки от детства осталось только одно воспоминание — она постоянно куда-то едет вместе с родителями. Цимпанелли мотало по Советскому Союзу. К двенадцати годам девочка бросила считать города, в которых побывала. Порой меняла за три месяца восемь школ, и ни о каком систематическом образовании речи не шло. Но ни Эрнесто, ни Клара не убивались по этому поводу. Они сами еле-еле умели читать и писать, а среди их коллег было несколько человек, ставивших в ведомости на зарплату против своей фамилии крестик. От девочки требовалось идеально выполнять сальто, арабески и фляки, а наука!.. Черт с ней, Людмиле все равно предстояло провести жизнь на арене. Так бы оно скорее всего и случилось, но в восемнадцать лет у девушки обнаружился порок сердца, и цирк пришлось бросить.

Родители, несмотря на преклонный для циркачей возраст, продолжали работать, Людмилу отправили в Москву к дальней родственнице. Девушка выучилась на гладильщицу и стала работать на швейной фабрике, где пошивали мужские костюмы. Коллеги, узнав, что Мила — бывшая цирковая актриса, завистливо вздыхали. Но молодая женщина впервые в жизни была счастлива. Фабрика дала ей комнату в коммуналке, и она жила на одном месте, никуда не ездила. У нее больше не болели спина и ноги, и девушка укладывалась спать в девять вечера.

Фабрика подарила Милочке и любовь. На хорошенькую темноглазую и черноволосую девочку обратил внимание один из манекенщиков, служивших на производстве «эталонным размером». Короткий бурный роман завершился беременностью. Леонид сразу предупредил любовницу, что женат, разводиться не собирается, и поэтому лучше избавиться от нежелательного плода. Но Милочка полностью погрузилась в новые ощущения. Уничтожить ребенка? Эта мысль показалось ей ужасной, и тринадцатого апреля на свет появился прехорошенький мальчик, просто копия манекенщика. Леонид оказался порядочным человеком, сына признал, записал на свое имя, аккуратно выплачивал алименты, но встречаться с ребенком отказывался. Примерно через год после рождения Антона манекенщик уволился, и Людмила его больше никогда не встречала.

Маленьким мальчиком Антон походил на ангела — густые белокурые кудри, широко распахнутые невинные глаза. В школе мальчишка учился великолепно. Просто удивительно, как у полуграмотной Людочки и не слишком умного «манекена» мог родиться блестяще одаренный ребенок. В дневнике одни пятерки. Учителя млели, слушая ответы школьника, всегда аккуратно одетого в наглаженную любящей мамой форму.

Не успел Антоша с похвальной грамотой перейти в восьмой класс, как в школе стряслась беда. Кто-то вскрыл стол в кабинете директора и унес большую сумму денег. Приехала милиция, долго допрашивали старшеклассников и учителей, в конце концов арестовали пьяницу-дворника. Антоша продолжал великолепно учиться, радуя маму своим поведением.

Потом началась серия странных краж в раздевалке. Неизвестный воришка, так и оставшийся непойманным, вытаскивал из карманов детских пальто и курточек деньги, выданные родителями на дорогу и завтраки. Затем пропала сумка с зарплатой у учительницы биологии. Снова явилась милиция, но вора не нашли.

Когда Антоша заканчивал десятый класс, уверенно идя на медаль, из квартиры его лучшего друга, сына известного актера Рогожина, исчезла дорогая вещь — антикварный серебряный кубок, предположительно, работы самого Фаберже. Спустя пару дней после пропажи к Людмиле явилась мадам Рогожина и заявила, что, кроме Антона, взять кубок было некому. В дом практически не приходят гости, а из друзей сына — только Медведев.

Перепуганная насмерть Милочка позвала своего отличника. Тот вышел к двери, держа в руках учебник алгебры. Глядя на гостью прозрачно-голубыми честными глазами, выслушал обвинение, потом, помолчав, рассказал невероятную историю.

Никита, сын Рогожиных, связался с девочкой из семьи алкоголиков и бандитов. Той всего тринадцать лет, но даст сто очков вперед любой тридцатилетней. Любовница забеременела, родители подняли крик, грозя упрятать Никиту в тюрьму за растление малолетних. Вот и пришлось парню взять кубок, чтобы заткнуть рот родственникам крупной суммой денег.

Рогожина схватилась за сердце. В пятницу Антона позвали к актеру домой. Красный, заплаканный Никита топал ногами и кричал. Да, все правда. И девочка была, и аборт ей сделали тайком, но кубка не брал, деньги на операцию под нешуточные проценты одолжил ему... Антон, он же скорее всего и украл антикварную вещь.

Медведев спокойно выслушал обвинение. Потом повернулся к актеру и сказал: «Подумайте сами, откуда у меня такие деньги, как двести рублей? Отца нет, мама — малооплачиваемая работница, да мы экономим на всем, чтобы прокормиться. Я вот даже и не мечтаю о таком магнитофоне, как у Никиты, понимаю, что средств нет. И заработать пока не могу, в институт готовлюсь. Никите просто стыдно признаться, вот он меня и оговаривает!»

Актер внимательно оглядел абсолютно спокойного Антона и красного, потного, злого Никиту.

— Пошел вон, мерзавец, — бросил он сыну.

На следующий день мадам Рогожина принесла Антону подарок — отличный магнитофон. Так и не признавшего свою вину Никиту спешно отправили к деду во Владивосток.

Антон с блеском поступил на первый курс

МАИ. Зимой того же года Людочка полезла туда, куда не заглядывала почти десять лет, — на большую и пыльную антресоль. Где-то в самом углу хранился чемодан с ее старыми концертными нарядами, там же поджидал своего часа и отличный габардиновый костюм дедушки Цимпанелли. Наивная Людочка хотела перелицевать его для своего студента.

Когда она наконец, отдуваясь, стащила вниз саквояж, ее взору предстали спрятанные в нем пять сберкнижек. На каждой, открытой в разных кассах, лежала ровно тысяча рублей. Сумма огромная по небогатым советским временам.

Вернувшись домой, Антон начал по привычке придумывать историю о богатом приятеле, оставившем ему на сохранение капитал, но у бедной Людочки словно пелена с глаз упала.

Она припомнила все странности — дорогие американские брюки и ботинки, якобы подаренные в восьмом классе мамой Лены Воропаевой, поездку летом в Крым на два месяца с семьей Кости Сафонова, отличные часы, подобранные на улице... Курил Антон хорошие сигареты, а не «Дымок» и постоянно притаскивал домой новые рубашки, джинсы и пуловеры, каждый раз заявляя одно и то же: «Приятель дал».

Но никого из его друзей Людочка не знала, домой к ним однокашники Антона не заглядывали. Мать все же решилась позвонить Косте Сафонову, чтобы аккуратно узнать, отдыхал ли тот вместе с Антоном в Крыму. Но отец мальчишки моментально разбил все ее надежды. Ни к какому морю Сафоновы не ездили, потому что в мае их квартиру ограбили, вынеся не только дорогие вещи, но и все припрятанные деньги. Поняв, что сын вор, Людочка прорыдала несколько суток.

Потом весной позвонили из учебной части МАИ и велели забирать документы. Антон как раз отправился с кем-то на дачу. Мать сама приехала в институт, где заместитель ректора, брезгливо морщась, пояснил, что Медведев снял порнографический фильм и продал ленту одному пятикурснику.

— Пусть выметается из института, — жестко заявил профессор, — и скажите спасибо, что пожалели негодяя и не сообщили в органы.

На дворе стоял 1984 год, и в Уголовном кодексе имелась соответствующая статья, по которой Антон мог получить за распространение порнографии солидный срок.

Когда сын вернулся, они с матерью страшно поругались. Во вторник, придя с работы домой, Людочка обнаружила, что их обворовали. Грабители вывезли почти весь нехитрый скарб, не погнушались даже стареньким телевизором «Рекорд». Со стены сняли две иконы, принадлежавшие еще прабабке, домушников привлекли, наверное, серебряные оклады, исчезли чайные ложки и немудреные Милочкины драгоценности — тоненькая цепочка и два колечка с рубинами.

Милочка кинулась в милицию. Оперативники вяло составили опись пропавшего. До полуночи мать прождала сына, но Антон не пришел. Не явился он ни в четверг, ни в пятницу. Телефон тоже молчал. Тут только до Людочки дошло, кто ее ограбил.

Краснея от стыда, женщина забрала из милиции заявление.

— Брат учудил, — сообщила она участковому, — свез все на дачу, а меня не предупредил.

Дело закрыли, Антон так и не вернулся домой, он просто растворился в огромном городе. Даже когда начались ужасы «шоковой терапии» и перестройки, он не побеспокоился о матери, просто вычеркнул ее из своей жизни. И теперь парализованная Людочка надеется, что никогда в жизни больше его не увидит.

Пока сидела у Цимпанелли, пошел дождь. Я включила дворники и тупо наблюдала, как грязная вода бойко сбегает по ветровому стеклу. Да, ну и сыночек! Такой ни перед чем не остановится, чтобы добыть денег. Интересно, куда он ушел, может, к отцу?

Я повертела в руках бумажку с адресом, полученную от Людочки, — ул. Коперника, дом 9, кв.146. Когда-то, очень давно, единственная любовь несчастной женщины, Леонид Медведев, проживал по этому адресу.

Кстати, совсем не так далеко, минут десять езды. Дверь открыл обрюзгший мужик с пивным животиком. Негустые седые кудри кокетливо зачесаны набок, блеклые голубые глаза и безвольный рот.

— Вы Леонид Медведев?

Мужик кивнул.

— Я от Людочки Цимпанелли.

Бывший любовник испуганно глянул на меня и шепнул:

— Подождите во дворе, сейчас приду.

Он и правда выскочил следом, раскрывая на ходу зонтик.

Я открыла дверь «Вольво» и посигналила. Леонид вскочил внутрь и пояснил:

— Жена дома, а она про Милочку слышать не может, сразу звереет. Как поживает циркачка?

— Ничего, болеет сильно, — сообщила я.

— Старость не радость, — вздохнул потасканный Ромео, — у меня тоже камни в желчном пузыре да цистит, вот думаю...

— Вы когда-нибудь видели сына? — прервала я его откровения.

Медведев стал красным, как пожарная машина.

— Один раз только.

— Когда?

— Давно. Вдруг однажды вечером звонок...

Леонид открыл дверь, на пороге стоял симпатичный молодой парень, настоящий красавец. Медведев сразу сообразил, кем является нежданный гость. Юноша удивительно походил на молодого Леонида. По счастью, жена уехала отдыхать, и мужик впустил сына. Антон пожаловался, что мать вышла замуж, отчим сживает пасынка со свету, кормит впроголодь, частенько поколачивает. Вот паренек, кстати студент МАИ, и пришел просить у отца приюта.

Леонид растерялся. Его жена Зинаида долгие

годы лечилась от бесплодия, но безуспешно. В законном браке у Медведева детей не было. Известие о том, что у мужа на стороне родился сын, Зинаида приняла в штыки. В доме запрещалось упоминать о сыне и его матери, произносить их имена. Нечего было и думать о том, чтобы поселить в своей квартире сына.

Леонид оставил парня ночевать, а утром дал ему крупную сумму денег и отвел к своему ближайшему приятелю Ивану. Тот жил с семнадцатилетней дочерью в огромной четырехкомнатной квартире. Антон поселился у мужика и прожил там около полугода, потом что-то случилось, и парень съехал. К отцу он больше не приходил.

— Да я и рад был, — откровенничал Леонид, — прямо неприятности посыпались, как с Антоном познакомился. Знаете, бывают такие люди, приносящие несчастье. Сдается, он из таких. Через две недели после нашей встречи мою квартиру ограбили, ну просто подчистую — все вынесли. Потом на Зину напали, избили в подъезде, сумочку отняли и шубку сняли. Она долго болела потом, хорошо, хоть жива осталась. Да и у Ивана тоже... Только Антон съехал — грабители дверь вскрыли. Уж как он убивался по коллекции — марки всю жизнь собирал, а потом еще и дочка пропала, так и не нашли бедолагу, объявили умершей! А зачем вам Антон? — поинтересовался он наконец.

— Наследство ему полагается от родственников из Италии, — отмахнулась я и взяла адрес Ивана.

Глава 26

Вечер сегодня выдался замечательный. Старухи вместе с Герой отправились в гости к подруге Нины Андреевны. Аркашка отвез их на Ленинский проспект и пообещал забрать в одиннадцать. Маруся убежала к Саше Хейфец, близнецы вместе с Серафимой Ивановной мирно спали на втором этаже. Аркашка велел обить дверь детской с двух сторон, и мы теперь могли включать в гостиной телевизор на всю мощность, даже палить в столовой из пушки — ни разбойники, ни няня не услышат. У кухарки Катерины выходила замуж племянница, и она отправилась на свадьбу. Ирка взяла выходной. Последней убежала на свидание с Антоном Зайка. Мы решили, что, если мужчина сегодня не даст своего телефона или адреса, прекращаем «роман», ибо слишком опасной становится эта игра.

Короче, в половине девятого наступил редкий вечер, когда в доме никого не было, даже собаки разбрелись по разным комнатам. Наслаждаясь непривычным покоем и тишиной, я растянулась на диване, подсунув под голову подушку. Воспользуюсь случаем и получу полный кайф — закурю в гостиной, пока нет противных детей, тщательно следящих за чистотой воздуха. И тут зазвонил домофон.

Ну вот, кончен бал, погасли свечи, конец спокойствию, кто-то идет! Чертыхаясь, я глянула на экран, у ворот мило улыбался приятный молодой человек в отличном светлом летнем костюме.

— Вам кого? — проявила я бдительность.

— Представитель фирмы «Марквет», привез корма для собак.

Имея в доме самых разнокалиберных псов, двух кошек, попугая и кучу мелких грызунов, мы закупаем в магазинах «Марквет» еду для животных оптом. Аркадий забивает раз в месяц «Мерседес» гигантскими пакетами «Педигри-пал» и консервными банками «Пурина». Беда в том, что каждый из стаи предпочитает что-то свое, поэтому приобретаем почти весь ассортимент, выложенный на прилавках. Да еще прихватываем всяческую ерунду — резиновые кости и игрушки, печенье, витамины, шампунь, таблетки от кишечных паразитов и тому подобное. Продавцы встречают сына как родного и кидаются со всех ног обслуживать выгодного покупателя. Вечно они что-то ему навязывают: то абсолютно ненужные корзинки с матрасами для кошек, то обитую искусственным мехом конуру для Хуча, то пальто с воротником из каракуля для Снапа.

Представляете ротвейлера в таком наряде?

С каждым нашим приходом в «Марквет» количество бесплатных услуг, оказываемых магазином, расширяется. Сначала нам предлагали бесплатный дополнительный пакет корма, потом были готовы обеспечить собак бесплатными прививками. Да это и понятно: боятся потерять покупателя, оставляющего в магазине бешеные деньги!.. Такого ненормального собачника следует холить и лелеять. Поэтому, услышав о доставке домой кормов, я совершенно не удивилась.

Еще вчера Аркашка громко сообщил, что вскрыл для пита последнюю банку «Кролика с овощами». Значит, сегодня успел смотаться к торговцам, а те решили доставить покупки сами. К тому же приехавший молодой человек выглядел таким приветливым, таким милым... И я открыла ворота.

Старые «Жигули» вкатились во двор. Юноша вошел в холл.

— А где мешки? — спросила я.

Парнишка замялся:

— Очень тяжелые, никак одному не ухватить, ваш сын дома?

— Нет.

— Может, кто из молодых есть? Подцепили бы вместе, невестка, дочь?

— Никого, нет даже домработницы, я одна.

— Чудесно, — вдруг обрадовался парень, и в его руках сам собой возник пистолет с какой-то нашлепкой.

От ужаса я завизжала и метнулась в коридор, ведущий на кухню. Убийца побежал следом, выстрелил, раздался тихий хлопок и оглушительный звон — пуля попала в буфет с посудой. От страха меня почти парализовало, киллер выругался, прицелился еще раз, я попыталась рвануться к окну, но тут раздался еще один тихий хлопок, звук упавшего тела, и страшная тишина воцарилась на кухне. Я мелко тряслась, пытаясь отворить окно.

— Дарья Ивановна, — послышался такой знакомый, почти родной голос.

В полубезумном состоянии я обернулась и увидела в дверях приветливо улыбающегося Бекаса, в руках парень держал пистолет с точно такой же нашлепкой, как у убийцы.

Киллер валялся на полу лицом вниз, раскинув руки в разные стороны. Я медленно осела на пол и жалобно заныла, как новорожденный котенок.

— По-моему, сейчас самое время глотнуть крепкого чая с коньяком, — констатировал Бекас и, перешагнув через труп, принялся абсолютно спокойно споласкивать заварочный чайник.

— Э, — попыталась я сказать, глядя, как под головой убийцы растекается черная лужа, — э... а... да... Почему же он хотел меня пристрелить?

Бекас развел руками.

— Спросить недосуг оказалось, но намерения выказывал абсолютно ясные, — и парень пнул труп ботинком.

— Что же теперь делать?

— Ясное дело, закапывать.

Я перепугалась еще больше.

— Следует позвонить в милицию.

Бекас хмыкнул:

— Не-а, лучше свяжусь с Иваном Михайловичем, он все уладит, а милиция приедет, шум поднимет, домашних перепугает. Бабки спать перестанут, они и так-то шебутные, а тут вооще разум потеряют. И потом, зачем Манюню пугать? А Кешка вас после этого случая дома на цепь посадит!

Минут через пятнадцать во двор въехал микроавтобус с зашторенными окнами. На дверях надпись: «Передвижная лаборатория» и знак «Радиоактивность».

В холл неслышными шагами вошли двое молодых ребят с черным пакетом и носилками, мужик лет тридцати пяти со стетоскопом на груди и девушка.

Нацепив резиновые перчатки, врач ловко перевернул труп на спину и велел:

— Гляньте, узнаете личность?

Я с опаской посмотрела на молодое безжизненное лицо с маленькой аккуратной дырочкой во лбу. Да, Бекас не только отлично разбирается в моторах, но и метко стреляет.

— Нет, первый раз вижу.

— Второй, — усмехнулся Бекас, — первый раз был, когда вы его у ворот разглядывали.

Парни принялись упаковывать тело в мешок, девчонка начала ловко заметать осколки и мыть кухню. Двадцати минут не прошло, как от побоища не осталось и следа. «Рафик» уехал, один из парней сел в оставшиеся без хозяина «Жигули» и двинул следом. Мы с Бекасом сели пить чай.

— Господи, — только сейчас дошло до меня, — Коля, а ты откуда тут взялся?

— Маня посадила сочинение писать, в кабинете работал. Вдруг домофон орет, подождал немного, потом догадался, что дома никого, а Серафима Ивановна у близнецов и не слышит звонка. Пойду, думаю, погляжу, кого черт принес. А тут смотрю, идиот какой-то палит. Ну, я и разобрался с ним. Что за люди пошли! Стрелять не умеет, а убивать собирается! С двух шагов в вас не попал, в буфет вмазал. Ну не кретин?!

Я не разделяла его возмущения по поводу неумелости киллера.

— Кто он?

— Черт его знает, — пожал плечами Бекас, — Иван Михайлович разберется.

— Может, простой вор?

— Домушнику пистолет с глушителем без надобности, — пояснил Коля, — зачем себе жизнь усложнять? Он квартирки потрошит — это одна статья, а если с пушкой, это уже вооруженный грабеж, совсем другая картина и срок иной.

Мы допили в молчании чай. Потом Бекас вздохнул.

— Дарья Ивановна, постарайтесь забыть случившееся, мы разберемся.

Легко ему говорить, не так уж часто меня пытаются убить. Коля пододвинул почти полный фужер коньяка.

— Выпейте, и спать.

Я послушно опрокинула в себя бокал. Никогда не употребляла благородный «Реми Мартен» лошадиными порциями.

То ли коньяк так подействовал, то ли Бекас незаметно сунул в него снотворное, но в столовую я сползла только в пять часов вечера следующего дня.

Во рту словно кошки пописали, череп раскалывается, в глазах песок. Может, это и есть похмелье?

За столом сидел Кешка, перед ним стояла бутылка все того же «Реми Мартена» и рюмка. Странное дело, сын совсем не пьет, даже запаха коньяка не выносит. Максимум, что позволяет себе, — полбокала сухого вина.

— У меня мигрень, — попробовала я оправдать столь позднее пробуждение.

— Знаю, — не удивился Аркадий, — Бекас сказал, ты вчера в восемь вечера залезла в кровать.

Ну Коля, просто режиссер-постановщик. И труп убран, и меня усыпил, и домашним наврал!

— Где все?

— Бабки гуляют, Гера на поиски дамы сердца отправился, Маня в гараже с Бекасом, — сухо ответил Кеша.

— А Зайка?

— Не знаю, шляется, — сердито сказал сын.

— Вы поругались?

Аркадий демонстративно отвернулся к окну. С самого раннего детства насильно выдавить из него какую-либо информацию было невозможно. Сообщал только то, что хотел. Кеша молчаливый человек, за весь день может обронить всего несколько фраз. Очень смешно было наблюдать, как он еще до женитьбы на Зайке разговаривал с Маней. У той рот просто не закрывается, и она часто повторяла свои рассказы по два-три раза, пока брат не ронял: «Что ты говоришь? Очень интересно».

Ольгу он нежно любит, но, как все мужчины, частенько забывает, что жене нужно уделять внимания чуть больше, чем автомобилю. А свой

«Мерседес» Кеша просто обожает. Лучший досуг — мытье тачки, полировка капота и крыльев, и всего остального. В гараже несколько полок забито шампунями, полиролями, мастиками... Причем ни Зайкин «Фольксваген», ни мой «Вольво» не удостаиваются такой чести. Наши машины моет садовник.

Иногда в злую минуту Ольга заявляет, что «мерс» был бы Аркадию лучшей женой — всегда молчит и беспрекословно слушается. У Зайки чудный характер, и она никогда не ругается с муженьком, не кричит на него. Хотя, по-моему, иногда Кеша заслуживает хорошего семейного скандала с визгом и битьем посуды. Например, он всегда начисто забывает о годовщине свадьбы и Зайкином дне рождения. Потом, правда, раскаивается и несется за подарками. Но ведь дорого яичко-то к Христову дню. Почти всю свою жизнь Ольга собирает фарфоровых собачек. Коллекция занимает у нее в спальне несколько шкафов. Неловкий супруг ухитрился разбить пару драгоценных экземпляров, но даже тогда не получил по лбу. Впрочем, не стоит так уж ругать Кешку. Он вполне поддается воспитанию. Во всяком случае, фразу: «Ах, дорогая, ты чудесно выглядишь, а какое великолепное платье! Надо тебе, Оля, тоже такое купить» — он больше женам приятелей не говорит.

— Поругались? — продолжала я настаивать. — Ну и что ты натворил? Опять собачку разбил?

Аркадий молчал, но я не отставала.

— Тебя целыми днями нет, конечно, Зайке тоскливо, сводил бы ее в ресторан или в гости.

Видя, что мать не отвязывается, Кешка выдавил:

— У нас проблемы.

— Какие?

Сын молча выложил на стол конверт. «Васильеву Аркадию» — стояло на плотной бумаге. Внутри штук десять цветных фотографий. Зайка смеется, держа в руке бокал с шампанским, она же сидит на большом красном диване, а вот снимок, запечатлевший, как Антон нежно обнимает ее за плечи...

— Видала красавчика? — злобно осведомился Кеша. — Просто Бельмондо придурковатый! А Зайка! Вот уж не ожидал, и что теперь делать прикажешь? Разводиться? Детей жаль.

Я вздохнула. Шустрый парень этот Антон Медведев. Надо рассказать Кеше правду, хотя скандал начнется жуткий.

— Где взял снимочки? — решила я подобраться издалека.

Оказалось, вчера в консультацию пришел парень и оставил у секретаря конверт, велев передать Аркадию.

Поглядев на расстроенное лицо сына, я принялась каяться в содеянном. Следующие полчаса были ужасными. Никогда Кеша так не орал, я даже и не подозревала, что русский язык настолько велик и могуч. Изо рта сыночка сыпались такие слова и выражения, что впору записывать, а потом издавать учебник «Этимология русского мата». Наконец наш адвокат слегка успокоился.

— Это ты в тюрьме у своих подзащитных лексики поднабрался?

Кешка снова открыл рот, но тут в столовую косяком повалили домашние: Нина Андреевна, Римма Борисовна и Гера. Последний ввел довольно невзрачную худенькую женщину.

— Познакомьтесь, — горделиво сообщила Римма Борисовна, — Тамарочка, Герочкина невеста. Она дочка академика, преподает философию.

Чудесная профессия для наших времен, наверное, страшно денежная, подумала я, оглядывая щуплое существо. Да, гордиться ей остается только папиным званием! Абсолютная мышь, даже цвет волос напоминает шерстку грызуна — серый и тусклый. Может, больная? Возраст тоже с трудом поддается определению. Обладательнице такого мелкого личика с почти полным отсутствием рта можно с успехом дать и двадцать, и тридцать, и сорок. Ну, сорок — это, конечно, слишком, а вот тридцать пять — запросто!

— Вы тоже брачное объявление давали? — невежливо осведомилась подбежавшая Маруська.

Кеша вмазал сестрице в бок, но блеклая невеста неожиданно улыбнулась, обнажив безупречные зубы хорошо питающегося человека.

— Нет.

Да, по разговорчивости она сто очков вперед Кешке даст!

— Тамарочка — дочь моей старинной подруги, — пояснила Нина Андреевна, — вот мы и решили их с Герой сосватать. Тома — девочка воспитанная, не то что современная молодежь. Она в свои двадцать пять лет уже получила высшее образование и теперь учится в аспирантуре и одновременно преподает в вузе.

Я покосилась на простенькое ситцевое платьице и китайские парусиновые тапки гостьи. Либо академик жаден, как Гобсек, либо потерял всякую надежду сбыть дочурку с рук. Если приодеть бедняжку, слегка оживить макияжем тусклую мордочку, распустить стянутые аптечной резинкой пряди... Как знать, вдруг похорошеет.

Тут влетела весело улыбающаяся Зайка. Вот уж кому не надо приукрашиваться! У Ольги такой цвет лица, что производители косметики обязательно разорятся, если хоть десять процентов женщин будут иметь ее персиковый румянец и сочные губы. Белокурые волосы рассыпаны по плечам, карие глаза сияют.

Ольга шлепнулась на стул и поцеловала Кешу в щеку. Тот сначала отстранился, потом вздохнул, обнял жену за плечи и потихоньку показал мне кулак. Я расслабилась. Ольге, конечно, предстоит вечером не самый приятный разговор с мужем, но основной гнев вылился на голову его матери.

Старухи самозабвенно щебетали, пытаясь втянуть «молодых» в беседу. Но Гера практически не умеет разговаривать, во всяком случае, я почти не слышу его голоса. Тамара отделывалась лаконичными междометиями. Чудная пара! Скорее всего станут общаться посредством записок, оставленных на холодильнике: «Суп на плите, ушла на работу», «Второе не ел, поехал к маме».

Видя, что ситуация продолжает оставаться натянутой, Манюня призвала собак и принялась знакомить их с гостьей. Но та испуганно поджала ноги.

— Не любите животных? — поинтересовалась Маня, разом теряя к Тамаре всяческий интерес.

— У нас есть собака на даче, в Петухове, — произнесла аспирантка.

Знакомое название, откуда знаю его? Петухово! Да, яйца из Петухова! Там живет приезжавшая к Максу директриса птицефабрики. И как я могла забыть и не поговорила с этой особой!

— Хорошее место, — вступила я в разговор, — и яйца всегда можно свежие купить, и курочку парную.

— С чего вы это взяли? — первый раз проявила признаки эмоций Тамара.

— Там же бройлерная фабрика.

Тамара покачала головой.

— Мой папа нелюдимый человек, не любит, когда вокруг шумят, и дачу искал в тихом месте. Петухово — заброшенная деревня. Там из жильцов только Фаина Львова, она за нашим домом приглядывает и Маркизу кормит. А больше вокруг никого.

— Надо же, — притворилась я, — у меня есть знакомая Фаина Львова, может, это она? Такая яркая женщина с большой грудью!

— Нет, — покачала головой Тома, — худенькая, наоборот, вечно в платок замотанная ходит.

Я очень удивилась, когда узнала, что ей только недавно тридцать исполнилось, думала, старуха. Выглядит жутко.

Оставив гостей наслаждаться тортом, я в нетерпении побежала в библиотеку и вытащила детальный атлас Московской области. Чудная вещица, нанесены все населенные пункты, города, деревни и поселки, обозначены не только асфальтированные, но и проселочные дороги, чуть ли не тропинки. Так, вот оно, Петухово, сороковой километр Рязанского шоссе. И правда, стоит пометка — «Выселенная деревня», а вокруг леса и поля. Ближайший жилой пункт — Костылево, в пятнадцати километрах к югу. Чудное местечко открыл академик, здесь уж никто точно разговорами не обременит.

Самым внимательным образом изучив карты, поняла, что Петухово в Московской области оказалось одно. Каких только названий, связанных с домашней птицей, не нашлось в атласе. Цыплаково, Яичное, Желтково и даже деревенька Большие Куры, но Петухово было в единичном экземпляре.

Сопевший над французским текстом Бекас оторвался от своего занятия и с любопытством спросил:

— Чего ищете, может, знаю?

— Петухово.

— Да вот же оно, — ткнул пальцем в список Коля, — смотрите, Петухово.

Я в задумчивости вздохнула. Петухово-то Петухово, только похоже, что вся история про птицефабрику и дешевые яйца — выдумка. Только чья? Таинственной женщины или самого Макса?

В комнату вошли Аркадий и Зайка.

— Мать, зайди к нам в спальню, — начал сын, но тут в кабинет вбежала взволнованная домработница Ира.

— Просто безобразие, — сообщила она, — кто-то разбил в буфете почти все чайные чашки из красного сервиза, а две оставшиеся засунул в обеденные тарелки. И еще, смотрите, что завалилось на последней полке, за супницей...

Она протянула руку, на ладони лежал какой-то странный, слегка вытянутый предмет.

— Что это? — поинтересовалась я.

— Пуля, — медленно ответил Аркадий, глянув на усердно пишущего в тетради Бекаса, — пуля, похоже, от «ТТ», ну, мать, двигай наверх. Разбираться станем.

Глава 27

Ругались мы почти до утра. Сначала Кеша врезал нам с Зайкой по первое число за авантюру с Медведевым. От мата он воздержался, обзывая жену и мать «тупоголовыми курицами» и «безмозглыми индюшками». Вот уж не знаю, чем ему так не угодили милые и вкусные пернатые. Потом встал вопрос о пуле.

Но здесь я ушла в глухую несознанку, отрицая всяческую причастность к любым пистолетам.

— И то верно, — пробормотал, устав, Кеша, — скорее всего ты не знаешь, с какого конца они заряжаются. Ладно, завтра потрясем Бекаса.

Но назавтра, когда мы с Зайкой, пристыженные и притихшие, спустились в столовую, наш мучитель в спешном порядке отбыл на работу. У его подзащитного произошла какая-то форс-мажорная ситуация.

— Досталось нам, — шепнула я Ольге.

— Хорошо, не поколотил, — ответила та.

— Кто? — моментально влезла в разговор Маня. — Кто кого должен бить?

— Маша, — сурово заметила Римма Борисовна, — дети никогда не вмешиваются в разговоры взрослых, сядь прямо, ешь спокойно оладушки и прекрати все время кормить собак со стола.

— Правильно, — немедленно отреагировала Нина Андреевна, — Банди вредно много есть, он сегодня плохо покакал, слишком жидко.

Оля хихикнула, но, увидав, что свекровь номер два сурово глядит в ее сторону, принялась сосредоточенно работать ложкой в тарелке с неизменной утренней кашей.

— Кстати, — ринулась в бой Римма Борисовна, — сегодня все идем на эстрадный концерт. Начало в семь часов, зал «Россия».

Я разинула было рот, но старуха подавила бунт в зародыше:

— Дарья, Гера пригласил Томочку, девочка должна понимать, какая дружная у нас семья. Поэтому подчеркиваю: на концерт идем ВСЕ. Тамара — лучшее из того, что попадалось до сих пор. И квартира, и дача, и папа с положением.

По-моему, следует оставить жениха с невестой наедине, может, хоть поговорить сумеют спокойно. Но у любящей мамы иное мнение по этому вопросу.

После завтрака поднялась к Зайке.

— Узнала адрес?

— Как раз сегодня договорились у него днем кофе попить, — сказала невестка, укладывая недовольного Ваньку в манеж.

— Ну собирайся, — велела я в нетерпении, — во сколько встреча?

— В два у «Макдоналдса» на Тверской, — сообщила Ольга, — только, может, все-таки лучше не ходить? Теперь Кешка точно убьет, если узнает, что не послушались.

— Мне нужен адрес, чтобы в спокойной обстановке задать парню пару вопросов. Потом, кажется, Яна Соколова скрывается у него дома, а эта девица — самое главное звено во всей этой истории.

— Ну ладно, — пробормотала невестка, — уговорила, только если Аркаша начнет ругаться, скажу, что это ты меня заставила.

Вытолкав Ольгу на свидание, я поехала к приятелю Леонида Медведева Ивану. Интересно, почему Антон съехал от него через полгода?

Улица Андреева — прелестное место в двух шагах от Тверской. Самый центр города, а тихо, как в деревне, и дома постройки начала века с высоченными потолками, безразмерными лестницами и необозримыми коридорами.

Иван сидел дома.

— Слышать даже про мерзавца не хочу, — отреагировал на вопрос об Антоне, — хоть бы сдох побыстрей, негодяй косорылый.

— Почему косорылый, — искренне удивилась я, — по-моему, он просто красавец!

— Дьявол часто принимает ангельское обличье, — философски заявил мужик, — хорош, как картинка, но мне сразу не понравился.

— Почему?

— Кто вы такая, зачем Антона ищете? — задал встречный вопрос Иван.

Сказка о наследстве тут не пройдет.

— Я майор милиции Дарья Ивановна Васильева. Антон Леонидович Медведев обвиняется в тяжелом преступлении, последний его известный адрес — улица Андреева.

— Небось еще какую-нибудь несчастную бабу убил, — отреагировал собеседник, — пойдемте внутрь.

Планировка квартиры оказалась более чем странной. Вход в жилую комнату — через огромную захламленную кухню. Очевидно, Иван жил один. На окне не было занавесок, полки покрыты ровным слоем пыли, на письменном столе тихо гудит включенный компьютер. И везде книги, книги, книги...

Причем, это ж надо, большинство на французском.

— Я перевожу детективные романы, — пояснил мужчина, увидав мой заинтересованный взгляд.

Да, понятно. С удовольствием бы попросила

почитать вон ту новехонькую книжечку «Сокровища в чемодане», да только наверняка хозяин насторожится. Ну где вы видели милиционера, в совершенстве владеющего иностранными языками?

Кинув в последний раз взор на вожделенный том, я приступила к допросу:

— Почему вам не понравился Антон и отчего решили, что он кого-то убил?

Хозяин вытащил толстую сигару, аккуратно обрезал кончик и принялся пускать клубы жуткого вонючего дыма.

— Антона привел ко мне Леонид Медведев. Матерью Антона была циркачка Людмила Цимпанелли, с которой у Леонида случился роман. Потом у него с матерью не заладилось, и он пришел к отцу. У Леонида жена ревнивая, жуть. Ясно, что жить вместе им было невозможно. Вот и притащил сюда своего отпрыска.

Парень старательно улыбался, изображая интеллигента, но переводчику сразу не понравились глаза предполагаемого жильца — голубые-голубые, прозрачные, словно стеклянные, и абсолютно честные. Такие искренние и хорошие, что Ивану стало почему-то не по себе. Но повода для отказа он, к сожалению, не нашел. Квартира огромная, а жильцов всего двое: он и дочка Фаина. К тому же Антон сразу предупредил, что проживет недолго, поскольку институт обещал ему общежитие. Ну не ругаться же с лучшим другом Леонидом?

Первый месяц жилец не доставлял никаких

хлопот. Он дал хорошую сумму на хозяйство, а когда Иван принялся отказываться, купил новый телевизор. Днями Антон пропадал в институте, а вечером он вместе с Фаиной мирно глядел боевики и комедии. Дочка Ивана училась тогда в девятом классе, и переводчик, часто ездивший в командировки, подумал, что, может, и неплохо иметь жильца. Все-таки страшно оставлять девчонку одну дома.

Шли недели, об общежитии Антон больше не заговаривал, Иван тоже не поднимал этого вопроса. Он мог теперь спокойно работать. Дочка-школьница не сидела целыми вечерами одна, да и Антон оказался весьма положительным юношей: не пил, не курил, не приводил в квартиру никаких друзей, кроме Лени Бесчастного. В погоне за деньгами Иван начал ездить по всей России. Рубль стремительно обесценивался, но профессиональный переводчик да еще синхронист был нарасхват. А у Ивана Львова была еще и хорошая репутация отличного работника: аккуратного, грамотного и не слишком дорогого. Как-то раз выпала крайне выгодная командировка в Приморье. Французы подрядились строить там какую-то фабрику, и переводчика ангажировали на целых три месяца. Сначала мужик колебался, можно ли оставить на столь длительный срок Фаину, но уж больно лакомый заработок предлагали французы. В конце концов Иван уехал. Два месяца он оттрубил честно, а потом у иностранцев начались какие-то трения с администрацией края, и специалисты вернулись в Париж. Иван вылетел в Москву и явился домой поздно вечером, когда его никто не ждал. Хотел сделать сюрприз. Открыл дверь в дочкину спальню, чтобы радостно закричать: «Вот и я!» Но слова застряли в глотке, когда он увидел отвратительную картину.

Любимая дочка, его маленькая, выращенная без матери Фаина, папина любовь и гордость, лежала абсолютно голая в кровати с... двумя огромными мужиками. Один из любовников был к тому же еще и чернокожий. Поза, в которой отец застал Фаину, вполне годилась для журнала «Интим». Но больше всего поразило и возмутило Львова то, что около кровати с любительской камерой в руках стоял Антон, снимавший этот свальный грех. У бедного отца потемнело в глазах, и он швырнул в парня чемоданом. Началась драка, мужики вскочили с кровати и убежали. Молодой и крепкий Антон накостылял Львову по шее и тоже ушел. Фаина осталась лежать в постели, глупо хихикая. На приказы Ивана встать и одеться она не реагировала. Потом закрыла глаза и страшно захрипела. Львов перепугался и вызвал «Скорую помощь».

Приехавший фельдшер брезгливо обозрел кое-как прикрытую халатом Фаину и заявил:

— Вызов к наркоманам платный.

— Да ты что! — обалдел Иван. — У нее с сердцем плохо.

— И с почками, и с печенью, и с желудком, — меланхолично роясь в железном чемодане с лекарствами, сказал медбрат, — ты, мужик, на ее руки глянь.

Иван уставился на тоненькие, покрытые синяками ручки Фаины и затрясся в рыданиях. Фельдшер оказался незлой и вкатил отцу реланиум. Ночь и половину следующего дня Львов провел в полудреме. Окончательно очнулся он только к обеду и сразу пошел в ванную почистить зубы и умыться.

Там на стиральной машине сидела Фаина. Левая рука ее была перетянута ремнем, один конец девчонка сжимала зубами. Рядом валялся пустой пузырек.

— Что ты делаешь? — тихо спросил Иван.

Фаина подняла на него большие карие глаза.

— Прости, папа, не могу без дозы.

Следующий месяц стал кошмаром для обоих. Фаина рассказала, что стала любовницей Антона давно. Потом парень приучил ее к наркотикам и начал снимать в порнографических лентах. Деморализованная и начисто лишенная воли, девочка за укол готова была прыгать в огонь.

— Я люблю его, папа, — рыдала она, обнимая Ивана, — понимаешь, люблю. Верни Антона.

Сначала переводчик пытался обходиться с девочкой по-хорошему. Договорился в школе, нанял учителей и врача-нарколога. Но все усилия шли прахом. Фаина не собиралась посещать занятия, врала, что идет к репетитору, а сама бежала к торговцу «дурью». Тогда отец пристроился в издательство переводить детективы и осел дома. Целый день он не спускал с дочурки глаз — кормил по часам, давал выписанные наркологом таблетки, но стоило ему выйти за продуктами, как Фаина моментально удирала из дома. Возвращалась она, как правило, под утро, обколотая и довольная.

На все уговоры отца следовал один ответ:

— Верни Антона, найди и приведи назад.

Однажды Ивану позвонили из конторы кладбища, где была похоронена жена, и сообщили, что неизвестные вандалы разбили памятник. Львов помчался в Митино. Но могила оказалась в полном порядке. Гоня прочь нехорошие предчувствия, мужик схватил такси и примчался домой. Квартира встретила его почти голыми стенами. За три часа, которые Иван провел вне дома, воры вынесли почти все, оставив лишь старую мебель. Картины, иконы, серебряная сахарница, компьютер, телевизор, видеомагнитофон — скорее всего домушникам понадобился грузовик. Но самое страшное было не это.

На столе в пустой спальне Фаины лежала записка: «Ты мне больше не отец, ухожу к тому, кого люблю».

Иван помчался в комнату, которую занимал Антон, распахнул шкаф и увидел, что все оставленные парнем вещи пропали. Львов сразу понял, кто ограбил квартиру и увез Фаину.

Поиски дочери ничего не дали. Та как в воду канула. Фотографии показывали по телевизору и несколько раз печатали в газетах, но толку чуть. Девочка пропала. Постепенно Иван свыкся с исчезновением дочери. Последнюю попытку поисков он предпринял несколько лет тому назад. Взял одну из фотографий семнадцатилетней Фани и пошел к очень известному экстрасенсу. Тот долго глядел на снимок, потом сказал:

— Я не вижу ее среди живых.

Больше Львов дочку не искал. Жениться мужик не хотел и жил один.

— Поискали бы Антона, — посоветовала я, — он-то, наверное, знает, куда Фаина подевалась.

— Да искал я его, — отмахнулся Иван, — из института выгнали, у матери не живет, с отцом не встречается, где найти?

Единственный кончик — дружок его, Леша Бесчастный, но и тот сказал, что с Антоном не встречался.

— А где он живет? — насторожилась я.

— Сейчас не знаю, а раньше на Садовом кольце.

Я взяла адрес Лени и вышла на улицу. После удушающей жары внезапно сильно похолодало, дул пронизывающий ветер, и погода скорее напоминала конец сентября, а не июня.

В «Макдоналдсе» неожиданно оказалось слишком много народа, и пришлось подсесть за столик к приятной пожилой женщине.

— Замерзли? — приветливо спросила она, глядя, как я жадно глотаю горячее какао. — Надо теплей одеваться.

— И так брюки нацепила, — пробубнила я, откусывая кусок от «биг-мака».

— Они у вас такие широкие, ветер, наверное, задувает, вот и холодно.

Брюки у меня и впрямь расклешены прямо от бедра. Супермодное одеяние от фирмы «Валентино». Но хитрый модельер сообразил, что в таких «трубах» будет зябко, и пустился на хитрость. Подкладка сделана в виде шаровар и на щиколотках прихвачена резинками. Издали — широкие брючины, а внутри тепло, и ветер не проникает к коже. Но не объяснять же это милой старушке.

Поев, двинулась к выходу и почувствовала небольшой дискомфорт. Пришлось идти в туалет. Запершись в кабинке, полезла за подкладку брюк. В кармане у меня, как всегда, большая дырка. Но только в правом, левый в полном порядке. Зашить прореху недосуг, и вспоминаю о ней только тогда, когда засовываю в «больной» карман сотовый. Крохотный мобильник марки «Эрикссон» проскальзывает вниз по ноге и тормозит у щиколотки, стянутой резинкой. Вряд ли Валентино предвидел такой эффект, но все равно спасибо ему, иначе количество разбитых мной сотовых, и без того весьма немалое, увеличилось бы.

Запихнув телефон в целый карман, пошла к выходу, но тут позвонила Маня.

— Мамуля, — закричала она, — помнишь про концерт?

— Конечно, детка.

— Так вот, домой можешь не заезжать, встречаемся без пятнадцати семь у «России».

Я поглядела на часы. Еще полно времени. Ладно, съезжу к Лене Бесчастному. Дом в центре, на Садовом кольце.

Но там меня поджидала неудача. За огромной деревянной коричневой дверью царила тишина. В «глазок» ничего не было видно. Я слышала, как в квартире звонит телефон. Никого. Или на работе, или уехал. Надо идти в машину.

Но тут в глазах потемнело, на уши словно кто-то шапку надвинул, и, чтобы не упасть, я быстро села на ступеньку. Черт возьми, ведь знаю, что при резкой смене погоды у меня моментально падает давление. Оксана велела носить с собой на такой случай несколько кусочков сахара. Я послушно положила в бардачок коробку рафинада. Но плохо-то на лестнице, а спасительный сахар — в «Вольво». Не хватало только грохнуться в обморок на лестнице чужого дома. В голове противно звенело, и перед глазами прыгали черные мухи.

— Вам нехорошо? — раздался голос.

Я с трудом повернула гудевшую голову. Дверь соседней квартиры распахнута, на пороге стоит молодая девушка.

— Сейчас пройдет, — еле ворочая языком, пробормотала я, — не бойтесь, совсем не пью, давление резко понизилось.

— Что уж, алкоголика от приличного человека не отличу? — возмутилась соседка. — Пойдемте ко мне, я — медицинский работник.

На негнущихся ногах вдвинулась в комнату и рухнула на пахнущий чем-то затхлым диван. Девушка притащила тонометр.

— Шестьдесят на сорок пять, — пробормотала она, — надо укол сделать.

— Лучше крепкого чая с сахаром, — попросила я.

Поданный «Липтон» оказал живительное действие, и гул исчез.

— Лучше стало? — осведомилась девица.

— Спасибо, — сказала я, принимая вертикальное положение и внимательно разглядывая свою спасительницу. Откуда знакомо ее лицо? Где видела эти густо накрашенные глаза, черные волосы и складную, чуть полноватую фигурку?

— Вот и хорошо, — удовлетворенно отметила добрая самаритянка, — сейчас еще минут двадцать полежите, и все.

— Что вы, спасибо, пора ехать.

— И не спорьте, я хоть и не врач, а простая медсестра, но хорошо знаю, что с вегетососудистой дистонией шутить не стоит. Вам повезло: я в «глазок» поглядела, кто, думаю, к соседям ломится? А вы уже на ступенечках сидите, вся зеленая...

Она продолжала щебетать, но я вспомнила, откуда знаю девчонку.

— Вас ведь Галей зовут?

— Точно. Как узнали?

— Приходила в больницу, к доктору Ревенко.

— Ой, ну надо же, — восхитилась медсестра, — как в кино совпадение. Вы лечились в отделении?

— Нет, за справкой обращалась. Только у вас там отвратительный беспорядок, а Ревенко ничего не помнит, такая странная!

— И не говорите, — засмеялась Галя, — Ревенко — просто клуша. Другие доктора ловкие, быстрые, а эта! Пока сообразит, что к чему, неделя пройдет. Рыба мороженая. Все забывает, больных путает, а уж попросить вообще ничего нельзя, тут же забудет. Представляете, в какую дурацкую ситуацию меня поставила.

Галя вытащила из шкафа пачку сигарет, закурила и принялась самозабвенно сплетничать. Несколько недель тому назад к ней пришел сосед и попросил помочь. Его девушка, студентка мехмата, настолько увлеклась любовным приключением, что совершенно забыла про учебу. Всю весну они мило прогуляли и прокувыркались в кровати. Теперь предстояла сессия, которую ей явно не сдать, мехмат не какой-нибудь филфак, и за несколько дней ни матанализ, ни теоретическую механику не выучить. Девушка соседа опомнилась, да немного поздно. За лето она собиралась подтянуть упущенное. И вот теперь требовалась справка о госпитализации, чтобы получить отсрочку сессии.

— Ну напиши, что она сломала руку или ногу и лежала у вас в отделении, — клянчил соседушка, — помоги, будь человеком.

Галя решила оказать услугу и предупредила Ревенко, что, если будут интересоваться девушкой, нужно сказать, что она выписана домой. Написать справку ничего не стоило — бланки с подписями и печатями валяются в ординаторской.

Но тормозная Ревенко забыла про просьбу и, когда из университета позвонили и поинтересовались здоровьем Соколовой, спокойно ответила, что такой больной в клинике не было. Причем говорила это на глазах у корчившей ей гримасы Гали. Девушка упрекнула врача:

— Я же просила вас!

Ревенко медленно подняла сонные глаза и протянула меланхолично:

— А... Забыла.

— Еще секунда, и я бы ее треснула по затылку, — возмущалась Галя, — так что не удивляйтесь, если она ваши документы потеряла.

— Как звали девушку, не помните?

— Соколова. Анна, нет, по-другому как-то.

— Может, Яна?

— Точно, еще подумала, имя не русское, а вы ее знаете? — удивилась Галя.

Нет, Галочка, пока не знаю, но давно мечтаю познакомиться.

— Сосед из какой квартиры?

— Да из той, куда вы стучались.

— Антон Медведев?

— Какой Антон? Леня Бесчастный, всю жизнь на одной лестничной клетке живем, еще наши родители дружили. А вам он зачем?

— Вот приехала из Парижа, привезла ему от приятелей письмо и сувениры.

— Надо же, — восхитилась Галя, — где у Леньки знакомые имеются. Ну да и понятно, кинорежиссером работает, ВГИК закончил. Только его сейчас нет, уехал на съемки, завтра вернется, где-то в области снимает.

Глава 28

. К концертному залу примчалась без пяти семь. У входа в нетерпении подпрыгивала, сжимая в руке два билета, Маша.

— Мусик, — закричала она, — давай скорей, наши уже ушли, сейчас начинается.

Наступая на ноги сидящим, мы пролезли на свои места, и я перевела дух. Так, надеюсь, музыка окажется не слишком громкой и даст подумать. Но тут на авансцену вышел конферансье и, глупо хихикая, объявил группу «Скунсы». Надо же так назваться. Может, во время выступления вонючий дым пускают?

Музыка гремела, из головы разом вылетели все мысли. Совершенно не переношу резких звуков, раздражает даже громкий голос, а тут крики под барабан. Наконец вакханалия стихла, и из-за кулис вышла Алла Борисовна Пугачева собственной персоной. Публика почему-то встретила появление первой дамы российской эстрады диким хохотом и свистками. Немного странная, на мой взгляд, реакция.

Остановив царственным жестом беснующихся зрителей, Пугачиха спела один куплет песни «Паромщик» и удалилась. Я недоумевала, почему такое короткое выступление? Но на подмостки вкатили несколько столов, и фокусник принялся махать платками.

После иллюзиониста выскочил Филипп Киркоров. И снова хохот, топот, свист. Филя тоже исполнил только один куплет и унесся. Я окончательно растерялась. Что случилось со звездными супругами?

Концерт катился на всех парах. Между номерами появлялись по очереди Николай Расторгуев без группы, Валерий Леонтьев, Ирина Понаровская — пели пару строф и уносились. Когда в свете софитов возникла полная, роскошная Елена Образцова и исполнила своим неповторимым голосом начало арии из «Богемы», мне показалось, что я схожу с ума! Дива такого ранга согласилась участвовать в сборном концерте, да еще вышла к зрителям всего на три минуты?!

— Здорово он делает, — толкнула меня локтем Маня, — ловкий прикол.

— Кто он? — тихо спросила я, наблюдая, как Образцова горделиво несет крупное тело за кулисы.

— Да ты чего, мама? — изумилась Маня. — Это же имитатор Берестов, гляди...

И она сунула мне в руки программку. Я открыла рот: значит, и Пугачева, и Киркоров, и Елена Образцова — на самом деле переодетый артист, мастер пародии Олег Берестов? Но как он такое выделывает? Ладно волосы — нацепил парик, и все, но рост? Филя под два метра, а Леонтьев до метра семидесяти не дотягивает... Потрясающе!

— Я его отлично знаю, — похвасталась Манюня, — такой здоровский мужик, если за Лизкой приезжает, всему классу шоколадки раздает.

— За кем и кто приезжает?

— Муся, — укоризненно зашипела Маня, — опять меня не слушаешь, а о своем думаешь. Со мной в одном классе в колледже учится дочь Олега Берестова — Лиза. Отец ее часто забирает из школы и в класс приходит.

Она продолжала возбужденно болтать, но я уже отключилась. Бог мой, кажется, понимаю, каким образом Макс и Ада были превращены в убийц. Вот только не знаю самой малости — кто и зачем устроил спектакль?!

Утром дождалась, пока Манюша прибежит к завтраку, и завела разговор:

— Чудесный концерт.

— Очень, очень мило, — хором ответили старухи, — а какой пародист!

— Между прочим, — хитро улыбаясь, сказала я, — его дочь Лиза учится вместе с Маруськой в одном классе. Если хотите, можно позвонить артисту домой и выразить восхищение. У тебя ведь есть ее номер?

Простодушный ребенок радостно закричал:

— Конечно, и адрес тоже!

Маруся с топотом унеслась за телефонной книжкой, а Римма Борисовна напала на Геру с требованием доставить Тамару к обеду. Я подождала, пока Маня во всеуслышание объявит цифры, и быстренько пошла в спальню.

Берестов еще спал. Наверное, тяжело работать до полуночи, подумала я, услыхав сонный голос, и, извинившись, сказала:

— Простите за ранний звонок, но господин Казарис просил обязательно застать вас дома.

— Кто? — не понял пародист. — Какой господин?

— Казарис, владелец клуба «Гардения» в Париже. Он уполномочил меня поговорить с вами о возможных гастролях.

В трубке раздался сдавленный вздох и приглашение приехать немедленно.

Еще бы. «Гардения» для эстрадных артистов — то же самое, что вручение «Оскара» у кинематографистов. Раз появился на сцене прославленного зала, значит, звезда высшей категории, суперэлита мирового шоу-бизнеса. Многие критики упрекают Казариса за тенденциозный выбор исполнителей. Но великому хозяину наплевать на чужое мнение. В его зале всегда аншлаг. Иногда он позволяет себе пригласить на выступление молодого исполнителя и за один день превращает его в модного, знаменитого и богатого. Остается добавить, что артисты из России крайне редкие гости на желанной сцене. Понимаете теперь волнение Берестова? Да ради такой встречи он отменит любые дела и продемонстрирует все свое умение.

Когда идешь в чужой монастырь, следует соблюдать его устав. Одеться надо по законам местной стаи. Перерыв гардероб, влезла в те же широченные брюки и напялила на себя жуткую обтягивающую кофту из бархатных ниток. Коротенький пуловер доходил только до талии. Обвесившись всевозможными бусами, я глянула в зеркало и осталась недовольна увиденным. Сам Казарис, высокий, тучный мужчина, появляется везде в кожаных ярко-зеленых штанах и лимонно-канареечной рубашке. Длинные, окрашенные под медную проволоку кудри стягивает на затылке золотой заколкой, бордовые ботинки и кольцо в ухе довершают картину.

Я, даже обмотавшись всеми своими цепочками, не тянула на его представителя, следовало резко сменить имидж.

Так, брюки оставим, в конце концов, на улице холодно, как осенью. Вместо пуловера наденем длинную трикотажную кофту цвета взбесившегося салата, а поверх кожаную жилетку с бахромой и заклепками.

Потом я понеслась в спальню к Зайке. Вчера Ольге не удалось встретиться с Антоном, он просто не явился к двум часам на свидание.

— Ну, — спросила невестка, — что теперь? Сидеть и ждать его звонка?

— Сиди и жди, — велела я и схватила у нее с полки флакончик ярко-красной туши для волос. Нанесла невероятную краску и сразу превратилась в ненормальное существо с русо-кровавыми прядями. Потом густо подвела глаза, намалевала оранжевый рот и обсыпалась белой рисовой пудрой. Напоследок влезла в ярко-синие лодочки на пятнадцатисантиметровых каблуках и, слегка покачиваясь, подковыляла к зеркалу.

Оттуда на меня глянуло странное существо — нечто среднее между вокзальной проституткой, певицей Ликой Танц и офортом Гойи «До самой смерти». Так, чудесно, и в качестве завершающего штриха прикрепила на левую ноздрю тоненькую клипсу-колечко, приобретенную в Париже Манюней. Как раз только началась повальная

мода на пирсинг, и Машке не хотелось отличаться
от французских подростков. Но лишнюю дырку в
носу все же не рискнули проделывать, поэтому
обошлись клипсой. Сережка в ноздре вскоре надоела дочери, и она засунула ее в коробочку с
моими драгоценностями.

Я вышла в коридор и тут же наткнулась на
Нину Андреевну.

— Боже, ты куда? — только и смогла вымол-
вить потрясенная старуха.

— Принимать вступительные экзамены, — не
удержалась я. Интересно, как поведут себя аби-
туриенты, если увидят подобного преподавателя?

Район улиц Черняховского, Усиевича и Крас-
ноармейской — просто заповедник. Здесь с пятидесятых годов в красивых и удобных домах из
светлого кирпича проживает творческая интел-
лигенция — актеры, писатели, художники.

Дом Берестова, относительно новая шестнад-
цатиэтажная башня, выглядел шикарно. Хозяин
тоже не подкачал. Одет во что-то, сильно смахи-
вающее на костюм космонавта, на ногах тапки в
виде собачек. Улет, как сказала бы Манюня.

Минут пятнадцать обсуждали «гастроли». Потом я заявила:

— Господин Казарис спрашивает, сколько у
вас обслуживающего персонала.

— Четыре гримера, восемь костюмеров, — начал перечислять Олег.

— Сколько? — искренне удивилась я.

— У меня очень сложный грим и совершенно особый гардероб.

— Никак не возьму в толк, как меняете рост.

— Это как раз самое простое. Надеваю специальную обувь — известные еще греческим актерам котурны — или, наоборот, хожу в носках. Люди, как правило, фиксируют только общее впечатление. Все знают, что Киркоров огромного роста. Но если он в действительности метр девяносто пять, а я смогу стать всего метр девяносто, этого никто не заметит. И, как правило, рост виден в сравнении с другими людьми, я же работаю на сцене один.

— А Елена Образцова? Вы худощавы...

— Совсем ерунда, специальное платье с толщинками, накладная грудь, живот, бедра...

— Все равно кажется, что загримироваться так, чтобы тебя не узнали, просто невозможно.

Тут в соседней комнате затренькал телефон, и Олег, извинившись, вышел. Очевидно, собеседник попался болтливый, потому что минут через десять в комнату впорхнула молоденькая девушка.

— Папе очень неудобно, но звонит бабушка из другого города, — пояснила она, — пока развлеку вас.

Я смотрела на девчонку во все глаза. Как у невысокого и довольно невзрачного пародиста могла родиться такая красавица! Белокурые волосы свисали почти до осиной талии, высокая грудь кажется красивой даже мне, женщине, ноги растут от ушей. Слишком много косметики, но девушки сейчас ярко красятся.

Мы мило беседовали об искусстве Возрождения, голосок у девчушки звенел, словно колокольчик. Потом вдруг она рассмеялась хриплым, совсем не женским смехом и, стаскивая с головы парик, сказала приятным драматическим тенором:

— Ну что, здорово я вас разыграл?

Онемев, я глядела, как девчонка стягивает через голову футболку вместе с грудью, потом вылезает из мини-юбки с корсетом. Передо мной с девичьим лицом стоял в женских колготках Олег Берестов.

— Признавайтесь, не узнали?

Я покачала головой.

— Решила, что в комнату вошла ваша дочь.

— Вот видите, — удовлетворенно потирал руки пародист, — грим положил на скорую руку, и то не догадались. Но в моем искусстве нарисовать лицо, надеть платье или соответствующий костюм, даже изменить голос — не главное. Важно подметить привычки, жесты пародируемого. Как он ходит, закуривает, встряхивает волосами... Вот если понаблюдаю за вами несколько суток, то, перевоплотившись в вас, проведу вашего мужа и детей.

— У меня нет мужа, и насчет того, чтобы провести супруга, вы загнули, такое невозможно, — а собаку можно обмануть?

Олег улыбнулся.

— Вот животные на обман не поддаются. Знаете, был смешной случай. Я ведь учился в МАИ, технарь по образованию, математика всегда легко давалась. Быть бы инженером, да в МАИ оказался чудесный студенческий театр. Я в нем играл. Вот и пошел в результате на профессиональную сцену.

Однажды брат Берестова Юра, учившийся тоже в МАИ, должен был приехать к руководителю своей дипломной работы на консультацию. Профессор славился вредным характером, и пропустить встречу не представлялось возможным. Дело было в конце апреля, Юра собирался провести со своей девушкой три дня на даче. А тут, пожалуйста, консультация. Студент стал просить старшего брата отправиться вместо него. Олег, в то время уже успешно выступавший в концертах, согласился помочь.

Сначала все шло как по маслу. Ни престарелый профессор, ни его пожилая жена не заподозрили подмену. Вот только маленькая собачка, помесь болонки с терьером, злобно рычала на Олега, а потом цапнула за ногу.

— Что случилось с Малышкой, — извинялась хозяйка, заливая следы от зубов йодом, — ума не приложу. Правда, она всегда злится, когда видит незнакомых людей, рычит и норовит тяпнуть. Но ведь вас, Юрочка, она хорошо знает, и вы всегда с ней отлично ладили. Помнится, в прошлый раз даже на колени к вам залезла ласкаться...

— Так что собаку обхитрить не удалось, — смеялся Олег. — Она по запаху ориентируется, а не по внешнему виду. Хотя, знаете, Малышка та, наверное, моя единственная неудача. По молодым годам один раз такую штуку проделал — до сих пор стыдно. Это к вопросу о том, что нельзя обмануть супруга. У нашего главного режиссера жена была, звали ее Алена. Ангельски хороша, но никаких связей на стороне.

Под Новый год Олег крепко выпил и поспорил с приятелем, что прикинется мужем Алены, а та не узнает. Утром Берестов хотел отказаться от затеи, показавшейся ему на трезвую голову отвратительной. Но приятель, смеясь, показал бумагу. «Обязуюсь отдать пять тысяч рублей, взятых в долг. Берестов».

— Плати, — велел дружок. — Или иди соблазнять Алену.

Пять тысяч по коммунистическим временам — гигантские деньги, и Олегу пришлось сделать подлый поступок.

— До сих пор не могу себе простить, — каялся пародист, — никто, кроме Антона, не знал о дурацком розыгрыше, но правда все равно вышла наружу, уж не пойму как! Пришлось уйти из театра.

— Как звали приятеля, толкнувшего вас на глупость?

— Антон Медведев, мы учились одно время вместе. Только я уже на шестом курсе, а он пришел на первый и сразу попросился в театр. Я с ним с тех пор не общаюсь. Подлый человек, и ведь как все обстряпал. Сначала напоил меня, потом начал насмехаться: «Не сумеешь, не сумеешь, куда тебе». А уж как расписку подписывал, совсем не помню. Пригрозил, сволочуга, если не отдам, в милицию пойдет и заявит на меня как на мошенника. Время помните, какое было? Я не москвич, из Твери, прописка временная, жил в общежитии, живо из столицы могли вытурить.

И рассказал вам эту историю, чтобы вы не сомневались. Я — великий артист, мастер обмана, господин Казарис не ошибется, если позовет меня.

— Ладно, — согласилась я, — выглядит и звучит убедительно, попробую уговорить хозяина. Но являюсь всего лишь служащей, так что пока не слишком радуйтесь. А этот ваш бывший приятель, Антон, где сейчас?

— Шут его знает, — ответил Олег, — не имел желания с ним видеться. Насколько помню, раньше хотел в актеры податься, все Якова обрабатывал.

— Кого?

— Ну, режиссера нашего главного, Якова Мироновича Когтева, мужа Алены.

Погода испортилась окончательно, когда я, пряча в карманах адрес и телефон Когтева, спустилась к машине. Сыпал противный мелкий дождь. С наслаждением отстегнув от онемевшей вконец ноздри клипсу, села за руль и позвонила Якову Михайловичу.

— Он на репетиции.

— Где?

— Как где, — возмутился женский голос, — естественно, в театре, на Смирновском бульваре.

Театром Когтева горделиво назывался полуподвал примерно на сто мест. В темном зрительном зале горела только одна настольная лампа, возле которой с кипой бумаг в руках восседал мужчина.

На сцене тоже царил полумрак.

— О, скажи мне, за что? — вопрошал женский голос.

— То рок свершился, — ответил мужской.

— А, а, а, а, — завыл откуда-то из-под потолка хор, — о, о, о.

Мужчина хлопнул в ладоши:

— Прекрасно, все свободны на час, потом еще раз с самого начала.

В зале вспыхнул свет. Щурясь, режиссер обернулся и спросил:

— Вы ко мне?

Выглядел он потрясающе — ярко-бирюзовый пиджак, совершенно невероятные желтые джинсы, на ногах белые носки и розовые ботинки. Может, это костюм для сцены?

— Что хотите? — нетерпеливо спросил Яков Миронович. — Актриса? На пробу?

— Майор Дарья Ивановна Васильева из отдела розыска пропавших без вести. Нужно задать пару вопросов.

— Пойдемте в кабинет, — отрывисто бросил Когтев и потащил меня по коридору куда-то за сцену.

В крохотной комнатке, где помещались только письменный стол и два стула, он включил электрочайник и, доставая из ящика банку растворимого кофе, сказал:

— Да, сильно изменилась наша милиция, и

что, вам разрешают в таком виде на службу ходить?

Я обозлилась: если носишь розовые ботинки, нечего осуждать бедного майора за нестандартный макияж. Но вслух не сказала ничего по этому поводу, а сразу приступила к делу:

— Разыскиваем Фаину Львову, семнадцатилетнюю девочку, не обращалась в театр такая?

— Нет, — удивленно ответил Яков Миронович, — не слышал.

Конечно, не слышал, пропала-то она бог знает когда и сейчас, если жива, ей уже тридцатник стукнул или около того.

— Почему решили, что могу навести на след? — продолжал недоумевать Когтев.

— Последний раз ее видели с актером вашего театра Антоном Медведевым.

Режиссер побагровел:

— Если данный субъект смел представляться членом нашей труппы, то знайте — он наглый самозванец. Талантливый, не спорю, но абсолютно криминальная личность. Прошу в моем присутствии не произносить никогда данной фамилии.

И он, горделиво выпрямив спину, пронзил меня взглядом, который можно сравнить разве что с плохо наточенным копьем.

Ну, это вы, Яков Миронович, зря. Может, на актеров и действуют пламенные взоры, и они боятся вас, но майору милиции на такие штучки наплевать.

— В целом уже представляю, что произошло, Олег Берестов объяснил.

— Сплетни собираете, — прошипел «Станиславский», — в чужом белье копаетесь? Ни слезы матери, ни скорбь, ни горе, ничто вас не смутит.

Беда с этими актерами, вечно цитируют разные пьесы.

— Работа такая, — развела я руками, — в говне возиться. Вам лучше самому рассказать, что там у вас вышло с Медведевым, а то придется расспрашивать других: знакомых, приятелей, сослуживцев. Как правило, люди охотно судачат, но частенько привирают. Уж лучше самому изложить.

— Будете оформлять показания? — настороженно поинтересовался Когтев, тревожно поглядывая на мою крохотную, размером со спичечный коробок сумочку.

— Нет, — успокоила я его, — хорошо понимаю, как неприятны подобные воспоминания. А начальство не интересуется, каким образом оказалась установлена истина. Полковнику важен результат, а не процесс поиска. Давайте договоримся: рассказываете про Медведева, а я обещаю полное сохранение тайны.

Когтев нервно хлебнул обжигающий кофе.

— Воспоминания и впрямь неприятные, говорите, пропала женщина?

— Да, очень молодая, совсем девочка, почти ребенок. И нам очень важно найти адрес Медведева...

— Боюсь, здесь не сумею помочь, — вздохнул

режиссер, — наши контакты происходили в театре, правда, один раз я ездил искать Алену на ее квартиру, доставшуюся от тетки...

— Давайте по порядку, — попросила я.

Глава 29

В начале восьмидесятых Яков Миронович, тогда вполне еще молодой мужчина, режиссер по образованию, но по роду трудовой деятельности дворник, согласился стать во главе студенческого самодеятельного театра. Очевидно, Когтев и впрямь был талантлив, потому что через год в клуб МАИ стала ломиться вся Москва. Среди студентов отыскивались настоящие самородки, кстати, многие, получив диплом, ушли на профессиональную сцену. Яков Миронович ухитрился за четырнадцать месяцев выпустить пять премьер, просто горел на сцене, компенсируя годы, проведенные с метлой в руках. Среди самого первого состава исполнителей оказалась Алена Потапова, семнадцатилетняя первокурсница, необыкновенно одаренная девушка. У режиссера вспыхнул бурный роман с молоденькой примой, и через год, как только Алене исполнилось восемнадцать, они поженились.

Яков Миронович превратился в абсолютно счастливого человека. Во-первых, молодая жена обладала крайне покладистым, ровным характером. Во-вторых, она оказалась образцовой хозяйкой, а в-третьих — страстной любовницей.

В общем, такой вариант встречается только в сказках.

Театр «У камина» начал приобретать известность: пару раз постановки ругали в газетах, и на спектакли стало невозможно попасть. Когтев стремительно входил в моду. Ректор МАИ, страшно довольный тем, что под крышей вуза создан столь известный коллектив, выбил для Якова Мироновича и Алены роскошную трехкомнатную квартиру в районе метро «Сокол». Жизнь сверкала и переливалась радужными красками...

Бедный Когтев и не подозревал, что, принимая на испытательный срок первокурсника Медведева, получает в его лице дьявола. Антон казался таким милым, таким талантливым. Парнишку ввели в спектакль, и он удивил Якова Мироновича способностью к перевоплощению.

Потом Антона с позором выгнали из МАИ, ректор потребовал, чтобы Когтев избавился от юноши, рассказал и об истории с порнографией. Но в устах Антона события выглядели иначе. Поздним вечером он явился к режиссеру домой и, почти плача, рассказал «правду». Хотел попробовать себя как сценарист и постановщик. Написал пьесу и сам начал съемки. Да, в ней действительно предусматривалось несколько постельных сцен, но не ради показа секса, а для того, чтобы полнее донести до зрителя авторский замысел. И вот теперь его выгнали, грозят арестовать, а все потому, что прямо и открыто высказал свою позицию в искусстве.

Яков Миронович мигом вспомнил, как его

самого нигде не брали на работу, как приходилось в шесть утра тяжелой лопатой сгребать мерзлый снег, и моментально решил взять парня под крыло.

Он объяснил ректору, что театр — автономная сфера и выступать на сцене станут те, кого он пригласит. А если высокое начальство не согласно, пожалуйста, он прямо завтра отправится вместе с коллективом под сень автодорожного института, куда его давно приглашают.

Ректору пришлось идти на попятный. Антон остался в ведущем составе.

Потом пропала из сейфа довольно большая сумма денег. Правда, называть сейфом простой ящик, открывающийся, если хорошо подергать, мог только Яков Миронович. Подозрение пало на сторожа, и вечно пьяного мужика с позором выгнали. Следом исчезли бриллиантовые серьги и кольцо Алены, оставленные в гримерной перед зеркалом.

Двенадцатого сентября Когтев почувствовал себя плохо и поехал домой, объявив актерам, что репетиция отменяется. По дороге он вспомнил о забытых на столе ключах и вернулся.

В кабинете у открытого «сейфа» с пачкой купюр в руках стоял Антон. Яков Миронович тут же понял, кто совершил все предыдущие кражи. Медведев моментально принялся рассказывать, что он-де шел мимо кабинета, услышал шум и увидел тень человека, выскальзывавшего в окно. Вошел в комнату и решил закрыть ящик, а деньги на всякий случай взять с собой. Мало ли, вдруг грабитель задумает вернуться...

Он говорил убедительно, смотрел прямо в лицо Якову Мироновичу честными глазами. Мило улыбался. Но опытный режиссер не поверил парню. Указал пальцем на забранное решеткой окно и ехидно протянул:

— Наверное, и впрямь тень покушалась на грабеж, так как человек во плоти просто не пролезет сквозь прутья.

Медведева выгнали с позором, рассказав всему коллективу о причине увольнения. Ректор, покачивая головой, радостно повторял: «Предупреждал о моральном облике данного субъекта. Хотите посмотреть, какую ленту мерзавец продавал?» И он сунул Якову Мироновичу видеокассету.

Это оказался еще один удар. Вместо высокохудожественного фильма о человеческих взаимоотношениях — самая низкопробная порнуха со сценарием типа «рояль в кустах». У бедного Когтева от злости чуть не случился сердечный приступ. Но настоящие беды были еще впереди.

Любимая жена Алена вдруг начала болеть. Несколько дней пролежала, отказываясь от еды и повернувшись лицом к стене, потом пришла поздно вечером к мужу в кабинет и сообщила совершенно невероятную вещь.

— Я тебе изменила, — каялась супруга, — сначала думала, что это ты, но в постели сразу поняла, что не ты, но все равно не ушла, потому что ты...

Яков Миронович выслушал эти бесконечные

«ты» и ничего не понял. Тогда Алена попробовала растолковать суть.

Неделю тому назад Когтев на день уехал в Петербург. Алена спокойно легла спать, но около часу ночи муж позвонил в дверь и сказал, что потерял билет и не смог уехать. Жена не удивилась. Яков Миронович жутко рассеян, и такое вполне в его стиле. Она снова легла в широкую кровать и почти заснула, когда муж начал ее ласкать. В какой-то момент Алена, окончательно проснувшись, поняла: она лежит в объятиях совершенно незнакомого мужчины, который почему-то обладает голосом и внешностью Когтева.

На вопрос мужа, отчего же она не закричала и не выгнала самозванца, Алена с вызовом ответила:

— Никогда ты не был со мной так ласков, и никогда я не испытывала в твоих объятиях ничего похожего... И потом, только по-настоящему любящий мужчина мог пуститься на такую уловку.

— Какой мужчина? — обозлился рогоносец.

Оказывается, в тот вечер, устав, Алена заснула. Утром нашла на подушке записку: «Извини, потом все объясню, не рассказывай ничего Якову, он в Петербурге».

Потапова терялась в догадках. И тут позвонил Антон Медведев. Сказал, что давным-давно страстно влюблен в нее и не знал, как привлечь ее внимание. Поэтому дождался, когда Когтев уедет, загримировался и решил покорить любимую таким нетрадиционным способом.

И вот теперь Алена уходит к Медведеву. Яков

Миронович пришел в ужас. Он принялся умолять жену не совершать глупости.

— Ты мне не изменила, — внушал режиссер жене, — ведь думала, что лежишь со мной.

— Нет, — покачала головой Алена, — сразу поняла, что со мной другой мужик, и не ушла, а получила колоссальное удовольствие.

На том и расстались. Женщина уехала. Но не прошло и месяца, как Когтеву подложили на стол анонимное письмо. Неизвестный доброхот сообщал, что автор и исполнитель дурацкого розыгрыша — Берестов, любимый ученик Когтева. Вызванный на ковер Олег вины не отрицал. Пришлось ему увольняться из театра, а режиссер принялся искать Медведева.

Он сразу поехал в Замоскворечье искать квартиру на улице Фогеля, которую Алена не так давно получила в наследство от умершей тетки. Долго плутал по улочкам и наконец набрел на нужный дом. Дверь открыла похудевшая Алена. Она не впустила мужа внутрь, а вышла на лестницу.

Когтев принялся запальчиво рассказывать об истинном шутнике. Но жена прервала его:

— Знаю.

Яков оторопел.

— Тогда возвращайся, станем жить как раньше.

— Ни за что, — ответила Алена.

Когтев заметил в глазах его сбежавшей супруги какой-то странный блеск. К тому же, хотя на улице стояла совсем не осенняя жара, женщина зябко куталась в душегрейку и оренбургский платок.

— Уходи, — тихо сказала она мужу, — исчезни и подавай на развод.

Яков Миронович уехал несолоно хлебавши. Потом позвонили из милиции. В Измайловском парке нашли торс молодой женщины, ни рук, ни ног. Обезображенный кусок плоти, одетый в платье, и страшная гримаса на изуродованном лице, только волосы напоминали об Алене.

Кое-как дойдя до прозекторского стола, режиссер глянул на жуткие останки и рухнул в обморок. Он сразу узнал любимое платье жены. Первым делом милиция стала искать Медведева, но парень исчез. Соседи говорили, что уехал с какой-то молодой женщиной.

Установить причину смерти Алены оказалось просто: несколько ран, нанесенных, очевидно, ножом, одна — в область сердца.

Яков Миронович похоронил останки жены на Ваганьковском кладбище. Медведев как сквозь землю провалился. Берестов начал активно выступать, приобретая бешеную популярность. Студенческий театр превратился в профессиональный и съехал в другое помещение. Когтев женился во второй раз, постепенно трагическая гибель первой жены стала терять остроту, и теперь Яков Миронович крайне редко вспоминал Алену. С Олегом Берестовым они иногда встречались и сухо раскланивались. Антона Когтев больше никогда не видел.

Я вышла на улицу и поежилась от холода. Ну и ребеночка воспитала несчастная Людочка Цимпанелли. Вот только никак не пойму, почему Вероника называла его братом? Может, существует два Антона? Полные тезки, только отчества разные? Во всяком случае, мне нужен сын Людочки, а не Анны. Только где его искать?

Яков Миронович помнил, что квартира Алениной тетки была на улице Фогеля, а вот номер дома, конечно, забыл. Единственное, что сохранилось в голове, — на первом этаже здания гомонил зоомагазин.

Поеду посмотрю.

Улица Фогеля, как многие в Замоскворечье, коротенькая и узкая. Всего домов десять, и никакого магазина с хомяками и птичками.

— Был здесь такой, — подтвердила старушка из местных, — только давно снесли и универсам построили. Вместе с тем зданием еще три дома уничтожили. Ну да туда им и дорога — двухэтажные деревянные развалюхи. Там жуткие люди жили, сплошь алкоголики.

Я в задумчивости поглядела на роскошный магазин. Да, остались только две тонюсенькие ниточки. Сначала позвонила Анатолию Игоревичу на Горбушку.

Услышав, кто звонит, мужик крайне любезно сообщил:

— Дарья Ивановна, поверьте, честно искали Антона Медведева, но сейчас такого режиссера в порнобизнесе нет. Во всяком случае, его нет среди тех тридцати человек, что регулярно снабжают нас фильмами.

Да, кажется, придется расписаться в собственном бессилии. Остался только Леня Бесчастный.

На этот раз мужик оказался дома и дверь открыл сразу.

— Чего надо? — весьма нелюбезно осведомился он. — Надоели уже.

— Майор Васильева из отдела по розыску пропавших граждан.

— Документики покажите, — потребовал бдительный гражданин.

Надо же, какой недоверчивый! Вообще москвичи отличаются потрясающей беспечностью. Давно подметила, надо сделать каменное лицо и грубым, «железным» голосом твердо заявить: «Энергонадзор» или «Милиция», а еще лучше «Социологический опрос в связи с приближающимися выборами», и тут же распахивают двери. Документов никто не спрашивает, ладно, я в гости заглянула, а вдруг настоящий преступник? Нет, все равно радостно впускают. По телевизору предупреждают, газеты предостерегают — без толку. Скольких людей опросила, один Бесчастный проявил бдительность.

Но на такой случай есть у меня соответствующие корочки бордового цвета с золотыми буквами МВД. Купила на рынке за двадцать пять рублей. Внутрь наклеила фотографию и написала имя, фамилию и отчество. А печать чудесным образом получилась из большого ластика. Честно говоря, редко пользуюсь данным «документом». Но сейчас вытащила книжечку и, раскрыв, показала Лене. Тот протянул было руку, но я ловко щелкнула картонками и заявила:

— Не имею права давать документ.

— Ладно, — смилостивился хозяин, — извините, думал, соседи снизу участкового вызвали. Все жалуются, что по ночам шумлю.

Мы вошли в квартиру и мимо закрытых дверей прошествовали на кухню.

— Слушаю внимательно, — сказал Леня.

— Разыскивается женщина, Фаина Львова.

— Не знаю такую, — быстро сообщил Леня, — в первый раз слышу.

Я внимательно посмотрела на мужика. Он производил самое неприятное впечатление. Отвратительно толстый, просто гора рыхлого жира. Огромный живот переваливается через ремень брюк. Лицо круглое, лоснящееся, маленькие глазки торчат над пухлыми щеками, словно изюминки в тесте, картофелеобразный нос и ярко-красный крупный рот. Вдобавок Бесчастный гнусавил, словно ему в детстве забыли удалить аденоиды.

— Знаю, что не в первый раз слышите, — отрезала я, — но нам нужен ваш дружок Антон Медведев.

— Кто? — прикинулся непонимающим Леня.

— Ваш близкий приятель, закадычный дружок Антон Медведев, мелкий воришка, режиссер порнографических фильмов и дамский угодник.

— А... — протянул Леня, — так когда дружили-то! Сто лет прошло, даже забыл про него!

— Хорошо, — не сдавалась я, — тогда назовите местонахождение Яны Соколовой.

— Кого? — ухмыльнулся Бесчастный. — Какого такого Яна?

— Женщины, — уточнила я, — Соколовой, студентки мехмата.

— Понятия не имею, никогда не имел такой знакомой.

— А вот врать не следует! — грозно сообщила я. — Если незнакомы с Яной, зачем просили вашу соседку Галю выписать девушке справку о госпитализации?

— Ах, вот оно что, — процедил Леня, — вспомнил. Извините, сразу не сообразил. Ладно уж, расскажу. Но только надеюсь на вашу деликатность. Видите ли, я женатый человек, нашему браку с Мариной много лет, и она, как бы это сказать поделикатней...

— Не стесняйтесь, — ободрила я его, — врачи и милиционеры ко всему привыкли.

— В общем, иногда завожу любовниц, — брякнул Бесчастный, — в основном актрис, я, видите ли, режиссер.

— Скажите как интересно, — притворилась я кретинкой, — что же вы снимали? Обожаю кино.

Пусть мужик подумает, что ментовка — дура, расслабится, авось сболтнет лишнее. Перед глупым собеседником даже осторожные люди начинают меньше себя контролировать.

— Вы даже не представляете, какая у нас конкуренция, — вздохнул Леня. — Но надеюсь, скоро получу возможность приступить к съемкам первого фильма. Я еще молод.

Ну да, около сорока. В этом возрасте Бергман, Феллини и Чарли Чаплин давно прославились.

— Чем пока на жизнь зарабатываете?

— Снимаю свадьбы, дни рождения, всякие торжества, — пояснил «кинематографист». — Платят хорошо, на хлеб хватает. А Соколову случайно подцепил в ресторане. Хорошенькая мордашка! Ну и провел с ней недельку, пока Маринка к матери ездила. Потом выгнал, а справку у Галки и правда просил. Яна сессию боялась завалить. Дай, думаю, помогу, тем более это мне ничего не стоило. Галя даже коробки конфет не взяла. Мы в этом доме с детства по соседству живем, она на моих глазах родилась.

Где Соколова прописана, понятия не имею. Телефон не брал, адрес тоже.

Тут из коридора послышался капризный голосок:

— Ленчик, ждать надоело. Или отпусти, или работай.

И в кухню вошел прекрасно сложенный парень, все одеяние которого составляло небольшое полотенце, накрученное на бедра.

Бесчастный побагровел и, сделав жуткую гримасу, быстро прервал нежданного посетителя:

— Мой племянник из провинции, Володя.

«Родственник» в недоумении уставился на «дядю».

— Дарья Ивановна — майор милиции, разыскивает пропавшую без вести, — моментально пояснил хозяин.

Легкий испуг промелькнул в глазах красавчика, и он спешно ретировался. Но, убегая, парень забыл прикрыть дверь в кухню, и стало хорошо видно убранство комнаты напротив. Большая круглая двуспальная кровать, несколько штативов с камерами и парочка софитов.

Проследив за моим взглядом, Леня моментально вскочил и плотно прикрыл створку двери.

— Вова приехал поступать во ВГИК, делаем фотографии для портфолио, — начал оправдываться Бесчастный, — дорого стоит, а я ему бесплатно отщелкаю, вот и мучаемся, чтобы перед приемной комиссией предстать в самом киногеничном виде.

Я сделала вид, что верю, и ушла. «Вольво» мерз под проливным дождем. Экая гадкая погода, но мне предстоит еще, наверное, долго просидеть в машине, наблюдая за подъездом.

Точно знаю, что портфолио, или, иными словами, просто альбомчик с фотографиями, требуется манекенщикам. От абитуриентов ВГИК ничего подобного не требует. И очень хочется поболтать поэтому с красавчиком «племянником». К тому же Леня Бесчастный жуткий врун. Назвал невзрачную Яну хорошенькой мордашкой и сообщил, что встретил ее в ресторане. Совершенно невозможная вещь!

Глава 30

Время текло и текло. Я прочитала до конца «Кровавые пальцы», замерзла, проголодалась и чуть не описалась. Как, оказывается, трудно вести наружное наблюдение. Еще хорошо, что дом старый, квартир не так много, и дверь подъезда распахивается довольно редко. Дождь усилился, превратившись в ливень. Бесконечные струи быстро бежали по ветровому стеклу, дворники едва справлялись с работой. Часы показывали ровно девять. С чего это я решила ждать «племянника»? Может, останется ночевать у «дяди»! Вон как хлещет. Нет, надо собираться домой, никаких сил нет, сейчас умру, и сигареты закончились. Ладно, сначала позвоню своим и сообщу, что жива и здорова. Зловредный телефон опять провалился в дырявый карман и болтался у щиколотки. Но не успела я нагнуться, как раздался стук двери и на улицу выскочил «племянничек». Парнишка одет как раз по погоде — белые брюки, светленькая маечка, на ногах сабо.

Пару минут Володя безнадежно вглядывался в дождь, потом, очевидно, плюнул на одежду и пошагал, зачерпывая воду в свою обувь, которая явно не годилась для этой погоды.

Я включила мотор, тихонько подъехала к парню и крикнула:

— Садись, подвезу!

— Ну спасибо, — обрадовался Вова и плюхнулся на переднее сиденье, — только до метро какого-нибудь подбросьте.

— Где живешь-то? — поинтересовалась я.

— На Ленинградском проспекте.

— «Динамо» подойдет? Мимо поеду.

— Отлично, прямо до дома, — заликовал

«племянник» и быстро добавил: — Только у меня всего двадцать рублей.

— Неужели стану со знакомых деньги брать, — усмехнулась я.

— Мы разве встречались? — удивился парень, близоруко прищуриваясь.

— Да только что, Вовочка, у господина Бесчастного на кухне.

— Так вы из милиции, — погрустнел попутчик. — Чего хотите?

— Давно обедал? — ушла я от ответа.

— Ну, — помялся Вова, — в общем, не помню... Я на работе ем, бесплатно.

Я притормозила у маленького ресторанчика «Телевизор».

— Пойдем перекусим, угощаю.

Мы устроились в самом углу абсолютно пустого зала и принялись за шашлык.

— Где ты работаешь?

Володя картинно тряхнул подсыхающими прядями.

— В клубе «Вверх-вниз».

— Официантом?

— Танцором, исполняю стриптиз.

— Так ты «голубой»?!

— Бисексуал, — оскорбился собеседник, — и потом, какое кому дело до моей ориентации...

Вот здесь он прав. И я принялась допрашивать «племянника» с пристрастием. Глуповатый и трусливый стриптизер сопротивлялся недолго. С Леней его связывают давние «творческие» взаимоотношения. Бесчастный снимает порнографические ленты, пользующиеся популярностью.

Работать в порнобизнесе тяжело, и у Вовы возникла стойкая аллергия на занятия сексом. Леня же, наоборот, частенько оставляет у себя «актрис». Берет он «исполнителей» в самых разных местах. Иногда пользуется услугами профессионалов — проституток и танцоров из стриптиз-баров. Частенько дурит головы абитуриентам театральных вузов, обещая наивным детям мировую известность и съемки в Голливуде.

Сам Бесчастный наркотиков не употребляет, но большинство «артистов» сидит на игле. Володе казалось, что режиссер специально подсовывает глупым девчонкам «дурь». За снятую ленту выплачивает гонорар. Вова с гордостью назвал цифру — тысяча долларов, но потом прибавил:

— Я суперпрофессионал, поэтому такой отличный заработок.

Леня не гнушается никакими съемками. Бывает, заказчик приносит свой сценарий. Володе пришлось поучаствовать и в групповухе, и в садомазохистских сценах, и в гомосексуальных оргиях. Платили за все одинаково.

— Как же его жена к этому относится? — удивилась я.

— Никак, — пожал плечами Вова, — бизнес есть бизнес. Квартира-то огромная, а киностудия только в одной комнате, ну еще в туалет ходим и в ванную. Да ее целыми днями дома нет, работает до ночи, а где — не знаю.

Кто такие Андрей Медведев и Яна Соколова,

стриптизер не знает и ничего о них не слышал. Худенькой некрасивой девушки с рыжим «ежиком» на голове не видел. Леня всегда закрывал двери в коридор, если приходил кто-то из посторонних.

Я довезла парня до метро «Динамо» и понеслась в Ложкино. Было уже около одиннадцати, небось все по спальням разбрелись...

Но дом встретил ярко освещенными окнами первого этажа. Из гостиной доносились возбужденные голоса.

— Мамочка, — закричала выскочившая в холл Маня, — у нас новость!

Щеки девочки раскраснелись, глаза горели, волосы в беспорядке...

— Что случилось? — испугалась я.

— Гера сделал предложение Тамаре, и она его приняла!

Ну наконец-то Римме Борисовне удалось пристроить свое сокровище. Интересно, как молодым удалось договориться, оба молчат, словно воды в рот набрали.

В гостиной царило радостное оживление. Римма Борисовна чуть не упала, бросаясь ко мне на шею.

— Дашенька, только представь, какая радость!

Новости выливались из свекрови потоком. Обычно довольно сдержанная, даже чопорная, сегодня она радовалась, как ребенок, получивший вожделенный подарок.

Гера останется жить в Москве. Вчера он ходил на смотрины к будущим родственникам. Акаде-

мик вполне благосклонно отнесся к выбору дочери. Жить молодожены станут в двухкомнатной
квартире Тамары, да еще Гере обещали подыс-
кать в Москве место работы. Римма Борисовна
просто помолодела на двадцать лет, сбывались
все самые смелые мечты. С тех пор как ее старший сын, а мой третий муж, уехал на постоянное
жительство в Австралию, у бедной женщины осталась одна отрада — младшенький Гера.

Тамара выглядела слегка обалдевшей. Перед
девушкой на столике громоздились кучи модных
журналов. Шел выбор фасона для подвенечного
платья.

— Сделаем длинное, до полу, с широкой юбкой и обязательно шлейф, — горячилась Римма
Борисовна.

— Прелестно! — воскликнула Нина Андреевна. — Его понесут две маленькие девочки, настоящие ангелы в жемчужно-розовом, только где
взять таких?

— Мы с Сашей Хейфец можем тащить
шлейф, — сразу вызвалась Маруся.

— Вы совершенно не похожи на ангелов, —
категорично отрезала Римма Борисовна, — нужны крошки, лет по пять.

Манюня горестно вздохнула.

— Еще такую премиленькую шляпку с большими полями и вуалью, — предложила Нина
Андреевна.

— Да, — подхватила Римма Борисовна, — а в
ресторане Томочка снимет ее и наденет на голову

букет из искусственных лилий. Элегантно и шикарно.

— Нам хотелось тихой регистрации, — шепнула чуть слышно Тамара.

— А отметить можно дома, в узком кругу, — поддакнул Гера.

Старухи накинулись на молодых.

— Никогда! — закричала Римма Борисовна. — Столько ждала этого дня, мечтала о торжестве.

— Замуж выходят всего лишь раз, — завела Нина Андреевна, потом глянула на меня и, очевидно, пересчитав в уме всех семерых жен Макса, добавила: — Во всяком случае, первая свадьба должна быть особо запоминающейся.

— А где они проведут медовый месяц? — поинтересовалась Маня.

— Об этом потом, сначала свадьба! — выкрикнули старухи и стали яростно листать глянцевые страницы.

Ольга тихонько подошла ко мне.

— Вот бедняжки, — шепнула невестка, — бабки накинулись, как бакланы злобные.

— Это еще что, — хихикнула я, — когда выходила за Макса, по всей Москве с куклой на капоте каталась и возлагала цветы к Вечному огню, а когда с Кириллом брачевалась, Римма Борисовна всю первую ночь стучалась в дверь и спрашивала: «Дети, вы закрыли форточку? А то вспотеете и простудитесь».

Зайка лицемерно вздохнула:

— Они по-настоящему болеют душой за детей, а ты! Всунула мне Кешу и рада, что от детки избавилась.

Я рассмеялась.

— Где он, кстати?

— Спать пошел около девяти, говорит, голова болит.

Вот и прекрасно. По крайней мере поговорим спокойно. И, оставив в гостиной несчастных жениха с невестой, суетящихся старух и желающую во все вмешиваться Маню, мы поднялись в кабинет.

Новости, рассказанные Зайкой, оказались неутешительными. Антон как в воду канул. Ольга честно прождала «любовника» до закрытия, потом поехала домой.

— Ладно, — решительно сказала я. — Предпримем последнюю попытку поиска. И если снова будет провал, придется смириться с неудачей. Слушай внимательно, завтра отправишься прямиком в салон «Оракул» и обратишься там к ясновидящей Марине Мак.

— Зачем? — изумилась Ольга. — Совершенно не верю во всяческие гадания.

— Расскажешь этой даме, что тебя послала Вероника Медведева. У тебя есть отец, который после смерти матери решил жениться на молодой нахалке. Предполагаемый брак следует расстроить. Заплатишь деньги и покажешь фото. А я потихоньку прослежу за белой колдуньей. Должна же она передать снимок Антону.

— Вдруг догадается, что врем?

— Да что ты, она такая же ясновидящая, как я принцесса. Самая обыкновенная шарлатанка.

— А чью фотографию покажем?

— Чью, чью, да мою!

— Какая же ты молодая, — схамила Ольга.

— Ну, припомню тебе эти слова через двадцать лет, — пригрозила я, — вынем из альбома старый снимок, тот, где мне около тридцати.

На следующее утро приступили к действиям. По счастью, в доме оказалось пусто. Старухи умчались вместе с безропотными молодыми бегать по магазинам. Тамарин отец прислал за ними машину с шофером. Маня увязалась вместе с ними. Аркадий горел на работе.

Мы спокойно оделись. На улице все еще шел дождь, и я опять влезла в любимые брюки, подумав, что вечером надо обязательно зашить дырку в кармане.

Ольга запарковала «Фольксваген» у самого входа в «Оракул», я прижала «Вольво» к обочине на противоположной стороне. Минут через сорок Зайка вышла, села за руль и, подмигнув мне, отъехала. Потекли часы. Да, правильно говорят, что ждать и догонять трудней всего.

В «Оракул» не спешили клиенты. То ли салон не пользуется популярностью, то ли отвратительная погода заставила людей сидеть по домам. В четыре часа из салона вышла женщина. Несмотря на то что на ней был надет свободный балахон, узнала ее сразу по длинной толстой косе, столь редкому в наше время украшению.

Марина Мак раскрыла зонтик и быстро пошла по лужам. Внезапная мысль пришла в голову: а вдруг тетка сядет в метро? Что тогда делать? Но Марина махнула рукой и вскочила в подъехавшую «Волгу».

Закусив губу от напряжения, я порулила за ней. К счастью, левак оказался аккуратным водителем, не лихачил, соблюдал правила, и мне удалось не потерять его из виду. Только когда Марина вышла у подъезда, я запоздало сообразила, что нахожусь перед домом Лени Бесчастного. Женщина вошла внутрь, я, забыв включить сигнализацию, ринулась за ней и услышала, как она крикнула:

— Открывай скорей!

Завизжали петли, и Бесчастный гнусаво спросил:

— Чего так рано?

— Да никого нет, — ответила женщина и захлопнула дверь.

Я села на ступеньку. Вот так новость! Марина — жена Лени! В разговоре со мной он пару раз называл жену по имени, но мне и в голову не пришло, что он имел в виду госпожу Мак. Ай да режиссер, ну и врун! Если кто и знает, где искать Антона и Яну, так это он.

Я вышла на улицу и села в машину. И что же теперь делать?

И тут зазвонил мобильный.

— Мусечка, — щебетала Маня, — мы купили чудесное платье, белое на розовом чехле с шлейфом, а пояс красный, по подолу нашиты цветы. А еще тебе звонил Макс Полянский и велел ждать

его в шесть вечера в «Макдоналдсе» у метро «Тверская».

— Кого ждать?

— Макса?

— Его выпустили?

— Ну, Мулечка, ничего не знаю, — затарахте-
ла Манюня, — он так быстро говорил, еле-еле
поняла.

С ума сойти! Неужели Иван Михайлович умуд-
рился освободить приятеля под подписку о невы-
езде? Просто не верится, хотя чего не бывает.
Я взглянула на часы — пять! Поеду потихоньку
на место встречи.

Еще не так давно советские автомобилисты,
стоявшие в очереди на покупку машины по не-
скольку лет, совершенно не понимали стонов за-
падных водителей. В Париже всегда нужно иметь
запас времени, если желаешь проехать по центру
в час пик. А уж коли задумали припарковаться где-
нибудь на Больших бульварах, полчаса проищете
дырку, чтобы втиснуться.

Теперь такое же происходит и в Москве. Я безнадежно стояла в гигантской пробке на Мамон-
товской улице, лишь изредка трогаясь с места.
Посередине проезжей части прыгал одноногий
парень на костылях. Грудь побирушки украшала
табличка — «Ветеран афганской войны. Помоги-
те на протез». «Ну, это он плохо придумал», —
подумала я, подавая инвалиду деньги. На вид
юноше около двадцати, а афганские ветераны ближе к моему возрасту. Но помогали охотно, маль-

чишка ловко скакал на одной ноге между стоящими машинами.

К Тверской я подъехала без пятнадцати шесть и влетела в переполненный, гудящий зал. Так, где прикажете ждать Макса? Впрочем, еще есть четверть часа, поем спокойно.

Пристроившись у окошка, принялась разворачивать хрустящую бумагу. Рот сразу наполнился слюной. «Дитя забегаловок» — так называет мать ласковый Аркадий. Ну, грешна, обожаю все эти гамбургеры, «биг-маки» и холестериновые картофельные хлопья. В нашей семье мою любовь к подобной еде разделяет только Манюня. Но, надеюсь, скоро подрастут близнецы, и армия любителей негодной пищи увеличится.

Я с наслаждением предавалась разврату, чувствуя, как с души слетает ужасное напряжение последних дней. Макс на свободе, слава богу! Пусть теперь сам разбирается со всеми проблемами: ищет сумасшедшую Яну, помогает Аде... Хватит, отныне это не мои заботы!

И тут я увидела вышагивающего через зал Полянского.

— Макс! — заорала я так, что сидевшая рядом парочка пролила кофе на столик. — Максик, иди сюда.

Бывший супруг быстро приблизился и прошипел:

— Кончай орать, люди смотрят.

— Господи, — принялась я причитать не хуже теток из тюремного двора, — господи, выпустили, счастье-то какое. Ай да Иван Михайлович, помог. Ну Иван Михайлович, ох, Иван Михайлович!

— Пошли отсюда, — опять прошипел Макс.

— Погоди, дай доесть.

— Некогда, нас ждут.

— Кто? — удивилась я.

— Иван Михайлович, — сообщил Полянский, — в машине, давай поторапливайся, нам еще ехать.

— Куда? — недоумевала я, запихивая в рот последний кусок котлеты.

— На природу, — усмехнулся бывший супруг, — шевелись.

Раньше Макс никогда не разговаривал со мной в подобном тоне, но, наверное, почти месяц, проведенный в Бутырской тюрьме, подействовал на мужчину не лучшим образом. Он выглядел излишне бледным, лицо блестело, словно Полянский намазался тональным кремом.

— Давай, давай, — торопил Полянский, в нетерпении откидывая с глаз белокурую прядь, — нехорошо заставлять Ивана Михайловича ждать.

Что-то в его волосах показалось мне странным, но я не насторожилась и покорно пошла к машине — сверкающему, глянцевому «БМВ». Задняя дверца моментально распахнулась. Я всунула голову в салон и увидела на сиденье черноволосую и черноглазую девушку. Макс пихнул меня в зад, я шлепнулась на сиденье, и он моментально захлопнул дверцу.

— Где Иван Михайлович? — глупо спросила я.

— Сигареты покупает, — ответил Макс, усаживаясь за руль.

— Вон там, у ларька стоит, — подтвердила девушка, — смотрите.

Я вытянула шею, пытаясь разглядеть в толпе среди зонтиков фигуру Круглого, и в этот самый момент мне на лицо шлепнулась остро пахнущая тряпка...

— Кажется, просыпается, — услышала я сквозь туман незнакомый голос.

— Подлей еще, только смотри, чтобы не сблевала, — ответил кто-то, — нажралась в «Макдоналдсе», все сиденья уделает, падла.

Запах усилился, настойчиво пополз в ноздри. Я попробовала не дышать, но долго продержаться не удалось. Сознание вновь начало мутиться, голова закружилась. Проваливаясь в сон, я краем ускользающего сознания внезапно поняла, какая странность была в прическе Макса. Видела его не так давно в следственной части Бутырки стриженного почти наголо. А сегодня он тряс длинной, почти до глаз челкой. Как успели волосы так быстро отрасти?

Глава 31

Сначала вернулся слух. Кто-то тихонько бубнил непонятные фразы, затем потянуло чем-то кислым, затхлым и довольно неприятным. Наконец раскрылись глаза. Вместо привычной лепнины взор наткнулся на гладкий беленый потолок.

Я попробовала сесть. Ужасно, просто катастрофически болела голова, во рту пересохло... Принять вертикальное положение никак не удавалось. Я извивалась на спине, словно новорожденный щенок, не понимая, почему тело отказывается повиноваться. Ответ пришел через пару секунд — руки скованы наручниками, причем, очевидно, уже давно, потому что запястья чуть опухли и сильно болели. У меня очень тонкая кожа, хрупкие сосуды, и любое надавливание моментально вызывает жуткие синяки.

Кое-как сгруппировавшись, села рывком на железной кровати и прислонилась к никелированной спинке.

Где я? Как сюда попала? В больные мозги медленно, медленно начали возвращаться воспоминания. Вот Макс впихивает довольно грубо в машину, вот шипит в «Макдоналдсе» злым тоном, вот встряхивает волосами. Боже, это был не он! Но кто? Антон Медведев? Хорошо помню, как все рассказывали о прозрачно-голубых глазах сына циркачки, а у Макса редкое сочетание: при белокурых волосах карие, почти черные очи. Хорошо, предположим, надел линзы. Но голос, отлично знакомый тембр Полянского — он слегка картавит, плохо выговаривает отдельные звуки, частенько проглатывает окончания слов...

Конечно, я довольно близорука, а очки из кокетства не ношу, предположим, в «Макдоналдсе» ко мне подошел человек невероятно, фантастически похожий на бывшего муженька. Я не разглядела подмены. Но голос! Вот тут извините! Как у всех преподавателей иностранного языка, мое ухо натренировано на то, чтобы отлавливать малейшие ошибки в произношении. И в отличие от глаз, со слухом в моем организме полный порядок. Разговаривал Макс в несвойственной ему манере, но своим голосом. Правда, Полянский ни за что не стал бы употреблять такие слова, как «шевелись», «валяй»... Хотя кто знает, как он изменился за этот месяц. И уж совсем не похоже на бывшего супружника дать пинка под зад женщине, пусть даже бывшей жене... Значит, все-таки не Макс, его двойник с такой же внешностью и идентичным голосом. А откуда он знает про Ивана Михайловича? Понятно, это Макс! Или не Макс? Да я же сама упомянула в «Макдоналдсе» про Круглого. Во всяком случае, третьего не дано — или Полянский, или его брат-близнец!

Ладно, оставим бесплодные размышления. Кем бы ни был данный субъект, он заковал меня в наручники и привез сюда. За что? Или зачем?

Я принялась обозревать пейзаж. Узкая темноватая комната по форме напоминала пенал. В длину — метров семь-восемь, в ширину — около двух. Во всяком случае, кровать занимала все пространство от стены до стены. На противоположной стороне — маленькое окошечко. Возле него примостилась еще одна кровать, аккуратно застеленная, с двумя цветастыми подушками. Тут и там вбиты гигантские ржавые гвозди. На них висят телогрейка, синий сатиновый халат, какие-то безразмерные тренировочные брюки. Под потолком на проводе болтается ничем не прикрытая электрическая лампочка. В углу кучка рванины, похоже на тряпки или на старое одеяло. Комната оклеена миленькими дешевыми обоями цвета детской невоздержанности. Кое-где бумага оборвалась, и видны бревенчатые стены.

Это не городская квартира, а деревянный дом. И я наконец поняла, чем так противно пахнет — сыростью.

По крыше со всей силой барабанил дождь. Ладно, посмотрим, кто в теремочке живет, и я заорала изо всех сил:

— Ау, люди!

Маленькая, совсем незаметная, обклеенная теми же уродливыми обоями дверь тихо приотворилась, шум дождя усилился.

— Эй, — вопила я, — есть кто живой?

— Чего орешь? — прошелестел абсолютно бесполый голос, — спи себе.

— В туалет хочу.

В комнату со стуком упало грязное цинковое ведро.

— Это что? — оторопела я.

— Ватерклозет, — хихикнул голос, — поставь в угол и сри, сколько душа пожелает.

— У меня руки в наручниках, брюки не снять, — заныла я, надеясь, что таинственное существо войдет в комнату.

— Значит, не снимай, — коротко отреагировал собеседник, и дверка захлопнулась.

Я поглядела с сомнением на «унитаз». Потерплю еще немного.

— Ау, — закричала вновь, — есть хочу, пить дайте!

Но никто не отзывался. Глаза сами собой начали слипаться, голова резко потяжелела, и я провалилась в сон без сновидений.

Проснулась от шума. За стеной что-то с грохотом упало. В маленькое окошко било яркое солнце. Я сползла с кровати и подковыляла к источнику света. Рама забита гвоздями, а за грязным, пыльным стеклом насколько хватает глаз тянется картофельное поле. Дождь перестал, и зеленая блестящая ботва радовалась отличной погоде. Окошечко узенькое, но я худая, если выдавить аккуратно стекло, предположим ночью, сумею, наверное, вылезти и...

— Даже не думай, — раздался за спиной «серый» голос, — во дворе постоянно бегают три собаки, голодные, как звери, сразу загрызут. И станет земля тебе могилой...

Я обернулась. На пороге стояла худенькая старушонка, замотанная в грязный, вытершийся платок. Лица почти не видно, только аккуратный нос высовывается из-под тряпки. Одета бабуля была в засаленный байковый халат, на ногах плотные чулки, шерстяные носки и почему-то калоши. В руках вошедшая держала оббитую эмалированную миску.

— Давай, — сказала она, — кушать подано, идите жрать, пожалуйста.

Миска с треском встала на деревянный стул у кровати.

Завоняло гнилой капустой.

— Что это?

— Щи, — лаконично сообщила бабка и испарилась. Я подошла к «тарелке» и заглянула внутрь. В мутноватой воде плавали большие неаппетитные куски капусты, похожие на тряпки. Наверное, есть такое невозможно.

Интересная старуха! Одета словно чучело, живет в сарае, а ведь не деревенская. Во-первых, вчера сказала «ватерклозет». Ну откуда полуграмотной бабе знать такое слово? Фразочка «И станет земля тебе могилой» — просто цитата из пьесы. И потом последнее заявление — «кушать подано, идите жрать, пожалуйста». Из какого кинофильма слова?

— Бабушка, — закричала я, — бабуля!

— Ну? — раздалось из-за двери.

— Будь человеком, своди в туалет, не могу в ведро.

— Тогда терпи.

— Ах так, — обозлилась я, — ну погоди, сейчас все твои подушки зубами изорву, обои ногтями посдираю, стекла ногами выбью. Не боюсь твоих собак, запросто удеру.

— Тут бежать некуда, — пояснила бабуля, — во всей деревне два дома всего, да и то в другом никого нет. Кругом лес. Беги себе на здоровье, у меня в прошлом году волки корову задрали.

— Эй, — закричала я снова, — пить давайте!

Но за стеной разом все стихло. Я поглядела на неаппетитную жижу — потерплю, не стану хлебать поданное пойло. А вот с остальным придется подчиниться. Я подцепила ведро и пошла в угол.

День медленно уходил, солнце покатилось вниз по небу. Я тупо лежала на кровати. Присаживаясь на вонючее ведро, обнаружила в подкладке у щиколотки сотовый. Опять провалился в дырку. Значит, могу позвонить, если дотянет до Москвы — вдруг увезли в какое-нибудь совсем глухое место. Но все равно тихая радость наполняла душу, маленький телефон вселял надежду. Однако странно: меня нет дома вторые сутки, а никто не побеспокоился и не позвонил. Я изловчилась и вытащила мобильный. Надо же, случайно отключился звонок. Такое иногда случалось с ним и раньше, все думала поменять аппарат на более надежную модель, но руки не дошли.

Так, мои домашние, конечно, сходят с ума от неизвестности, но включать аппаратик никак нельзя. Во-первых, гадкая старуха может услышать зуммер, во-вторых, что я им скажу? Сижу неизвестно где, спасайте незнамо откуда? Нет, сначала следует выяснить свое местопребывание, а потом тихонечко сообщить Александру Михайловичу, а еще лучше Ивану Михайловичу. Ладно, позвоню обоим, только бы батарейки хватило.

Дверь скрипнула. Бабка всунула в дверь голову:

— Чай будешь?

Скажите, пожалуйста, какая забота!

— Буду, — благодарно сказала я.

Бабка вдвинулась в комнату, увидела полную миску и хмыкнула:

— Чего щи не поела, не понравились? Через день как миленькая есть станешь. Здесь жизнь простая, черной икры нет.

И она поставила на стул жуткую щербатую

кружку, в которой плескалась вода светло-желтого цвета.

На вкус напиток оказался противным, но все же не таким отталкивающим, как суп, и я опустошила кружку. Время тянулось томительно, часы, как, впрочем, и сумку, у меня отобрали. Теперь хотелось курить.

— Эй, — заорала я, — бабушка!

— Ну, — послышалось из-за двери.

— Дай сигарету.

— Сама не курю и тебе не советую, — отрезала бабка, — еще дом спалишь!

Ну не сволочь ли!

— Не будь гадиной, — продолжала я просить, — ну что тебе стоит, брось хоть бычок.

Бабка открыла дверь.

— Вылезай.

Я выползла в большую комнату, заставленную разнокалиберной мебелью. Штук шесть венских стульев, полированный стол, дешевая болгарская стенка, несколько продавленных кресел и диван с ободранными подлокотниками.

Бабулька вытащила из пачки «Примы» одну сигаретину и сообщила:

— Так уж и быть, знай мою доброту. Стой тут и кури на моих глазах.

— Руки хоть развяжи, неудобно ведь, все затекли.

— Будешь кривляться, ничего не получишь, — заявила старушка.

Я заткнулась и с наслаждением затянулась «Примой» — естественно, тут же начался кашель.

— Рот закрой, — велела бабулька, — чего микробы распространяешь?!

Кое-как домучив «примину», я успокоилась и стала оглядываться. Телевизора нет и в помине, телефона тоже. Зато на столе роскошная вещь — электрический чайник «Тефаль». Беленький, блестящий, совершенно новый. Дорогая вещь для деревенской бабули-пенсионерки. Старухе не понравился мой интерес.

— Покурила? Давай назад топай.

Я принялась ныть, указывая скованными руками на газету, лежащую на диване:

— Дай почитать, со скуки умираю.

Старуха поколебалась минуту, потом, очевидно, решив, что худо от чтения не станет, протянула мятые странички.

Я глянула во все глаза на ее ладони. Из широкого засаленного рукава халата высовывалось нежное, хрупкое запястье. Кожа светлая, без пигментных пятен и какого-либо намека на увядание. У старухи непостижимым образом оказались руки тридцатилетней женщины. Я повнимательней поглядела на лицо, почти все скрытое платком. Так и есть, из-под платка мелькают блестящие карие глаза, и морщин почти нет. Никакая она не старуха, а довольно молодая женщина, просто одета словно древняя бабка. Надо попробовать разговорить ее.

— Послушай, а за что меня сюда притащили?

— Не боись, — ответила женщина, — плохого не сделаем. Заплатят твои деньги, и отпустим.

— Час от часу не легче, значит, меня похитили, чтобы получить деньги. Но кто?

— Давай уходи, — поторопила тетка, — сейчас хозяин приедет, не похвалит, если тебя тут увидит.

Я внимательно поглядела на нее, маленького роста, щупленькая, толкну сейчас ее на стол и рвану отсюда. Нет у нее никаких собак, все врет.

— Ну, чего застыла, — велела хозяйка, — поворачивай.

Я шагнула вперед, прикидывая, когда получше на нее броситься, но женщина выхватила из кармана довольно большой пистолет и тихо протянула:

— Не будешь слушаться — убью. Места здесь глухие, закопаем, никто не найдет. Лучше тебе уйти спокойно. Скоро хозяин вернется с долларами, отвезем назад, где взяли.

Глядя на дуло пистолета, я задом попятилась в свою камеру. Да не верю я ни одному ее слову. Как же, отпустят они меня... Пристрелят и закопают. Подожду, пока настанет ночь, и попробую выдавить стекло. Похоже, тетка в доме одна.

Сев на кровать, я принялась рассматривать газету «Театральная жизнь». Странное издание для полуграмотной деревенщины. На полях карандашом почтальон сделал надпись: «Почтовое отделение Костылево, деревня Петухово, Фаня Львова».

От неожиданности я чуть не свалилась на пол. Петухово! Брошенная деревня всего на два дома. В одном летом живет малообщительный академик, папа Тамары. В другом — Фаина Львова, она приглядывает за соседским имуществом и кормит чужую собаку. Кажется, так объяснила ситуацию Тамара. А я не обратила внимания на имя и фамилию их дачной соседки. Фаина Львова! Неужели нашла дочь Ивана? Ей должно быть сейчас, наверное, около тридцати.

Вот теперь можно звонить. Надеюсь, что на самом деле нахожусь в Петухове. Вот будет номер, если газету забыл в избе кто-то посторонний. Хотя похоже и впрямь на заброшенную деревню. С улицы не доносится ни малейшего шума: не поют петухи, не лают собаки, не мычат коровы, не ругаются бабы и не вопят пьяные мужики. Тихо, словно в могиле.

Поежившись от такого сравнения, я вытащила из штанины мобильный и, отойдя в самый дальний угол, туда, где стояло вонючее ведро, набрала первый номер.

— Алле, — ответил дребезжащий старушечий голос.

Я сначала растерялась, но потом вспомнила, как Иван Михайлович предупреждал, что сообщение примет диспетчер.

— Передайте папе, — страстно зашептала я, — Большая Свинка в огне, она горит в заброшенной деревне Петухово, в доме Фаины Львовой. Пусть поторопится, а то из Большой Свинки сделают копченую ветчину.

— Все сообщение? — бесстрастно поинтересовалась старуха и сообщила: — Принято.

На мобильнике заморгала лампочка: «Замените

батарейку». Я быстренько набрала номер Александра Михайловича. Подошел Женька.

— Пиши скорей, — зашептала я, — деревня Петухово, дом Фаины Львовой, меня тут держат в наручниках.

— Понял, — ответил приятель.

Я села на ведро и взглянула на телефон, лампочка уже не моргала, а горела ровным светом. Все, в руках абсолютно бесполезный кусок пластмассы. Я затолкала мобильный под кровать и влезла на грязное одеяло. Сон не шел. Вы никогда не пробовали спать с закованными в наручники руками? И не надо, не пробуйте, ничего интересного, крайне неудобно. Тем более если, как и я, предпочитаете спать на животе, а не на спине.

Интересно, сколько времени понадобится друзьям, чтобы добраться до меня? Час? Два? Три? А вдруг за это время приедет таинственный похититель с выкупом и меня убьют? Сразу стало холодно. Время тянулось мучительно.

Дверь приоткрылась, и Фаина всунула в щель очередную миску. На этот раз по дну катались две довольно крупные картофелины в мундире, там же лежали кристаллы серой соли и несколько перьев зеленого лука. Царский ужин!

Я ухватила корнеплоды и проглотила их, едва содрав грязную кожуру. Моментально захотелось пить.

— Эй, — заорала я, — бабка, пить дай!

Но Фаина влетела в комнату и, отпихнув меня, стала, кряхтя, поднимать тяжелые половицы. Внизу открылась темная сырая дыра.

— Полезай, — велела женщина.

— Ни за что, — ответила я.

Фаина взмахнула пистолетом.

— Лезь, говорю.

Пришлось подчиниться. Над головой стукнули деревяшки. Я оказалась в кромешной темноте в сыром, холодном подвале. Через какое-то время над головой обнаружились слабые полоски. Сквозь щелястый пол пробивался свет.

Вверху послышались шаги и голоса.

— Ну, бабуля, где твоя гостья?

— Что вы, сыночки, — запричитала Фаина, — какая гостья, сюда никто не приезжает, живу будто сыч, говорить разучилась.

Я сидела тихо, пытаясь понять, кто прибыл — друг или враг.

— Хватит баллон гнать, — послышался родной говорок Бекаса, — показывай, куда Дашу запрятала, сука.

— Здесь, внизу! — заорала я как ненормальная и принялась колотить связанными руками в доски. — Сюда, Бекас, милый, любимый, сюда!

Послышался грохот, появился свет, и в проем заглянул Коля.

— Дарья Ивановна, давайте руку.

Я протянула скованные кисти.

Бекас ловко, без всякого усилия вытащил меня наружу. В маленькой комнате было тесно от широкоплечих парней в черном. Приглядевшись, поняла, что их всего четверо, просто мальчишки очень здоровые, нехилый Бекас выглядел среди них былинкой. У всех в руках автоматы, а у двоих через плечо какие-то странные трубки.

Фаина сидела в углу.

— Ключ давай от браслетов, — сказал один из братков.

— Нету, — покачала головой женщина.

Другой моментально отвесил ей хорошую оплеуху. Из носа женщины потекла тоненькая струйка крови, но Фаина молча утерлась рукавом. Платок свалился, выглянуло хорошенькое бледное личико.

— Глянь-ка, — изумился ударивший, — гагара! А я думал, старуха.

И он снова размахнулся.

— Не бей ее, — выкрикнула я, — она мне плохо не делала!

— Правда, Сникерс, брось, — вежливо сказал Бекас, — не пугай мне Дарью Ивановну, так откроем. У тебя, Крокус, гитара с собой?

Другой парень кивнул, вытащил из кармана набор крючков и палочек и мигом щелкнул замком.

Я с наслаждением стала растирать запястья.

— Больно? — неожиданно участливо спросил один из парней. — Не тушуйтесь, хозяйка, меня, когда из Москвы в Нижний Новгород везли, так не поверишь, как в вагон менты сажали.

— Как? — заинтересовалась я, глядя во все глаза на своих избавителей.

— Руки сковали да еще к трем братанам прицепили, потом на корточки посадили, через браслеты трос пропустили. Один конец поводка в тюрь-

мище, другой в вагоне, и погнали на полусогну-
тых, вприсядку, да по затылку дубинкой, да...

— Слушай, Мосол, — разозлился Бекас, —
тоже мне Эдвард Радзинский нашелся, хорош
баллоны гнать, всех так из Москвы вывозят.

— Это точно, — вздохнул Сникерс, — я сум-
чонку по дороге с жраниной и шмутярой бросил,
только с пакетиком сигарет и добежал. Все потерял, а курево допер...

Фаина слабо пошевелилась.

— У нее пистолет, — быстро сказала я.

— Этот? — спросил Мосол, показывая на ва-
ляющийся у окна револьвер. — Не, ханя.

— Что? — не поняла я.

— Муляж, — пояснил интеллигентный Бекас, —
это муляж. — Потом горделиво добавил по-фран-
цузски: — Mitraillette.

— Revolver, — поправила я его машинально, — mitraillette — это автомат. — Надо же, они с
Маней добрались до темы «Вторая мировая война».

— Во дает, — восхитился Сникерс.

С улицы донесся свист и голос:

— Ну, чего вас там всех, раздолбало, что ли?

Мы вышли во двор. Наступил приятный июнь-
ский вечер. Не жарко и не холодно, нет дождя,
легкий, тихий ветерок нежно касается лица. В такую погоду приятно сидеть на даче у костра, есть
свежий шашлык, пить красное вино, петь песни
под гитару.

Я же стою в огромном захламленном дворе, а
вокруг штук десять парней, вооруженных до зубов,

с автоматами, ножами, а вон у того черненького, по-моему, даже связка гранат.

— Вот что, — сказал Бекас, — пошли на улицу, а вы, братаны, делом займитесь.

Трое парней развернулись и двинулись в избу. Я испугалась.

— Бекас, не убивай Фаину, она мне плохо не делала.

— Только в наручники заковала, гнильем кормила и парашу поставила, — хмыкнул Коля. — Да никто ее мочить не станет, кому охота мараться? Поболтать хотим чуть-чуть. Ясно же, что не эта убогая тут в авторитете.

И он вытолкал меня за ворота. На проселочной дороге стоял синий микроавтобус, по его бокам шла белая полоса, у самой дороги несколько грязных «Жигулей».

Бекас достал телефон и коротко что-то сообщил. Моментально из ближайшего лесочка вынырнула еще одна замаскированная тачка. Из недр задрипанной машины вылез Иван Михайлович и, улыбаясь, двинулся ко мне.

— Дорогая, как вы оказались в данном неприятном месте?

— Пошла на встречу с Максом, то есть это был не Макс, но я думала, что Макс, а Макс посадил в машину, но теперь точно знаю — не Макс...

— Погодите, погодите, — остановил поток невнятной речи Круглый, — хотите сказать, вас похитил Полянский? Но как? Он же в тюрьме?

— Да подумала, что вы его освободили, а...

Но тут послышался рев мотора, и на проселочной дороге показались микроавтобус и черная «Волга». Бекас кинулся во двор. Через секунду из приехавшей машины посыпались омоновцы в камуфляже и черных вязаных шапочках. В прорезях поблескивали глаза. Из «Волги» выскочил Александр Михайлович. Со двора выбежали братки, сдергивая с плеч автоматы. Боже, что я наделала — сейчас мои друзья перебьют друг друга!

Я ринулась вперед, встала между ними и, размахивая руками, как курица крыльями, заорала во весь преподавательский голос:

— Стойте, стойте, вы все приехали меня спасать, вы мои товарищи, вам надо пожать друг другу руки!

Братки и менты выжидательно глянули на старших. Начальники резко что-то сказали, и подчиненные разом опустили оружие.

Полковник и Иван Михайлович быстро подошли ко мне.

— Что здесь происходит? — резко спросил Александр Михайлович.

— Да, Дашенька, объясните, — поддакнул авторитет, — как получилась такая, слегка двусмысленная ситуация?

Я посмотрела на два совершенно одинаковых синих микроавтобуса с белыми полосами, на старенькие машины, на ловких, спортивных, широкоплечих молодых мужиков. И у тех, и у других идентичные автоматы, похожие ножи, на ногах одинаковая обувь... Даже отчество у начальников совпало — Михайлович. Ну просто цирк! И как только ухитряются бороться друг с другом, если так похожи!

Но полковник с автоматом не разделял моего веселья.

— У меня случайно оказался телефон, — принялась я оправдываться, — сумочку отобрали, часы, а сотовый не смогли.

— Куда же ты его засунула? — поинтересовался полковник.

Я задрала ногу и пощелкала резинкой.

— Сюда свалился.

— Оригинально, — заметил Круглый, — иногда на щиколотку оружие приматывают. Похоже, не профессионалы действовали. Мои бы сразу ноги обхлопали и ботинки снять велели.

— А мои бы и в задницу заглянули, — огрызнулся полковник.

— Согласен, — миролюбиво откликнулся Иван Михайлович, — не помешает. Ваши люди — специалисты первого класса. Кстати, я о вас наслышан, хорошо ребята говорят.

— Мне ваша личность тоже знакома, — не остался в долгу Александр Михайлович, — наше ведомство лично к вам претензий не имеет.

— Вот и хорошо, — обрадовалась я, — давайте сядем вот тут, покурим.

Полковник с авторитетом пристроились на кособокой лавочке. Иван Михайлович вытащил «Голуаз». Я радостно схватила сигарету и с облегчением затянулась. Омоновцы и братки тоже расслабились и залезли в автобусы. Полковник с авторитетом улыбались, как два удава, — рты растянули до ушей, а глаза холодные и неприятные.

Надо бы их развеселить. Но не успела я ничего сказать, как на проселочной дороге показался еще один синий автобус.

— Ты в ООН не звонила? — воскликнул полковник, подскакивая на месте.

— Или в НАТО, — поддакнул авторитет.

Омоновцы и братки выскочили на улицу. Ничего не понимая, мы смотрели, как автобус притормозил у соседних ворот.

Дверь открылась, и оттуда посыпались люди — Нина Андреевна, Римма Борисовна, Гера, Тамара, Маша и неизвестная пара средних лет.

— Муся, — заорала Манюня, подбегая ко мне, — вот сюрприз, как ты узнала, что мы на дачу к Томе приедем?

Девочка подпрыгивала от радости, рассказывая, как Тамарин папа посадил всех в служебный автобус и привез на два дня за город, отдохнуть.

— Как же ты, мулечка, сюда попала? — вопрошала дочь. — Уже прилетела?

— Откуда? — удивилась я.

— Как? — изумилась Манюня. — Зайка с Кешей сказали, что ты в Киев уехала, к Ольгиным родителям в гости!

Потом она увидела присутствующих и заорала:

— Ой, здрасьте, Александр Михайлович, здрасьте, Иван Михайлович, привет, Бекас! А зачем тебе автомат?

Римма Борисовна чинно подплыла к нам.

— Очень приятно, что решили принять участие в нашем пикнике!

— Пикник! — сказали в унисон полковник с авторитетом. — Крайне мило, просто мечтали.

— Дашенька, — вступила в разговор Нина Андреевна, — знакомься, Сергей Филиппович и Карелия Львовна — Тамарины родители.

— Рад встрече, — пробасил академик, настороженно поглядывая на вооруженных братков и омоновцев с автоматами. — Представьте друзьям.

— Право, не стоит, — отмахнулась я, понимая, что ни полковник, ни Иван Михайлович, ни Бекас не горят желанием сидеть вместе со всей компанией с жареными сардельками в руках, — это всего лишь моя охрана.

Глава 32

На следующее утро вымытая, причесанная, сытая, с пачкой «Голуаза» в сумке сидела у полковника в кабинете. Александр Михайлович издевательски поинтересовался:

— Нашла убийцу?

Я вспыхнула от злости. Можно подумать, сам всегда все дела раскрывает!

— Нет.

— Ага, ну-ну, — протянул приятель, — жаль, столько времени зря потеряла.

— Вовсе не зря, — ринулась я в атаку на ухмыляющегося полковника, — знаю теперь абсолютно точно, что Макс не убивал, его подставили. Хочешь, объясню как? Кстати, с Адой проделали то же самое.

— Все в свое время, — загадочно пообещал Александр Михайлович. — Ты хоть помнишь, кого Максим Полянский убил?

— Конечно, свою последнюю жену, Веронику Медведеву, актрису и манекенщицу.

— Видела когда-нибудь вышеназванную даму?

— Пару раз, у общих знакомых в гостях, как-то в театре столкнулись, даже есть ее фотография, — и я принялась рыться в сумке.

— Редко встретишь бывшую жену, таскающую с собой фото заместительницы, — хмыкнул полковник.

— Она меня не сменяла, во-первых, между нами еще целый ряд других жен, а во-вторых, хотела кое-кому показать снимок, да не успела.

— Значит, узнаешь Медведеву в лицо, если увидишь?

— Ой, только не надо труп показывать! — испугалась я. — Страшно боюсь мертвецов.

Александр Михайлович улыбнулся:

— Мне казалось, что нет. Смотри сюда.

И он отдернул занавеску, скрывавшую небольшое окно. Я знала, что через него можно заглянуть в соседнюю комнату. Люди, находящиеся там, меня не увидят, с той стороны обычное зеркало.

В хорошо обставленном кабинете за письменным столом сидел мужчина. Мне была видна только его спина в сером пиджаке. Напротив на стуле сгорбилась, опустив голову, худенькая девушка с коротко остриженными рыжими волосами. Лицо задержанная прятала в платке, плечи мелко тряслись. Очевидно, женщина плакала.

— Ты нашел Яну, — восхитилась я.

— Погоди, — велел Александр Михайлович, взял телефон и сказал: — Роман, не видно.

Мужчина в комнате опустил трубку на рычаг и что-то произнес.

Яна отвела руки от глаз, и я увидела тонкое, породистое, невероятно красивое лицо... Вероники Медведевой.

— Ну, как сюрприз? — осведомился полковник.

Да уж... «А теперь — сюрприз. Батончики «Милки Вэй» в шоколаде...» — прозвучало в моей голове. Других мыслей в данный момент там не наблюдалось.

— Здорово, да? — ликовал приятель, видя, что я, окончательно обалдев, рухнула в кресло. — Водички налить? Специально для таких случаев держу, кипяченая, не сомневайся.

Еще издевается. Так она жива! Кого же убили на квартире у Макса? Или вылечили? Хотя навряд ли.

— Думаешь, чей же труп в морге? Не догадалась?

— Нет.

— Да, плохо, когда в голове опилки. Ну поработай мозгами. Зачем бы Веронике отрезать свои роскошные длинные белокурые волосы и делать идиотскую прическу...

Тонкий луч понимания проник в гудевшую голову.

— Яна! Убили Соколову! Но как же Нина Андреевна опознала Нику?

Полковник всплеснул руками.

— Да бедная старушка и не смотрела как следует. Выстрелили ведь прямо в лицо, размозжили почти все, кровь, мозги — в общем, ужас. Где ей вглядываться! И потом, что она могла подумать? Лежит тело в кровати Вероники, в ее роскошной пижаме! Мы и то только на третий день догадались. Группа крови не совпадает, а так — ну прямо близнецы. Молодые женщины, без особых примет. Только у Яны небольшой шрам после операции на надпочечниках.

— Ничего не понимаю, — трясла я головой.

— Ладно, — смилостивился приятель, — так уж быть, слушай, как дело было. Начну с самого начала.

Оставшись в Москве учиться на штукатура, Вероника Медведева пытается устроить свою жизнь. До сих пор судьба была не слишком благосклонна к красавице. Полуголодное детство, проведенное в обносках, сильно подействовало на характер. Ника хотела денег, денег и еще раз денег. Образцовое воспитание не сработало. Ника оказалась корыстолюбивой, алчной особой. Ради шуршащих бумажек и драгоценностей Вероника была готова на все.

Но пока, лежа на продавленной койке в общежитии, пятнадцатилетняя девочка подумывает, не пойти ли на панель за легкими деньгами. Но тут ей улыбается счастье. Она проходит по конкурсу в модельное агентство. Идет 1987 год, в стране творится беспредел, всех охватила жажда наживы, руководители агентства не обращают внимания на то, что у «вешалки» нет еще паспорта, и девушку принимают на работу.

Ника попадает в другой мир. Вместо застиранных платьиц — роскошные наряды, вместо толстых, нескладных, неухоженных соседок по общежитию — удивительные красавицы... Но денег-то все равно кот наплакал. А их теперь хочется еще больше. У других манекенщиц шикарная одежда, элитная косметика, чудесные духи, машины, богатые любовники. У Ники пока — пшик! Из общежития, естественно, выгнали, пришлось снимать комнату у придурковатой бабки. Квартира у черта на рогах, сорок минут автобусом от метро «Выхино», зато недорого. Но все равно на оплату жилья уходит практически вся зарплата.

Весна 1987 года оказалась для Медведевой настоящим испытанием. Чтобы успеть к десяти на работу, приходится вскакивать в семь, а потом почти два часа трястись в транспорте. Ест она только на фуршетах и презентациях. Да еще бегает по вечерам на всевозможные тусовки в поисках богатого спонсора. Но он никак не появляется.

В апреле одна из манекенщиц знакомит Нику с Леней Бесчастным. Тот все время крутится около модельных агентств, разыскивая «актрис». Режиссер предлагает сняться в кино, Вероника соглашается, едет к нему домой, а там на кухне сидит Антон. Эта встреча оказалась судьбоносной.

Антона к тому времени тоже помотало по

кочкам. Он, как и Ника, появился на свет редким красавцем, к тому же господь наградил мальчика острым умом, быстрой реакцией и незаурядными актерскими способностями. В отличие от Вероники, он хорошо учился, много читал и с первого взгляда производил крайне положительное впечатление. Но роскошное румяное яблочко иногда оказывается с червоточиной. Разломишь сочный плод, а внутри вместо вкусной мякоти извивается толстый червяк, окруженный гнилой сердцевиной.

Еще в школе Антон начал воровать. Людочка Цимпанелли жила крайне скромно, откладывая из копеечной зарплаты гладильщицы мятые рублики на летний отдых. А Антон попал в элитную английскую спецшколу. Взяли его туда потому, что наивная мать, отдавая документы на собеседование, в графе «образование родителей» ничтоже сумняшеся написала — артистка цирка. Когда же через год директриса разобралась, что арена осталась в далеком прошлом, а сейчас мамаша бегает по восемь часов в день с раскаленным утюгом, было поздно. Первоклассник Медведев отлично учился и вел себя на редкость примерно.

Где-то классе в шестом детскую голову Антоши полностью заполнила зависть. Одноклассники были прекрасно одеты. Почти у всех родители регулярно ездили за границу и привозили вожделенные джинсы, жвачку и чипсы. Ребята в классе оказались, несмотря на богатство, незлые и всегда угощали Антона, но тому от этого становилось только хуже. Больше всех злил Никита Рогожин. Отец приятеля, известный киноактер, частенько отправлялся на съемки то в ГДР, то в Чехословакию, и квартира Никиты ломилась от невиданных вещей.

В самом начале седьмого класса Антоша совершил первую кражу. Принес в учительскую классный журнал. В комнате никого не было. В приоткрытом ящике директорского письменного стола виднелась толстая пачка денег. Руки сами схватили ее.

На первый «заработок» Тоша купил в туалете возле метро американские джинсы и клетчатую рубашку. Отметившим его новый наряд одноклассникам небрежно бросил: «Дед с гастролей из Италии привез». Бедный Эрнесто Цимпанелли, к тому времени давно покойник, наверное, перевернулся в гробу. Дальше — больше. Из карманов школьных курточек и пальто он регулярно добывает когда копейки, а когда и рубли. Потом вытаскивает зарплату у учительницы биологии. В школе усиленно ищут вора, но никто не может даже подумать, что им является Антоша Медведев — лучший ученик школы, ее гордость.

Когда Антон перешел в десятый класс, Людочке удается отправить свое сокровище на море, в Евпаторию, в пионерлагерь аж на три смены.

Там Антон сводит знакомство с Леней Бесчастным. Их притянуло друг к другу, как гвоздь к магниту. Да они и были два сапога пара. Теплой июльской ночью залезли в никем не охраняемое правление колхоза, возле которого располагался лагерь, и украли большую сумму денег. Антону в очередной раз все сошло с рук.

В Москве дружба окрепла. Более того, переросла в новые взаимоотношения. Леня жил вместе с матерью-алкоголичкой в коммунальной квартире. Одну из комнат занимал Родя, огромный парень с перстнями, вытатуированными на пальцах. Именно ему и рассказывают мальчики о богатых квартирах одноклассников Антона. Начинаются кражи. Потом Медведев позарился на антикварный кубок и свалил вину на Никиту. Деньги теперь не тратит, складывая их на разные сберкнижки.

Время летит быстро. И приятели, закончив школу, пристраиваются в институты. Антон выбирает МАИ, Леня — автодорожный.

— Как? — изумилась я. — Думала, Бесчастный окончил ВГИК.

— Поверила Лене? — усмехнулся полковник. — Нет, киноискусство — ширма для наивных.

Но камера у Бесчастного есть, и снимать он любит. Это наталкивает приятелей на мысль о непыльной работе.

Возле трех вокзалов находят проституток и «ваяют» порнофильм. Из-за дефицита исполнителей мужских ролей приходится «выступать» самим.

Кстати, Антон имеет кое-какую актерскую практику. В МАИ великолепный студенческий театр, и Медведев быстро входит в основной состав. Он — настоящий мастер перевоплощений. Легко играет комические, трагические и даже женские роли, чудесным образом имитирует голоса.

Созданный «киношедевр» Антон предлагает пятикурсникам. Разгорается скандал, и Медведева вышвыривают из института. Вдобавок глупая мать, решившая не ко времени разобрать антресоль, находит сберкнижки и начинает пилить вороватое дитятко. Поняв, что покоя не будет, ласковый сын уходит, предварительно обокрав родительницу.

Несколько дней он живет у Лени, но вечно пьяная мадам Бесчастная надоедает парню хуже родной матери. Тогда Медведев едет к отцу. Перепуганный Леонид отправляет отпрыска к Ивану Львову. В благодарность Тоша наводит Родю на его квартиру, а потом организует нападение на противную мачеху Зинаиду.

У Львовых парень почувствовал себя котом возле сметаны. Проститутки надоели, случайные знакомства тоже. А здесь милая, домашняя девочка, аккуратная и интеллигентная.

Антону, обладателю ангельски прекрасной внешности, не стоило никакого труда влюбить в себя глупенькую школьницу. Фаина просто потеряла голову, а несколько уколов сделали ее абсолютно покорной. Леня и Антон получили безропотную «актрису», готовую на все ради ласкового слова Медведева и лишней ампулы. Фильмы снимаются быстро, хорошо продаются.

Но тут их застает Иван, и Антону приходится убираться. Забрать Фаню он не может, отец денно и нощно сторожит дочку. В конце концов он звонит Львову и сообщает о нападении вандалов на могилу жены.

Трех часов Роде с подручными вполне хватает для того, чтобы вывезти из квартиры почти все, включая и дорогую коллекцию марок. Но тут происходит неприятность — Родю хватает милиция. Перепуганные парни трясутся от страха, но уголовник, не успев как следует дать показания, ввязывается в камере в драку. Его убивают самодельной заточкой. Антону снова повезло, а Лене — еще больше. Мать-алкоголичка оказывается на старости лет беременной, и комната Роди достается Бесчастным. Вся огромная квартира в его распоряжении. В одной из комнат поселяется Антон с Фаиной, в другой делают киностудию, две оставшиеся занимают хозяева.

Но тут Антон решил во второй раз вытащить деньги у невнимательного Якова Мироновича. Режиссер — слишком легкая добыча, верит каждому слову. К тому же хорошо обеспечен. Вместо украденных бриллиантов купил жене на следующий день другие. Такого не грех потрясти еще раз. Но удача изменяет, и Когтев с позором выгоняет Медведева. Антон начинает обдумывать месть, и ему в голову приходит потрясающий, феерический план.

Он вынуждает Олега Берестова разыграть Алену, а потом обманывает женщину, говоря, что ради любви к ней и устроил грандиозный спектакль. Наивная женщина верит и уходит к Антону. Но там уже живет Фаина Львова, деморализованная, превращенная в наркоманку, но все еще кое-что соображающая. Медведев выдает ее за свою больную сестру. Алена сначала верит, но потом потихоньку в голове у нее проясняется. Однако Антон не собирается отпускать ее. Парню нужна жилплощадь, а у бывшей жены Когтева есть собственная небольшая квартирка на улице Фогеля. Медведев не намерен жить всю жизнь у Бесчастного, тем более у его матери должен со дня на день родиться младенец. Фаина же надоела парню до зубовного скрежета. От употребления наркотиков свеженькое детское личико стало напоминать жеваную тряпку, даже к постельным делам она потеряла всякий интерес. Фаина превратилась в обузу. И тогда милый красавец Тоша разрабатывает план. Действовать следовало быстро. Алена вот-вот уйдет жить к себе.

В один из вечеров устраивают день рождения Фаины. Сначала Антон усиленно угощает Алену, потом, видя, что женщины хорошо подпили, стравливает их.

Плохо соображающая Алена хватает нож и начинает гоняться за «сестрой». Ей для успокоения подносят еще один бокал, на этот раз в водку подмешано снотворное.

Пробуждение оказывается для Потаповой страшным. На полу возле кровати лежит мертвая Фаина. Руки Алены, ее платье — в крови, а на одеяле валяется огромный нож.

Подошедший Антон ужасается и сообщает, что Алена вчера весь вечер гонялась за «сестрой», еле-еле успокоили. Информацию подтверждает и Леня Бесчастный.

— Мы поможем тебе, — говорят мужчины, — не бойся.

Тело бедняжки Фаины разделывают на куски, словно говядину. На торс напяливают любимое платье Потаповой, уродуют лицо. Потом обезображенные куски плоти прячут в Измайловском парке. Медведев лишь слегка присыпает останки землей. Алена уезжает к себе, на Фогеля. И через день оформляет квартиру на Антона. На этот год как раз приходится пик махинаций на рынке жилья. «Черные» нотариусы, поддельные справки — все легко сделать. Антон становится обладателем вожделенной двухкомнатной квартиры.

Теперь следует избавиться от Алены. Сначала Антон решает вернуть ее мужу. Посылает анонимное письмо с рассказом о настоящем «авторе» розыгрыша и сообщает правду Потаповой. Яков Миронович моментально приезжает за женой. Но Алена панически боится разоблачения и захлопывает перед бывшим мужем дверь.

Поняв, что женщина живет в страхе, Антон начинает пугать ее еще больше. Рассказывает, что крики умирающей Фаины слышали соседи, врет о визите участкового, несколько раз имитирует звонки из милиции, потом сообщает, что его вызывают в отделение и допрашивают...

Алена от ужаса находится на грани сумасшествия. Видя, что жертва потеряла всякий рассудок, ей вручают паспорт Фаины Львовой и отправляют в Петухово. Там дом, принадлежащий матери Бесчастного.

Антон регулярно ездит в деревню и держит

бывшую любовницу в страхе. Чего он только ей не рассказывает: по всей Москве расклеены ее фото, по телевизору объявляют о розыске, возмущенная общественность требует казнить убийцу... Алена верит всему. Одевается в старушечий наряд, прячет лицо под платком и больше всего боится, что ее найдут. Жизнь превращается в постоянный кошмар.

А у Антона одни радостные события. Во-первых, вечно пьяная мамаша Бесчастного попадает под машину, так и не успев родить ребенка. Дом на улице Фогеля идет на снос, и Антон получает квартиру, правда далеко, в Северном Бутове. В это же время Леня женится на «ясновидящей» Марине Мак.

Марина оказалась достойным партнером. Они придумывают новый способ заработка: делают из Антона «специалиста по разводам». Дело кипит. Марина находит клиентов, Медведев в две-три недели расправляется с глупыми бабами, Леня снимает «любовные свидания». Деньги текут рекой. Изумительный, абсолютно не пыльный заработок.

Именно в этот момент жизни Антон и знакомится с Вероникой. Той всего семнадцать лет, впрочем, Медведеву не намного больше. И здесь случилось чудо. Вор, убийца и абсолютно беспринципный человек внезапно влюбляется в Нику. Да так сильно, что женится на ней. Молодые отнесли в загс справку о беременности невесты, и их расписали сразу, не дожидаясь восемнадцатилетия брачующейся. Ника получила собствен-

ную жилплощадь, а Тоша — любимую, обожаемую жену.

Каждый день счастливый муж открывает в
молодой жене все новые и новые привлекатель-
ные стороны. Молода, красива, умна, хитра...
К тому же абсолютно беспринципна и так же мечтает об огромном богатстве, как и он. Узнав, чем
занимается супруг, Ника начинает ему помогать.
Они никому не рассказывают об оформленных
взаимоотношениях. Наоборот, редким знакомым
представляются братом и сестрой. По случайно-
му совпадению у них одинаковые фамилии, а у
Вероники вдобавок есть родной брат Антон, жи-
вущий давным-давно где-то на Севере.

Но тут Вероника принимает участие в конкурсе красоты и знакомится с Полянским. Моментально у них с Антоном зреет план. Ника
должна выйти замуж за богатенького Буратино, а
потом каким-то образом, они еще не придумали
как, отнять у дурачка побольше вожделенных денег.

Сказано — сделано. Вероника «теряет» паспорт, получает новый, без штампа, и смело идет
в загс с Полянским.

Первые годы жизни с Максом приносят ей
одни удовольствия. Полянский не жаден, осыпа-
ет молодую жену драгоценностями и шубами,
устраивает ангажемент в кино. Ника сообщает
Антону, что такая жизнь ее устраивает и она, пожалуй, останется с Максом. Муж не слишком го-
рюет. Ника все время посылает к Марине Мак
новых клиентов, и Антон богатеет. Доверчивый,

влюбчивый Полянский необдуманно посвящает жену во все свои тайны, в частности, рассказывает о сотрудничестве с Круглым.

Потом пожар страсти притихает, и Макс начинает смотреть на супругу без розовых очков. Постепенно перед ним вырисовывается не слишком приятный образ хищной, злой, алчной бабы. И Полянский идет по привычному пути — предлагает развод и отступные. Ника у него седьмая жена, технология разрыва отработана до мелочей. Но Вероника не согласна, ей хочется получить не часть денег, а все.

Они с Антоном начинают раскидывать мозгами, как лучше убить Макса. И тут Ника узнает о существовании Яны Соколовой. Кстати, и сама она не без греха — частенько заводила короткие романы, последний — с ближайшим другом Макса Семеном.

Но известие о том, что у мужа имеется любовница, приводит ее в ярость. Оскорбленное самолюбие требует отмщения. К тому же Ника увидела Яну и, удивившись некрасивому лицу соперницы, сразу поняла — Макс влюблен. А это опасно, можно остаться без денег.

Холодной апрельской ночью преступники придумали план. Убивать Полянского страшно. Несколько посторонних людей в курсе его романа со студенткой, милиция тотчас заподозрит обманутую жену. В их криминальных головах рождается вариант преступления века. Макса следует посадить, обвинив в убийстве... Ники.

Готовились они тщательно. Сначала Вероника коротко остригает роскошные волосы и красит их точно в такой же цвет, как у Яны. Причину объясняет просто — предложили роль в новом фильме, и режиссер потребовал изменить прическу.

Убийство назначено на пятое июня. Ника в курсе, что четвертого вечером муж принесет от Круглого миллион долларов и спрячет в сейф. Шестого утром специальный курьер должен, как всегда, переправить деньги в Арабские Эмираты. Сумма достаточная для того, чтобы решиться пойти из-за нее на риск.

В самом начале июня Ника объезжает своих знакомых, в частности, манекенщицу Гюльнару. Жалуется на ужасное поведение Макса, сообщает о своих страхах, о пистолете... Заглядывает и на мехмат к Яне, специально устраивая там скандал при большом скоплении народа.

Четвертого утром звонит Яне и, плача, просит приехать к метро «Пражская». Умоляет никому не рассказывать о поездке, просит помощи, изображает истерику, говорит, что Макс пытался ее убить.

Перепуганная Яна подъезжает к назначенному месту, никому не сообщив о звонке. Здесь ее ждет Антон в машине. Усыпить дурочку при помощи тряпки с эфиром — минутное дело. Яну привозят в Северное Бутово, делают укол сильного снотворного и оставляют до поры до времени в покое.

Пока Ника караулит жертву, Антон гримируется под Соколову. Он звонит Раде Ильиничне и, рассказывая об олимпиаде в Киеве, просит подвезти вещи на вокзал.

Преступникам надо, чтобы Яну не искали. Услужливая Танечка притаскивает саквояж на вокзал. Антон выхватывает поклажу, поезд уносится в Конотоп. Все, Яна уехала. Ни тетка, ни подруга не волнуются.

Антон сходит в Фоминске. Съедает на перроне пирожки.

— Он проглотил пять штук, — медленно сказала я, — то-то торгашки удивились, что худенькая девочка обладает аппетитом здорового мужика.

— Правильно, — подтвердил полковник, — и здесь он сделал первую ошибку. По привычке зашел в мужской туалет. Быстро переоделся. Нацепил черный парик, приклеил усы и ушел, оставив ненужный саквояж. То-то уборщица обомлела!

Дело разворачивается быстро, в восемь Антон снова в Москве. Теперь звонок Максу от имени несуществующей директрисы бройлерной фабрики. И здесь вторая ошибка: звучит название деревни — Петухово. Его запоминает секретарша Макса.

Полянский покорно ждет поставщицу. Тем временем Вероника услужливо потчует сладкоежку Нину Андреевну тортом с реланиумом, и старуха благополучно засыпает. Без задних ног дрыхнет на рабочем месте и Полянский, вкусивший кофе с тем же лекарством, подсыпанным

Антоном, переодетым директрисой птицефабрики. Начинается самая ответственная часть.

Привозят окончательно одурманенную Яну, переодевают девушку в роскошное неглиже Вероники и... хладнокровно убивают, намеренно уродуя лицо. Потом забирают баксы из тайника и насыпают полную пепельницу окурков, прихваченных предусмотрительным Антоном из рабочего кабинета Полянского.

— Вот это мне сразу показалось подозрительным, — прервала я Александра Михайловича, — пробыл дома пятнадцать минут, а выкурил целую пачку.

— Нет преступника, который не оставляет следов, — философски заметил полковник.

Около одиннадцати все кончено. Антон спускается к машине, Ника с пакетом выходит черным ходом, и ее никто не видит — впрочем, она не боится нежелательных встреч: на голове черный парик. Глаза спрятаны за очками.

Наступает завершающая фаза. Антон гримируется под Макса Полянского и приезжает «домой». Во дворе, по счастью, пользуясь теплой погодой, сидят две соседки — Анна Михайловна и Наташа Симонова. «Макс» бросает им пару слов и вбегает в подъезд.

— И здесь произошла еще одна накладка, — встряла я. — Такса Наташи Симоновой вполне дружелюбна к своим, но крайне враждебно настроена против чужих. Собака начинает злобно кидаться на «Макса», а хозяйка искренне недоумевает, что же произошло с ее любимицей. Это сразу показалось мне подозрительным. Животное трудно обмануть. Оно ориентируется не по внешнему виду, как человек, а по запаху. Такса сначала подбежала, виляя хвостом, к Полянскому, а потом, злобно рыча, принялась закатываться в припадке злобы.

— Интересная деталь, — согласился полковник, — мы о ней не знали.

Действие разворачивается дальше. Убийца выскакивает из дома, демонстрируя перемазанные брюки. Другая пара, специально запачканная в крови Яны, уже покоится на дне бачка для грязного белья, спрятана и «беретта», из которой произвели выстрел.

«Полянский» что-то бормочет, он явно взволнован. Соседки с любопытством наблюдают, как отъезжает джип. Все, дело сделано.

Теперь Нике нужно превратиться в Яну. Сначала она, прикидываясь сестрой Соколовой, привозит в университет справку о болезни. Ее добыл Леня Бесчастный. Хитрый Антон совершенно не собирался рассказывать другу о миллионе долларов. Просто попросил: «Возьми у Галки для моей бабы справку». Леня не усмотрел в просьбе ничего странного и добыл бумажку.

Ника преспокойненько ходит по Северному Бутову в черном парике и в очках. Убийцы обнаглели. До сих пор им фантастически везло, и они слегка расслабились, а зря!

Неожиданно поздно вечером в самом глухом углу Бутова возле дешевой палатки с несъедобными вафлями она внезапно налетает на... Семена, лучшего друга Макса и своего бывшего любовника. Вот это шок! Причем сразу для обоих.

Сеня, увидав «убитую», выронил на землю пластиковую бутылку с фантой и потерял дар речи. Несмотря на парик, он моментально узнал Нику. Та тоже в первый момент растерялась, поскольку совершенно не ожидала встретиться со знакомыми в богом забытом Бутове.

Надо отдать должное самообладанию Ники, она пришла в себя раньше, кинулась на шею мужику и принялась со слезами рассказывать «правду».

У нее дома ночевала близкая подруга, потому что Полянский укатил в командировку. Ника уступила приятельнице свою кровать. А сама легла в гостиной. Но ночью вернулся муж и выстрелил в женщину. Недоразумение пока не выяснилось, и Вероника прячется от людей.

Она плакала, хватала Сеню за руки, заставила вконец обалдевшего мужика поймать такси и отвезти ее к себе на ночь. Она хотела приглядеть, чтобы Сеня никому не рассказывал о встрече. Ближе к утру негодяйка рассказала любовнику о миллионе, велела молчать и обещала поделиться.

Утром она ушла.

— Понятно теперь, — вздохнула я.

— Что понятно?

— Никак не могла сообразить, чем я так напугала Сеню. Видела, как он провожает до двери стройную черноволосую девушку. Потом мужик не захотел со мной разговаривать. И я тогда сказала, что настучу Аде про его ночную гостью. Воробьев побледнел, затрясся и изо всех сил стал отпираться. Тогда я сообщила, что знаю имя незнакомки и что оно заканчивается на «а». Сеня чуть в обморок не упал, но тут явилась с дачи Ада, и пришлось уйти.

— Ты догадалась о визите Вероники? — изумился полковник.

— Нет, конечно, просто тучи женских имен заканчиваются на «а». Светлана, Татьяна, Анна, Маша, Даша... Просто так ляпнула.

— Просто так ляпнула! — возмутился Александр Михайлович. — Ты представляешь свою судьбу, если бы Сеня рассказал Нике о твоем визите?

Я пожала плечами:

— Так ведь не сказал!

— Не успел. Потому что Антон, переодевшись Адой, убил мужика. Это был непредусмотренный момент, но преступники ловко справились, за ночь придумали. Все разворачивалось по уже отработанному сценарию — грим, костюм, взволнованный вид, судачащие соседи. Потом скандал в магазине, чтобы привлечь к себе побольше внимания, брошенное в углу красное платье-стрейч.

Кстати, именно выкинутое платье помогло подтвердить, что Ада ни при чем. Одорологическая экспертиза четко доказала — жена Воробьева никогда не надевала эту вещь.

— Я и без твоей экспертизы знала — Ада невиновна. У убийцы были крупные руки и ноги, а супруга Сени, несмотря на большие габариты, обладает изящными ладонями и ступнями. И еще хорошо поняла, что к Семену накануне убийства приходил не Макс.

— Правильно, — сказал полковник, — это был Антон, преступники хотели, чтобы как можно больше людей подтвердило преступные намерения бизнесмена. Но как ты докумекала?

— В общем, просто. «Полянский» жаловался Сене, стучал кулаком по столу, браслет расстегнулся, и золотые часы свалились с руки, разбив тарелку. Во всяком случае, так живописал события Воробьев.

— Ну и что? — удивился полковник. — Антон старательно изображал разгневанного мужа.

— Согласна, — улыбнулась я, — не учли только маленькую деталь. У Медведева золотой «Ролекс», дорогая игрушка, но у Макса на запястье болтался номерной платиновый «Лонжин». А платина, как известно, белого цвета. Поэтому Сеня, по идее, должен был сказать про серебряные часы, а он твердил: золотые, золотые... Макс с «Лонжином» не расставался, просто обожал его.

— Ну ты даешь! — восхитился Александр Михайлович.

Я приосанилась, значит, тоже кое на что способна.

Но ни Ника, ни Антон не чувствуют никакого дискомфорта. Они устранили ненужного свидетеля, свалив вину на Аду. Кстати, Антон звонит Амалии и, прикидываясь Аделаидой, просит у сестры прощения за содеянное.

Преступники окончательно поверили в свою

неуловимость. Аппетиты растут, и теперь миллиона долларов им уже недостаточно. Прежде чем исчезнуть из Москвы, а на начало июля уже куплены билеты на Кипр, они решают заграбастать все, что можно.

Сначала Ника возвращается в свою квартиру, чтобы забрать драгоценности.

— Так вот кто поднял шляпы с пола! — вырвалось у меня.

— Потом она вспоминает про дорогущий перстень Макса и «Лонжин». Справедливо полагая, что муж не возьмет подобные вещи в Бутырку, снова едет в генеральские хоромы, забирает и это... и тут в квартиру входишь ты. Кстати, ты очень упростила ей задачу, забрав в Ложкино Нину Андреевну. Вероника с трудом успевает убежать.

Следующая акция — драгоценности Соколовой, нишу Зайца они ограбили раньше.

— Как? Как узнали о сокровищах? — подскочила я на месте от нетерпения.

— Да просто. Ада рассказала мужу, что Игорь Соломонович Кац сумел сохранить семейное достояние и оставил Раде Ильиничне несметное богатство, а их с Амалией отец только бормотал про девяностолетнего зайца. Сеня в момент хорошего подпития поделился с Никой сведениями. Та сначала пропустила информацию мимо ушей. Но как-то раз, сопровождая Нину Андреевну на могилу генерала...

— Увидела могилу Зайца и все поняла, — закончила я.

— Ну да, — подтвердил полковник, — Ника с Антоном, честно говоря, не надеялись на удачу, но решили все-таки проверить догадку. И попали в десятку. Клад, заботливо спрятанный Генрихом Кляйном для дочерей, оказался в руках жадных негодяев. Поняв, что сведения, сообщенные Сеней, верны, Медведевы захотели заполучить драгоценности Соколовой.

В ход снова идет старый прием. Антон, переодетый Яной, звонит Раде Ильиничне и говорит: «Тетечка, я вернулась, бегу домой». Ничего не заподозрившая Соколова распахивает дверь, «Яна» проходит на кухню и моментально убивает женщину и некстати оказавшуюся у нее в гостях соседку Танечку. Медведев три года занимался в секции стрельбой и не делает промахов.

Потом он пытается достать спрятанное, но неудача! Дырка в полу слишком узкая и широкая, ладонь убийцы туда не проходит, а пальцами он никак не может подхватить узелок. Тайник создавали для тонкой, узкой ручки. Приходится ему уходить ни с чем. На всякий случай Антон прихватывает с собой альбомчик с фотографиями, чтобы затруднить поиски Яны.

Потом через некоторое время преступная парочка вспоминает про Женю Полякову. Антон звонит девушке и сообщает: «Я вернулась, но завтра уеду на дачу к знакомым, встречаться недосуг». Женечка недоумевает, а потом на горе себе решает поехать за тетрадкой.

Ника, загримированная под Яну, роется в это время в шкафу. Конечно, они сильно рисковали,

входя в квартиру сразу после отъезда оператив-
ников. Но, во-первых, страшно боялись, что сокровища найдет постороннее лицо, во-вторых,
Ника, переодетая Яной, сперва долго сидит у
подъезда и через тонированные окна машины
наблюдает за отъездом следственной бригады. Она
достает драгоценности, кладет в сумку, и тут... в
дверь звонит Женя. Пришлось вести ее в машину, где сидит переодетый черноволосой девушкой Антон.

Женечку сначала оглушают, потом делают
укол, следом душат. Но здесь убийцы поторопи-
лись, Полякова осталась жива.

Кстати, окончательно придя в себя, она вспомнила, что Яна странно выглядела, была сильно
накрашена и очень суетлива.

Во всяком случае, преступный марафон заканчивается. В руках у Ники и Антона несметное
богатство, можно перевести дух и собираться на
Кипр. Непонятно только, как они намеревались
протащить награбленное через таможню.

Медведевым кажется, что все позади. Ан нет!
В дело вмешивается настырная, полная энтузиазма Даша Васильева.

Я вздохнула. Да, вмешалась, но ведь хотела
как лучше!

— А вышло как всегда, — докончил невыска-
занную мысль полковник. — Начала делать жуткие глупости! Ну зачем ты наняла Антона?

— Чтобы избавиться от Зайки, — хихикнула я.

— Как вышла на «Оракул»?

— Нашла в джипе Макса квитанцию из «Оракула», испачканную пастой шариковой ручки. А Нина Андреевна рассказывала, что Макс часто уезжал из Москвы, и тогда Ника, пользуясь отсутствием мужа, брала его машину и ездила по делам. Наверное, подвозила Марину, а та вытерла протекшую шариковую ручку ненужной квитанцией и уронила бумажку на пол.

— Очень мило, — процедил Александр Михайлович, — только Антон сразу понял «ху из ху». Тем более что ты Марине Мак наврала о дружбе с Вероникой. Кстати, не могла бы прояснить одну странную вещь? Антон признался, что отправил в Ложкино наемного киллера. Но парень пропал, не выполнив задания, исчез, как в'воду канул. Ты не знаешь, что с ним случилось?

Я вспомнила сотрудника магазина «Марквет» и быстро сказала:

— Понятия не имею, видишь, жива и здорова. Значит, киллер просто не добрался.

— Ага, — кивнул головой полковник, — надо же, какая незадача для профессионала! Но ты, моя дорогая, несмотря ни на что, продолжала действовать. Добралась до Лени Бесчастного, принялась задавать дурацкие вопросы, потом привязалась к стриптизеру Володе... Просто сунула палку в осиное гнездо и стала тыкать ею во все углы. Даже не хочется перечислять все твои глупости, а результат налицо. Потерявшие от безнаказанности чувство меры Ника и Антон решают избавиться от назойливой дамочки...

И вновь в ход идет отработанная схема. Медведев, загримированный под Полянского, запихивает жертву в машину, а там наготове загримированная Ника с тряпкой, смоченной эфиром. Через две секунды Дарья пускает пузыри, а машина несется в Петухово.

— Почему они меня не убили?

— Из-за жадности, моя радость. Хотели сначала получить у Кеши кругленькую сумму, ни больше ни меньше как пятьсот тысяч долларов!

Аркадий проявил себя молодцом. Моментально согласился на все условия и демонстративно, прихватив Зайку, поехал в банк.

Старухам и Маше сказали, что ты отправилась в Киев, в гости к Ольгиным родителям. Крайне мудрое решение, представляешь, какой вой подняли бы бабки?

Я согласно вздохнула. Да уж, Нина Андреевна с Риммой Борисовной скорее всего попадали бы с сердечными приступами.

— Ну и что дальше?

— Дальше — финиш. Мы арестовали Антона в момент передачи денег. Он моментально выдал Нику. Теперь они поют, как соловьи, сваливая вину друг на друга. Гадкое и жалкое зрелище. В этой истории жаль только бедную Алену. Женщина абсолютно ни в чем не виновата. Ее довели почти до полного сумасшествия, сказали... что ты должна Антону огромную сумму и не отдаешь. Вот если Алена подержит наглую должницу у себя, родственники испугаются и вернут доллары. А Антон отдаст их Алене, и та уедет за границу. Представляешь, какой бред. Но бедолага поверила. Ей требуется помощь психиатра.

— А Макса тебе не жаль? — возмутилась я.

— Видели глазки, что покупали, теперь ешьте, хоть повылазьте, — философски заметил Александр Михайлович. — Сам знал, на ком женился, вот и получи!

Я не нашлась что возразить.

Эпилог

В пятницу чинно и спокойно сидела у телевизора, как и положено приличной домохозяйке. Римма Борисовна вместе с Герой съехали на квартиру к Тамаре.

— До свадьбы совсем мало времени, — пояснила свекровь номер три, — надо помочь детям.

Кеша только хмыкнул в ответ на эти речи.

Тут зазвонил телефон.

— Дашенька, пустите в гости?

— Конечно, Иван Михайлович.

Круглый приехал с подарками — резиновые кости собакам, конфеты мне и Зайке. Марусе — огромная шоколадная кошка, весом, наверное, не менее трех килограмм.

— Милая, — сказал авторитет, когда мы, выпив чай, сели на крылечке покурить, — хочу попросить, не ввязывайтесь больше в криминальные истории.

Я стянула с пальца кольцо и протянула мужчине:

— Спасибо.

Иван Михайлович улыбнулся:

— Моими друзьями становятся на всю жизнь или...

— Или?

— Или не становятся ими вообще. Колечко сохраните, но, надеюсь, больше оно вам не пригодится. Оставьте подобные дела профессионалам. Вас могли убить отморозки, люди, не соблюдающие никаких законов, такие подонки, для которых человеческая жизнь ерунда по сравнению с жаждой денег.

Я глядела на него во все глаза. Еще один на мою голову с нравоучениями.

— Ладно, — вздохнул Круглый, — давайте пообедаем на днях вместе!

Не успела я ответить согласием, как во двор въехала машина с маячком. Дверь распахнулась, и наружу выбрался побледневший и похудевший Макс, за ним — Александр Михайлович. Увидев Круглого, он нервно дернул шеей, но вслух сказал:

— Вот, получите господина Полянского. Где свекровь?

Но Нина Андреевна уже вылетела на крыльцо и принялась поливать слезами вновь обретенного сына. Конечно же, ей стало плохо, и Зайка с Аркадием буквально понесли старуху в дом.

Макс пошел за ними.

Александр Михайлович сел рядом с нами на ступеньки.

— Вот, — сообщил авторитет, — пытаюсь объяснить Даше, сколь опасна и неблагодарна работа частного детектива.

— Правильно, — оживился полковник, — просто удивительно иметь в сорок лет менталитет подростка!

— При чем здесь возраст! — возмутилась я.

— Мир сошел с ума, — по-стариковски отметил Круглый, — полно отморозков, для которых не писаны законы.

— Точно подмечено, — встрял Александр Михайлович, — убьют и не чихнут. Никто им не указ: ни я, ни вы. В такое время следует соблюдать осторожность...

И они принялись, проявляя трогательное единодушие, ругать меня на все корки. Наконец приятное занятие им надоело. Иван Михайлович уехал.

Полковник подозрительно глянул на меня:

— И зачем он приезжал?

— Маня летит во вторник с Бекасом в Париж, обсуждали детали.

— Ладно, — успокоился приятель, — и мне пора.

Он двинулся к машине, но по дороге притормозил и спросил:

— А не сходить ли нам на днях поужинать?

От неожиданности я запихала сигарету в рот зажженным концом. Вот это да! Последний раз полковник приглашал меня на ужин лет десять тому назад! Чудные дела творятся в Датском королевстве!

На следующий день после обеда провожали

домой Нину Андреевну и Макса. Утром, еще до завтрака, свекровь торжественно ввела Полянского ко мне в спальню.

— Дашенька, — многозначительно объявила старуха, — Макс теперь обязан на тебе жениться. Ты сделала для него, да и для меня, столько хорошего, показала себя замечательным другом. Вы отлично поладите. Правда, Макс?

Бывший супруг безнадежно кивнул, в его карих глазах плескался ужас. Ну да, как честный человек, пришел с предложением руки и сердца! Представляю его состояние, небось боится, что отвечу согласием, куда тогда деваться?

— К сожалению, наш брак невозможен, — поспешила я успокоить мужика, — у меня роман с другим мужчиной, вы же сами видели его за завтраком.

— Как жаль, — поджала губы Нина Андреевна.

Около четырех часов дня мы сажали их в такси. Свекровь перецеловала всех домашних и собак. Банди был оставлен напоследок. Старуха безостановочно гладила треугольную морду пита. Мне казалось, что она вот-вот расплачется.

Но тут появились Аркадий и Маня. Маруся несла что-то завернутое в теплый платок.

— Это вам, — сказала девочка, протягивая своей мучительнице кулек.

— Что это? — изумилась Нина Андреевна и вытащила наружу худенького и голенастого двухмесячного щенка пит-буля.

— Мы не можем подарить вам Банди, — вздохнула Маня, — детей не отдают из дома.

— Но это его сын, — сообщил Кеша, — абсолютно породистый и здоровый. Нам отдали алиментного щенка, он ваш и будет каждый день радовать.

Крупные слезы потекли по накрашенным щекам старухи. Молча кивнув, она, нежно прижимая к груди сына Бандюши, влезла в машину. Мотор взревел, гости уехали, кошмарный июнь катился к концу.

Мы плотной группой пошли в столовую и сели пить чай.

— Чего-то не хватает, — протянула Зайка, размешивая сахар, — вроде пусто очень.

— Я знаю! — засмеялся Кеша. — Не следует давать Банди жирную пищу, он сегодня опять плохо покакал...

— Слишком жидко! — радостно закончили домашние.

Литературно-художественное издание

Донцова Дарья Аркадьевна
ЖЕНА МОЕГО МУЖА

Редактор *В. Юкалова*
Художественный редактор *В. Щербаков*
Художник *А. Дубовик*
Технический редактор *Н. Носова,*
Компьютерная верстка *В. Азизбаев*
Корректоры *М. Мазалова, М. Смирнова*

Налоговая льгота — общероссийский классификатор
продукции ОК-005-93, том 2; 953000 — книги, брошюры.

Подписано в печать с готовых монтажей 09.11.2001.
Формат 84×108 $^1/_{32}$. Гарнитура «Таймс».
Печать офсетная. Усл. печ. л. 22,68. Уч.-изд. л. 15,1.
Доп. тираж Х 15 100 экз. Заказ 249

Отпечатано в полном соответствии
с качеством предоставленных диапозитивов
в ОАО «Можайский полиграфический комбинат».
143200, г. Можайск, ул. Мира, 93.

ЗАО «Издательство «ЭКСМО-Пресс». Изд. лиц. № 065377 от 22.08.97.
125190, Москва, Ленинградский проспект, д. 80, корп. 16, подъезд 3.
Интернет/Home page — www.eksmo.ru
Электронная почта (E-mail) — info@ eksmo.ru
Книга — почтой: Книжный клуб «ЭКСМО»
101000, Москва, а/я 333. E-mail: bookclub@ eksmo.ru

Оптовая торговля:
109472, Москва, ул. Академика Скрябина, д. 21, этаж 2
Тел./факс: (095) 378-84-74, 378-82-61, 745-89-16
E-mail: reception@eksmo-sale.ru

Мелкооптовая торговля:
117192, Москва, Мичуринский пр-т, д. 12/1
Тел./факс: (095) 932-74-71

ООО «Медиа группа «ЛОГОС». 103051, Москва, Цветной бульвар, 30, стр. 2
Единая справочная служба: (095) 974-21-31. E-mail: mgl@logosgroup.ru
contact@logosgroup.ru

ООО «КИФ «ДАКС». Губернская книжная ярмарка.
М. о. г. Люберцы, ул. Волковская, 67.
т. 554-51-51 доб. 126, 554-30-02 доб. 126.

Книжный магазин издательства «ЭКСМО»
Москва, ул. Маршала Бирюзова, 17 (рядом с м. «Октябрьское Поле»)

Сеть магазинов «Книжный Клуб СНАРК» представляет
самый широкий ассортимент книг издательства «ЭКСМО».
Информация в Санкт-Петербурге по тел. 050.

Всегда в ассортименте новинки издательства «ЭКСМО-Пресс»:
ТД «Библио-Глобус», ТД «Москва», ТД «Молодая гвардия»,
«Московский дом книги», «Дом книги на ВДНХ».

ТОО «Дом книги в Медведково». Тел.: 476-16-90
Москва, Заревый пр-д, д. 12 (рядом с м. «Медведково»)

ООО «Фирма «Книнком». Тел.: 177-19-86
Москва, Волгоградский пр-т, д. 78/1 (рядом с м. «Кузьминки»)

ООО «ПРЕСБУРГ», «Магазин на Ладожской». Тел.: 267-03-01(02)
Москва, ул. Ладожская, д. 8 (рядом с м. «Бауманская»)

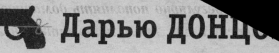